LE VOLEUR
DE FIANCÉES

JACQUIE D'ALESSANDRO

LE VOLEUR
DE FIANCÉES

Traduit de l'américain par Perrine Dulac

J'AI LU
POUR elle

Titre original :
The Bride Thief
A Dell book published by Dell Publishing, a division of Random House, Inc., New York.

Je dédie ce livre à mon éditeur, Kara Cesare,
à Liz Scheier, assistante éditoriale,
et à Nita Taublib, avec ma gratitude pour leurs idées,
leur travail, leur inépuisable gentillesse, leur soutien
et leur enthousiasme.
Et, comme toujours, à mon merveilleux mari Joe,
le Voleur qui a pris mon cœur ; et au Voleur junior,
Christopher, mon fils et ma fierté.

Je dédie ce livre à mon éditeur, Kenneth [illegible],
[illegible]
[illegible] avec [illegible]
[illegible]
et [illegible]
[illegible]
[illegible]
[illegible]

1

Kent, 1820

Tournant le dos à la fenêtre du salon qui laissait entrer la brise du soir, Samantha Briggeham fit face à son père.

— Vous n'êtes pas sérieux, papa. Vous ne me voyez pas épousant le major Wilshire. Je le connais à peine !

— C'est un vieil ami de la famille, dit Charles Briggeham en s'approchant de sa fille.

— Oui, mais il a passé la plus grande partie de sa vie dans l'armée, rétorqua-t-elle en s'efforçant de garder son calme.

Il lui semblait impensable que l'austère major Wilshire pût inspirer des pensées romantiques à une femme. Son visage grimaçant lui donnait l'air d'avoir avalé un citron ! Cet entretien était, soupçonnait-elle, inspiré par sa marieuse de mère.

— Tu as presque vingt-six ans, Sammie, dit son père en se caressant le menton. Il est temps que tu te maries.

Sammie se força à ne pas lever les yeux au ciel. Papa était l'homme le plus adorable du monde, mais bien qu'il eût une épouse et quatre filles, il ne comprenait rien aux femmes – et surtout à son aînée.

— Papa, je suis trop vieille pour me marier. Et je suis très contente ainsi.

— Ne dis pas de bêtises. Toutes les filles souhaitent se marier. Ta mère me l'a dit.

Voilà ses soupçons confirmés : c'était bien sa mère qui était à l'origine de tout cela.

— Pas *toutes* les filles, papa.

Les hommes de sa connaissance ne lui inspiraient que répulsion. S'ils n'étaient pas stupides, ils la regardaient avec pitié et étonnement, ou avec horreur, quand elle se mêlait de discuter de questions scientifiques. La plupart la disaient excentrique, ce qu'elle était – en tout cas, aux yeux de ses pairs.

— Il est évident que toutes les filles souhaitent se marier, répéta son père. Regarde tes sœurs.

— Je les ai regardées. Tous les jours de ma vie. Je les aime tendrement, mais vous savez bien, papa, que je ne leur ressemble en rien. Elles sont belles, douces et féminines : des épouses idéales. Ces dix dernières années, les prétendants se sont bousculés. Mais ce n'est pas parce que Lucille, Hermione et Emily sont mariées que je dois les imiter.

— Tu n'as donc pas envie de fonder une famille…

S'ensuivit une pause, durant laquelle Samantha ignora le désir qui la rongeait. Elle avait depuis longtemps refoulé ces fantasmes.

— Papa, vous savez aussi bien que moi que je ne suis pas une femme attirante. Ni par mon physique, ni par mon caractère. Et puis, je suis beaucoup trop vieille…

— Ne dis pas de bêtises. Tu es plus jolie que tu ne le crois, Sammie. Et puis, je ne vois pas pourquoi une femme ne serait pas intelligente – à condition, bien sûr, qu'elle ne le montre pas trop. Heureusement, ni ton âge avancé ni ton intelligence ne semblent rebuter le major Wilshire.

— Comme c'est gentil à lui, fit Sammie avec une moue.

— En effet, murmura Charles, imperméable à l'ironie de sa fille. En réalité, le major préfère une femme mûre. Bien sûr, tu ne pourras pas continuer à faire des expériences avec Hubert, ni à collectionner insectes et crapauds. Il n'est pas convenable pour une femme mariée de se traîner dans la boue. Ton frère devra se passer de toi.

C'en était trop. Sammie se racla la gorge et remonta ses lunettes sur son nez.

— Papa, dit-elle, j'aime travailler avec Hubert dans son laboratoire et je n'ai pas l'intention d'arrêter, d'autant que mes propres expériences sont prometteuses. Et puis, je me réjouis à l'idée d'être la tante de ses futurs enfants. Je ne veux pas devenir la femme du major Wilshire et, à dire vrai, je suis étonnée que vous y ayez même songé.

— Le major est un homme bien.

— Je n'en doute pas. Mais il a l'âge d'être mon père.

— Il n'a que quarante-trois ans...

— Je ne l'aime pas, et il ne m'aime pas.

— Peut-être, mais il a de l'affection pour toi.

— Pas assez pour m'épouser.

— Au contraire, il accepte sans réserve.

Un lourd silence s'installa.

— Que voulez-vous dire par « il accepte sans réserve » ? demanda-t-elle enfin. Papa, rassurez-moi... vous n'en avez pas déjà parlé avec le major Wilshire ?

— Bien sûr que si. Tout est arrangé. Le major est fou de joie. Ta mère et moi aussi. Félicitations, ma chérie. Tu es officiellement fiancée.

— Fiancée ! explosa Samantha.

Elle ferma les yeux et s'obligea à respirer calmement. Sa mère avait essayé par le passé, sans succès, de lui trouver des prétendants, mais elle avait fini par abandonner pour concentrer ses efforts sur ses trois autres filles – des beautés de la première eau.

Or depuis le mariage d'Emily, trois mois auparavant, ses talents de marieuse s'étaient à nouveau fixés sur son aînée. Sammie aurait dû prévoir que sa mère ne renoncerait pas si facilement. Mais elle savait qu'aucun homme parmi ses connaissances ne songerait à épouser un rat de bibliothèque, une fille à lunettes, moche, asociale et ignorant toute diplomatie.

Sauf le major Wilshire, apparemment, lequel avait dû perdre la tête.

Charles ajusta son monocle sur son œil gauche et la regarda.

— Je dois dire, Sammie, que tu ne me parais pas aussi transportée que le pensait ta mère…

— Je n'ai aucune envie d'épouser le major Wilshire, papa. Et je ne l'épouserai *pas* ! ajouta-t-elle après s'être éclairci la voix.

— Bien sûr que si, tu l'épouseras. Tout est arrangé, ma chérie.

— Arrangé ?

— Mais oui. Les bans seront publiés ce dimanche. Le mariage aura lieu le mois prochain.

— Le mois prochain ! Papa, c'est de la folie. Je ne peux pas…

— Ne t'inquiète pas, fit-il en lui tapotant la main. Dès que vous vous connaîtrez un peu mieux, le major et toi, tu seras heureuse, j'en suis sûr. Il a l'intention, ajouta-t-il d'un ton de conspirateur, de venir te voir dans la semaine pour t'offrir une bague de fiançailles. Un saphir, je crois.

— Je ne veux pas de bague de fiançailles…

— Mais si, tu en veux. Toutes les filles en veulent. Ta mère me l'a dit. À présent, il est horriblement tard, et je suis épuisé. Ce mariage… Ta chère mère m'a sermonné pendant des heures, et je ne peux plus prononcer un mot. Nous en discuterons demain.

— Il n'y a rien à discuter, papa. Je ne l'épouserai pas !

— Mais si, tu l'épouseras. Bonsoir, ma chérie.

— Je ne l'épouserai pas ! hurla Samantha dans le dos de son père, avant qu'il ne referme la porte derrière lui.

Elle se massa les tempes, exaspérée, en poussant un gémissement.

Comment sortir de cette impasse ? Les joues lui brûlaient à la pensée de ce que sa mère avait dû inventer pour convaincre le major Wilshire de l'épouser. Elle ne savait que trop de quoi celle-ci était capable, quand elle avait une idée en tête.

Oui, sa mère ne brillait pas par son tact, mais Sammie ne pouvait s'empêcher d'admirer la façon dont elle manœuvrait les gens. Si elle avait pu servir dans l'armée, Napoléon aurait connu un Waterloo plusieurs années plus tôt !

La jeune femme arpenta le salon en se tordant les doigts, ses pas étouffés par l'épais tapis. Que pouvait-elle faire ? À l'idée de passer le reste de sa vie avec le major Wilshire, à l'écouter raconter ses campagnes sans lui faire grâce du moindre détail, elle fut prise de panique. En plus, il exigerait certainement qu'elle cesse son travail scientifique – ce qui était hors de question.

Elle pourrait faire changer son père d'avis. Mais n'avait-il pas dit que tout était déjà arrangé ? Elle n'avait pas de mal, en général, à le convaincre, mais quand sa mère lui fourrait une idée en tête, il n'y avait aucun moyen d'ébranler sa détermination. Et il était manifestement décidé à la voir épouser le major.

Quelle humiliation ! Cela lui rappelait son premier bal, huit ans plus tôt. Elle avait supplié que lui soit épargnée une telle épreuve. Mais sa mère avait insisté, et son père avait suivi. Si bien qu'elle avait enduré, la tête haute, les chuchotements, les regards de pitié, la robe à fanfreluches dans laquelle elle se sentait ridicule, cachant son dépit derrière des sourires contraints.

La tactique utilisée par sa mère pour arranger le mariage d'Hermione aurait forcé l'admiration du stratège Wellington. Même si Hermie était heureuse aujourd'hui, la pauvre chérie connaissait à peine Reginald, le jour de son mariage. Elle aurait pu être malheureuse, bien que Sammie n'imaginât pas sa sœur autrement qu'heureuse. Et Reginald chérissait jusqu'au sol que foulaient les mules de sa ravissante épouse.

Le major Wilshire ne remarquerait même pas ce que Sammie portait aux pieds…

Elle se laissa tomber avec un soupir sur le canapé drapé de chintz. Si elle refusait l'arrangement souhaité par son père, ce serait le scandale pour sa famille. Elle ne pouvait leur faire cela. Mais elle ne pouvait non plus épouser le major Wilshire !

Elle se leva avec un soupir et ferma la fenêtre. Après avoir éteint les bougies qui brûlaient sur la cheminée, elle sortit de la pièce et referma la porte derrière elle.

Seigneur, qu'allait-elle faire ?

Caché derrière des buissons, Arthur Timstone entendit la fenêtre se fermer et respira pour la première fois depuis qu'il avait entendu les voix au-dessus de lui. Il se dressa lentement, faisant craquer les jointures de ses genoux, puis étouffa un cri lorsque son dos rencontra la haie de rosiers.

— Je suis trop vieux pour épier dans les buissons au milieu de la nuit, marmonna-t-il.

Un homme frisant la cinquantaine ne devait pas courir après minuit comme un jeune tourtereau. Mais c'était l'amour qui le faisait agir comme un imbécile. Si quelqu'un lui avait dit qu'il tomberait amoureux au premier regard de la nouvelle cuisinière de Briggeham, Arthur aurait éclaté de rire et l'aurait traité d'idiot. Pourtant, il était bel et bien tombé amoureux, et avait passé cette dernière demi-heure sous la fenêtre du salon de Briggeham, sans oser bouger, de peur que miss Sammie ou son père ne l'entendent, et essayant de ne pas trop penser à son lit qui l'attendait à une bonne heure de chevauchée. S'il avait quitté la chambre de Sarah quelques minutes plus tôt… Mais cela aurait été impossible.

S'appuyant contre le mur de la maison, il massa ses membres raidis, avant de traverser la pelouse jusqu'à l'orée du bois où il avait attaché Viking. Pauvre miss Sammie. Elle ne voulait manifestement pas épouser le major Wilshire, et Arthur la comprenait. Si le major n'était pas un mauvais bougre, ses incessants récits de guerre et le rôle important qu'il s'y donnait, étaient à hurler d'ennui. Miss Sammie deviendrait folle. Et elle était une femme comme on en fait peu. Elle avait toujours un mot gentil pour lui, ne manquant jamais de lui demander des nouvelles de sa mère et de son frère à Brighton.

Arthur mit son cheval au trot, décidé à faire quelque chose pour miss Sammie.

Il ne connaissait qu'un homme qui pût l'aider… le mystérieux personnage dont le nom était sur toutes les lèvres, de Londres jusqu'en Cornouailles. L'homme recherché par la justice pour ses actions audacieuses.

Le légendaire Voleur de Fiancées.

À travers la fenêtre de son bureau, Éric Landsdowne, comte de Wesley, regardait Arthur Timstone se diriger vers l'écurie.

Les propos du palefrenier résonnaient dans sa tête:

— La situation est terrible, monsieur le comte. La pauvre miss Sammie ne veut pas entendre parler de ce raseur de Wilshire, mais son père n'en démord pas. Forcer miss Sammie à se marier contre sa volonté, c'est briser son cœur, et un meilleur cœur, je n'en connais pas…

Assis derrière son bureau, Éric avait écouté son fidèle serviteur, sans se demander pourquoi Arthur lui racontait cela. Le maître et le serviteur étaient liés par le secret qu'ils partageaient, mais ils en parlaient rarement durant le jour, quand les domestiques pouvaient surprendre leur conversation.

Une telle erreur risquerait de lui coûter la vie.

Cependant, le fait de savoir qu'Arthur partageait son secret, qu'il n'était pas tout à fait seul dans cette vie dangereuse qu'il avait choisie, était d'un grand réconfort pour Éric. Arthur était comme un père pour lui ; il avait, en effet, passé plus de temps avec lui pendant sa jeunesse, que ne l'avait fait son véritable père.

En voyant Arthur traverser les pelouses parfaitement tondues, les premiers rayons du soleil faisant briller ses cheveux grisonnants, Éric remarqua qu'il boitait légèrement et son cœur se serra. Arthur n'était plus jeune, et bien qu'il ne se plaignît jamais, Éric savait que ses articulations le faisaient souffrir. Il lui avait proposé une chambre confortable dans le manoir, mais le vieux serviteur avait refusé, les larmes aux yeux, préférant rester dans son logement au-dessus de l'écurie, près des chevaux qu'il aimait.

Un sourire effleura les lèvres du jeune homme : il savait que si Arthur avait refusé son offre, c'était aussi parce qu'il voulait pouvoir rentrer en pleine nuit sans être vu, après ses rendez-vous amoureux. Bien qu'il n'y ait pas de secret entre eux, ils parlaient rarement de leurs vies amoureuses respectives. S'il avait soupçonné que son maître fût au courant de ses escapades nocturnes, Arthur en aurait été mortifié.

Ce n'était peut-être pas une claudication, après tout, mais une certaine élasticité dans la démarche, se dit Éric, heureux pour le domestique.

Tournant les yeux vers les bois, au loin, il ramena ses pensées vers les Briggeham.

Il les connaissait un peu, comme la plupart des familles de la région. Il passait le plus clair de son temps à Londres, près de son avocat et de son homme d'affaires, et ne séjournait que quelques semaines, l'été, à Wesley Manor. Durant ces courtes semaines, il évitait de son mieux les marieuses, parmi lesquelles la plus enragée était Mme Cordelia Briggeham. Celle-ci, comme toutes les autres femmes de Tunbridge Wells, connaissait son aversion pour le mariage, mais en ignorait la cause. Malheureusement, cette aversion ne faisait qu'exciter les mères qui avaient une fille à marier.

Il devait admettre que les trois plus jeunes sœurs Briggeham étaient d'une beauté rare. L'une d'elles, il ignorait laquelle, venait d'épouser le baron Whitestead. Il se souvenait vaguement de Samantha et essaya de se la représenter, mais ne se rappelait qu'une chevelure châtain et d'épaisses lunettes. On la disait bas-bleu et aussi peu féminine que possible.

En revanche, il se rappelait parfaitement le major Wilshire – un grand individu arrogant, d'une raideur toute militaire. Éric ne le supportait qu'à petites doses. Le major ne souriait jamais, et le rire lui était totalement étranger. Il arborait d'épais favoris grisonnants, un lorgnon, et il avait tendance à aboyer des ordres d'une voix tonitruante, comme s'il était toujours sur un champ de bataille.

Toutefois, il était intelligent et plutôt brave homme. Pourquoi miss Briggeham ne voulait-elle pas l'épouser ? Elle n'était plus de la première jeunesse, et si elle était aussi laide qu'on le racontait, elle ne devait guère avoir de prétendants. D'après Arthur, elle n'aimait pas le major… Éric secoua la tête. Il aurait eu du mal à citer, parmi ses relations, un seul mariage d'amour. En tout cas, pas celui de ses parents ni celui de Margaret…

Tournant le dos à la fenêtre, il s'approcha de son bureau et prit la miniature qui représentait sa sœur. Elle l'avait fait peindre à son intention, avant son entrée dans l'armée.

— Garde-la avec toi, Éric, avait-elle dit, le regard soucieux. Ainsi, je serai avec toi. Je te protégerai.

Sa gorge se noua. Son joli visage l'avait accompagné dans des lieux qu'il souhaitait oublier. Elle avait été l'unique lumière dans cette vie terrible. Oui, elle l'avait protégé. Mais il ne lui avait pas rendu la pareille.

En contemplant son image dans le creux de sa main, il se rappela le jour de sa naissance, la fureur de son père contre sa femme pour lui avoir donné une fille, la tristesse et l'épuisement de sa mère. Il s'était glissé, cette nuit-là, dans la chambre du bébé et avait regardé le minuscule paquet dans son berceau.

— Margaret… Si père ne t'aime pas, ça ne fait rien, avait-il chuchoté, son cœur de cinq ans débordant d'amour. Il ne m'aime pas non plus. Mais je veillerai sur toi.

Elle lui avait serré le doigt dans son poing minuscule…

Une myriade d'images lui traversèrent l'esprit. Il se revoyait, lui apprenant à monter à cheval. L'aidant à sauver un oiseau à l'aile cassée. Soignant ses égratignures récoltées en tombant d'un arbre, afin d'échapper à la colère de leur père. Se réfugiant avec elle dans la paix de la forêt, pour échapper à l'atmosphère orageuse de la maison. Lui apprenant à pêcher. Jouant des pièces de Shakespeare. La regardant devenir une ravissante jeune femme…

Heureusement que nous étions tous les deux, n'est-ce pas, Margaret ? Nous nous aidions mutuellement à supporter cette famille sinistre. Qu'aurais-je fait sans toi ?

Mais il l'avait trahie.

Il referma les doigts sur la miniature. Comme Samantha Briggeham, Margaret avait été obligée de se marier – ce qu'Éric n'avait jamais pardonné à son père, même sur son lit de mort. Il avait vendu l'innocente et belle Margaret au vieux vicomte Darvin, dont la réputation de débauche était connue de toute la haute société. Le vicomte avait ce que le père recherchait pour sa fille : de l'argent, et de nombreux biens. Malgré ses considérables possessions, Marcus Landsdowne en voulait plus. Pas une seconde il n'avait songé aux sentiments de Margaret, que ce mariage avait anéantie. À l'époque, Éric se battait dans la péninsule Ibérique et ignorait ce qui se passait.

Il était rentré trop tard.

Mais, à son retour, il s'était juré d'aider d'autres femmes dans la même situation. Combien de jeunes filles devaient, chaque année, se marier contre leur gré ? Cette seule idée le faisait frémir. Il avait essayé de convaincre Margaret de quitter Darvin, mais elle avait refusé de rompre ses vœux.

Depuis le jour où il avait pour la première fois revêtu son costume, cinq ans plus tôt, il avait aidé plus d'une douzaine de jeunes femmes à échapper à leur triste sort. Et en agissant avec panache, plutôt que par des moyens financiers et discrets, il avait réussi à intéresser l'opinion sur la question.

Il avait atteint son objectif. Trop bien, peut-être. Plusieurs mois plus tôt, un journaliste du *Times* l'avait surnommé le Voleur de Fiancées, et toute l'Angleterre voulait en savoir plus sur lui – surtout le magistrat qui s'était juré de le démasquer et de mettre fin à ce qu'il appelait des « enlèvements ».

Une importante récompense était offerte pour sa capture, ce qui ne faisait que renforcer l'intérêt suscité par ses activités. Arthur lui avait rapporté que plusieurs pères de fiancées « volées » s'étaient ligués dans le but de le capturer... Éric se passa les doigts sur le cou. Le magistrat, pour ne pas citer les pères, ne serait satisfait que lorsque le Voleur se balancerait au bout d'une corde.

Or il n'avait aucune intention de mourir.

Cependant, chaque fois qu'il revêtait son costume de Voleur de Fiancées, il mettait sa vie en jeu. Mais libérer une autre malheureuse du destin qui avait privé Margaret de tout espoir de bonheur, valait la peine de prendre le risque. Et allégeait quelque peu sa conscience...

Il n'abandonnerait pas miss Samantha Briggeham à la douleur et au désespoir.

Il l'arracherait à l'enfer qui l'attendait.

Assise dans la voiture familiale, Samantha regardait le jour tomber. Des bandes orange et pourpre barraient le ciel, marquant le début du crépuscule, le moment de la journée qu'elle préférait.

Ajustant ses lunettes, elle respira profondément et tenta de se calmer. En arrivant à la maison, elle devrait affronter sa mère et son père – perspective qu'elle redoutait, car ils n'apprécieraient certainement pas ce qu'elle venait de faire.

En regardant par la fenêtre, elle remarqua un minuscule éclat de lumière dans le jour déclinant. Ciel, se pouvait-il que ce fût une luciole ? Hubert serait tellement heureux… Voilà des mois qu'il essayait d'en élever – dans les bois comme dans son laboratoire – à partir de larves expédiées depuis les colonies. Ses expériences auraient-elles porté leurs fruits ?

Elle fit aussitôt signe à Cyril d'arrêter la voiture, et tira un petit sac de son réticule. Une voix intérieure lui disait qu'elle ne faisait que retarder l'inévitable discussion avec ses parents, mais, si les insectes avaient éclos, elle devait les capturer pour Hubert.

Sortant de la voiture, elle s'emplit les poumons de l'air frais du soir. L'odeur de terre mouillée et de feuilles mortes lui chatouilla les narines, et elle éternua, ce qui eut pour effet de faire glisser ses lunettes jusqu'à l'extrémité retroussée de son nez. Elle les remit en place d'un geste machinal et scruta les alentours, à la recherche des lucioles, tandis que Cyril attendait sur son perchoir. Il était habitué à ces arrêts impromptus dans les bois.

Sammie se dirigea vers l'endroit où elle avait vu la lueur, imaginant le sourire qui illuminerait le visage sérieux d'Hubert, si elle revenait avec un tel trésor. Elle aimait de tout son cœur ce garçon de seize ans – sa brillante intelligence, sa silhouette dégingandée et ses pieds trop grands !

Oui, Hubert et elle étaient de la même étoffe. Ils portaient tous deux des lunettes, avaient les mêmes yeux bleus, et leurs cheveux châtains étaient épais et indisciplinés. Ils aimaient nager, pêcher, et se promener dans la forêt à la recherche de spécimens rares – activité qui avait plus d'une fois donné des vapeurs à leur mère. En fait, Samantha et Hubert avaient surnommé leur mère Grillon, à cause des stridulations qu'elle émettait avant de « s'évanouir » – avec art, toujours – sur l'un des nombreux canapés disséminés dans des lieux stratégiques.

Quand elle découvrira où j'étais et ce que j'ai fait, maman ne manquera pas de pousser ses stridulations…

Apercevant de minuscules éclats de lumière jaune, elle sentit son cœur bondir d'excitation. C'étaient bien des lucioles ! Elles tournoyaient au pied d'un chêne.

— Ne vous éloignez pas, miss Sammie ! cria Cyril en la voyant s'approcher de l'arbre. La nuit arrive, et mes yeux ne sont plus ce qu'ils étaient.

— Ne vous inquiétez pas, Cyril. Il y a encore beaucoup de lumière et je n'irai pas plus loin.

Elle tomba à genoux, attrapa délicatement un insecte et le plaça dans sa bourse.

Elle y glissait un deuxième, quand un bruit venant de la forêt attira son attention. Un faible hennissement ? Levant la tête, elle écouta, mais n'entendit rien de plus que le bruissement des feuilles agitées par la brise.

— Vous avez entendu quelque chose, Cyril ?

— Non, dit le cocher, mais mes oreilles non plus ne sont plus ce qu'elles étaient.

Avec un haussement d'épaules, Sammie se remit à sa tâche. Elle s'était manifestement trompée.

Après tout, qui se promènerait sur les terres de sa famille ? Surtout à la tombée de la nuit…

À cheval sur Champion, il l'observait à travers les arbres. De pâles rayons de lune pénétraient le sous-bois, et son cœur se serra à sa vue.

Diable, la malheureuse priait à genoux ! Elle était tellement prosternée que son nez touchait presque le sol. La colère l'enflamma, et il se jura de la sauver.

Champion s'agita et hennit faiblement. Sans quitter miss Briggeham du regard, il le calma en lui caressant l'encolure. Elle avait entendu le hennissement, car elle levait la tête. Comme elle regardait autour d'elle, ses lunettes renvoyèrent un rayon de la lumière pâlissante. Puis, avec un haussement d'épaules, elle baissa de nouveau la tête et se replongea dans ses prières.

Il l'avait suivie à travers les bois et avait attendu pendant qu'elle était chez le major Wilshire, se demandant pourquoi elle lui rendait visite. Leur entrevue s'était manifestement mal passée, car elle était actuellement agenouillée sur le sol et priait dans les bois, à la nuit tombante...

Il jeta un regard au cocher et remarqua qu'il somnolait sur son perchoir. Parfait. Le moment était idéal.

Il enfila son masque noir, l'ajustant de façon à se couvrir entièrement la tête à l'exception des yeux, de la bouche et des narines. Sa longue cape noire était drapée derrière lui sur sa selle, et des gants noirs lui couvraient les mains. Sa chemise, son pantalon et ses bottes également noirs le rendaient invisible dans la nuit.

Il fixa la jeune fille agenouillée au pied du chêne.

N'ayez crainte, miss Samantha Briggeham, songea-t-il. La liberté vous attend.

2

Tout se passa avec la rapidité de l'éclair.

Toujours agenouillée, une luciole dans le creux de la main, Sammie leva la tête, alertée par un froissement dans les buissons. Tout à coup, un cheval noir émergea des arbres, franchissant une haie basse. De surprise, son cœur faillit cesser de battre. Puis, comprenant que l'animal se dirigeait vers elle, elle fut prise de panique.

Bondissant sur ses pieds, elle recula et aperçut vaguement un cavalier qui n'avait pas dû la voir, car il virait dans sa direction. Elle ouvrit la bouche pour crier, mais avant qu'un son ne sortît de sa bouche, elle fut soulevée de terre par un bras puissant.

Le souffle coupé, elle atterrit brutalement en amazone sur la selle. Ses lunettes tombèrent de son nez, elle lâcha son sac d'insectes et entendit la voix affolée de Cyril :

— Miss Sammie !

Tandis que le cheval galopait à travers bois, elle se retrouva plaquée contre un corps musclé.

— Ne craignez rien, lui murmura à l'oreille une voix profonde et veloutée, teintée d'un léger accent écossais. Vous êtes hors de danger.

Muette d'horreur, Sammie essaya de remuer les bras, mais son ravisseur les maintenait bloqués. Tournant la tête, elle se trouva face à un masque noir. Qui était ce fou furieux ? se demanda-t-elle, paralysée par la peur. Un bandit de grand chemin ? Mais alors, pourquoi l'avait-il enlevée au lieu d'exiger simplement de l'argent ?

Seigneur, aurait-elle été *enlevée* ? Elle secoua la tête afin de clarifier ses pensées. L'idée était proprement absurde, mais le fait d'être emportée de nuit par un homme masqué évoquait un enlèvement. Pourquoi diable l'enlèverait-on ? Si sa famille était aisée, elle n'était pas suffisamment fortunée pour payer une énorme rançon. Son ravisseur se serait-il trompé de victime ? Elle n'aurait pu le dire, mais elle devait lui échapper.

Prenant une profonde inspiration, Sammie ouvrit la bouche pour pousser un cri. Le son était à peine sorti de sa gorge qu'un bras lui enserra l'estomac, transformant le cri en un faible sifflement.

— Ne criez pas, chuchota-t-il. Je ne vous ferai pas de mal.

Loin d'en être convaincue, elle ouvrit de nouveau la bouche, mais il pressa les lèvres contre son oreille pour l'arrêter.

— Je n'ai aucune envie de vous fourrer mon mouchoir dans la bouche, ajouta-t-il, mais je le ferai si nécessaire.

Sammie ravala son cri. Bien qu'elle ne fût pas du genre à paniquer, elle ne pouvait s'empêcher de trembler.

— J'exige que vous arrêtiez ce cheval et que vous me relâchiez. Immédiatement !

— Bientôt, jeune fille.

— Vous vous trompez. Ma famille ne peut pas payer de rançon.

Il approcha la tête, et son souffle chaud la fit frissonner.

— N'ayez pas peur, miss Briggeham. Vous êtes hors de danger.

Elle fut parcourue d'un frisson. Il connaissait son nom… Il ne s'était donc pas trompé de cible. Mais qui était-il ? *Vous êtes hors de danger…* Hors de danger ?

De quoi parlait-il ? Seigneur, ce devait être un malade !

— Comment... ?

— Chut, je vous en supplie. Nous parlerons, une fois à la chaumière.

La chaumière ? Une nouvelle vague de peur la saisit, mais elle s'efforça de garder la tête froide. On ne pouvait manifestement pas faire entendre raison à cet homme. Lui voulait-il du mal ? La colère prit le dessus sur la peur, et elle serra les lèvres. S'il avait l'intention de la violer, elle lui donnerait du fil à retordre !

Se sauver. C'était ce qui lui restait à faire. Mais comment ? Le cheval était lancé au grand galop. Elle tenta de se dégager, mais un bras musclé se referma sur ses côtes, expulsant l'air de ses poumons comprimés. Même si elle parvenait à se jeter hors de la selle – ce qui, à en juger par la force de cet homme, paraissait impossible —, la chute la tuerait certainement. Ou la blesserait gravement. Elle serait alors à sa merci...

Elle repoussa cette pensée désagréable.

Qui diable était-il ? Elle étudia son visage masqué. Il avait la tête entièrement recouverte de tissu noir. Avec une fente pour la bouche, deux petits trous pour les narines et deux étroites découpes pour les yeux. Elle essaya d'en déterminer la couleur. En vain.

Remarquant sa puissante charpente, elle fut prise d'appréhension. Même à travers plusieurs épaisseurs de vêtements, elle sentait la dureté de ses muscles. Pressée contre son côté, la poitrine de l'individu était aussi élastique qu'un mur de briques. Et les cuisses qui l'enserraient avaient la dureté de la pierre. Il la tenait comme une poupée de chiffon. En aucun cas, elle ne pourrait avoir le dessus.

À moins de trouver une arme et de lui donner un coup sur le crâne... Elle reprit courage à cette idée.

Elle devrait malheureusement attendre d'être arrivée à la destination qu'il avait en tête. Elle lui échapperait alors, par la ruse ou un coup de gourdin.

En attendant, elle regarda les alentours. Ils étaient en pleine forêt. Sans ses lunettes, les repères qu'elle aurait pu reconnaître étaient brouillés. Des rayons de lune filtraient à travers les branches, mais le chemin était sombre. Entre l'obscurité dans laquelle ils avançaient et le masque qui lui couvrait le visage, Sammie s'étonnait qu'il pût distinguer quelque chose...

Ils galopèrent ainsi près d'une heure. Pendant tout ce temps, elle essaya de ne pas penser à la force de ce corps d'homme pressé contre elle. Elle avait les fesses endolories, des fourmis dans les bras.

Enfin, il se mit au trot. Ils devaient approcher de la chaumière dont il avait parlé. Elle n'avait pas la moindre idée de l'endroit où ils se trouvaient, et se demandait s'il n'avait pas volontairement tourné en rond pour l'embrouiller. En tout cas, sa décision était prise. C'était simple et évident : elle sauterait du cheval, trouverait un objet pour l'assommer, puis elle remonterait sur le cheval et retournerait à la maison.

Il tira sur les rênes, et le cheval s'arrêta. En plissant les yeux, Sammie discerna le contour d'une maison. Sans la lâcher, son ravisseur sauta à terre et la posa sur ses pieds. Dépitée, elle sentit ses genoux se dérober sous elle. S'il ne l'avait retenue, elle aurait glissé sur le sol... Si elle ne tenait même pas debout, comment pourrait-elle s'attaquer à ce rustre ?

— Malheur, je vous ai fait mal, jeune fille ? chuchota-t-il avec une note d'inquiétude qui la surprit.

Avant qu'elle n'ait le temps de répondre, il la prit dans ses bras et la porta vers la chaumière.

— Je n'aurais pas dû vous tenir si serré, ajouta-t-il, mais je ne voulais pas que vous tombiez. Entrons, que je vous examine...

Sammie se jura de lui arracher les yeux, s'il essayait de l'« examiner ». Elle avait envie de le bourrer de coups de poing, mais ses bras étaient comme de la bouillie. Cependant, la sensation revenait petit à petit dans ses membres.

Peut-être valait-il mieux qu'il la jugeât faible et sans défense, car ainsi il baisserait sa garde. Restait à dénicher dans la chaumière quelque chose qui pût servir d'arme – un couteau bien aiguisé, ou un tisonnier – et à échapper à ce démon.

Il ouvrit la porte, entra et la referma avec le pied. Un feu brûlait dans l'âtre, éclairant la petite salle d'une lueur dorée. Sammie regarda autour d'elle… et le cœur lui manqua.

La pièce était vide. Pas de meuble, pas de tapis, et rien qui ressemblât à une arme.

Comme il se dirigeait vers la cheminée, ses bottes claquèrent sur le parquet. Elle regarda le manteau de la cheminée, espérant y apercevoir un bougeoir. En vain. Arrêtant les yeux sur ce qui ressemblait à une paire de pincettes, appuyées contre le mur opposé, elle reprit espoir. Elles étaient hors de portée, mais elle trouverait le moyen de s'en saisir. Il lui fallait gagner du temps.

S'agenouillant, son ravisseur la déposa près du feu avec une douceur qui la surprit. Une fois libérée, elle recula jusqu'au mur.

— N'approchez pas, ordonna-t-elle, fière de constater que sa voix ne tremblait pas. Ne me touchez pas !

Il s'immobilisa. Sammie le fixa, regrettant la perte de ses lunettes qui lui auraient permis de mieux le voir. Bien qu'elle discernât à peine ses yeux à travers les fentes de son masque, elle sentait son regard peser sur elle.

— Vous n'avez rien à craindre de moi, miss Briggeham. Je veux seulement vous aider…

— M'aider ? En m'enlevant ? En me détenant contre ma volonté ?

— Pas contre votre volonté… Réjouissez-vous, jeune fille. Je suis le Voleur de Fiancées, venu vous sauver.

Éric observa miss Briggeham à travers son masque, s'attendant à voir le soulagement et la joie remplacer la crainte.

Mais elle le considéra d'un œil terne.

— Le Voleur de Fiancées ? Me sauver ?

La pauvre, elle était manifestement abasourdie par la gratitude...

— Mais oui, dit-il. Je suis ici pour vous aider à commencer une nouvelle vie... une vie de liberté. Je sais que vous ne souhaitez pas épouser le major Wilshire.

— Que savez-vous du major Wilshire ?

— Je sais que vous êtes fiancés, et que vous êtes obligée de l'épouser.

Elle prit un air las.

— J'en ai assez qu'on me dise que je suis fiancée, grommela-t-elle en pointant le doigt vers lui. Le major Wilshire n'est pas mon fiancé, et je ne l'épouserai pas !

Éric se figea. Pas son fiancé ? Sacrebleu, se serait-il trompé de femme ? Cela expliquerait qu'elle n'ait pas sauté de joie en se sachant sauvée.

Il la détailla, remarquant son aspect débraillé. Son bonnet lui pendait au cou, retenu par des rubans. Elle était échevelée, et plusieurs mèches se dressaient sur son crâne comme des cornes. Ses yeux paraissaient immenses dans son visage sans beauté.

— Vous n'êtes pas Samantha Briggeham ? demanda-t-il.

Elle lui lança un regard furieux et serra les lèvres. Quelle entêtée ! Il s'approcha d'elle, ignorant la pointe de remords qu'il éprouva devant le mouvement de panique qui la saisit.

— Répondez à ma question. Êtes-vous Samantha Briggeham ?

— Oui, dit-elle.

La plus grande confusion régnait dans son esprit. Il ne s'était pas trompé de femme... Les informations d'Arthur seraient-elles fausses ? Dans ce cas, Éric avait commis une terrible erreur. S'obligeant au calme, il étudia attentivement la jeune fille.

— D'après ce que j'ai compris, votre père a arrangé votre mariage avec le major.

— En effet. Mais comme je n'ai jamais, de toute ma vie, entendu parler d'un projet aussi stupide, j'ai « désarrangé » ce qu'un père bien intentionné, mais mal conseillé, avait arrangé.

Le malaise d'Éric redoubla.

— Je vous demande pardon ?

— Je viens de chez le major Wilshire, et je lui ai expliqué que, bien que le tenant en haute estime, je ne souhaite pas l'épouser.

— Et il est d'accord ?

Elle détourna les yeux et rougit.

— Euh... oui. Il a fini par être d'accord.

Voyant son air embarrassé, Éric serra les poings. Morbleu, le major aurait-il tenté de prendre des libertés avec elle ?

— Il a fini par être d'accord ? répéta-t-il.

Elle le regarda plusieurs secondes en plissant les yeux, puis haussa les épaules.

— Bien que cela ne vous regarde pas, disons qu'après lui avoir expliqué avec la plus grande politesse que je ne voulais pas l'épouser, le major est resté... insistant.

Le dépravé, il l'a touchée ! songea Éric. Ne sachant quelle contenance prendre, il leva les mains pour se passer les doigts dans les cheveux... mais ils ne rencontrèrent que son masque.

— Heureusement pour moi, dit-elle après s'être éclairci la voix, le major avait à peine achevé de débiter ses « vous m'épouserez », « tout est organisé », qu'Isadore est apparu. Il a sauvé la situation.

— Isadore ? fit Éric, soulagé. C'est votre cocher ?

— Non. Mon cocher s'appelle Cyril. Isadore est mon crapaud.

Si le masque d'Éric n'avait pas été aussi serré, sa mâchoire serait tombée.

— Votre... crapaud a sauvé la situation ?

— Oui. Isadore aime se nicher dans mon réticule et m'accompagner en voiture. Je l'avais complètement oublié, quand il a bondi et a atterri sur l'une des bottes parfaitement cirées du major. Seigneur, quelle histoire ! C'est étonnant qu'un homme qui se vante autant de ses faits d'armes, puisse avoir peur d'un crapaud… Bien sûr, ajouta-t-elle, j'ai préféré l'avertir de l'existence de Cuthbert et de Warfinkle.

— D'autres crapauds ? s'enquit Éric, sidéré.

— Non. Une souris et un serpent. L'un et l'autre parfaitement inoffensifs, mais le major Wilshire a pâli, surtout quand je lui ai dit que je les gardais dans ma chambre.

— Et vous le faites ? demanda Éric, mi-amusé, mi-horrifié.

— Non, reconnut-elle, quelque peu penaude. Mais je n'ai fait que l'insinuer. Je ne suis pas responsable des suppositions fausses que le major fait, vous n'êtes pas d'accord ?

— En effet… Et alors, que s'est-il passé ?

— Eh bien, comme je pourchassais Isadore dans la pièce, d'une manière que le major a ensuite qualifiée « d'effroyable et de peu distinguée », j'ai cru de mon devoir de lui faire part de certains de mes autres violons d'Ingres.

— Comme ?

— Le chant. Je lui ai donné un bref récital, qui ne l'a pas du tout convaincu. Je crois l'avoir entendu murmurer que c'était « affreux ». Il a paru effaré lorsque je lui ai appris que je chantais tous les jours, pendant plusieurs heures.

« Et il a été plus effaré encore quand je lui ai dit que je comptais transformer son salon en laboratoire. Bien que je lui aie assuré que les rares incendies provoqués par mes expériences avaient été rapidement éteints, sans presque causer de dégâts, il a violemment protesté.

Diable, cette fille était dangereuse… Mais indiscutablement maligne.

— Oserais-je demander ce qui s'est passé ensuite ?

— Isadore, qui ne se laissait pas attraper, a trouvé bon de sauter sur les genoux du major. Seigneur, je n'aurais jamais cru le major capable d'une telle... agilité ! Après que j'ai capturé Isadore, que je l'ai remis dans mon réticule et que j'ai réussi à faire descendre le major du pianoforte, il était tout disposé à admettre que nous n'étions pas faits l'un pour l'autre... Je revenais de chez lui, poursuivit-elle sèchement, décidée à annoncer à mes parents l'annulation de mes fiançailles, quand vous m'avez enlevée. Maintenant, peut-être daignerez-vous vous expliquer ?

Momentanément sans voix, Éric se leva et abaissa les yeux vers miss Briggeham. Elle alla se réfugier dans le coin, ce qui ne fit que le contrarier davantage.

— Cessez de me regarder comme si j'étais un assassin prêt à vous couper en morceaux, gronda-t-il. Je vous ai dit que je ne vous ferai pas de mal. J'essayais de vous aider. Je suis celui qu'on appelle le Voleur de Fiancées.

— Vous l'avez déjà dit, comme si je devais vous connaître, or je ne vous connais pas.

Éric la dévisagea, déconcerté. Il avait sûrement mal compris.

— Vous n'avez jamais entendu parler du Voleur de Fiancées ?

— Non, mais si je comprends bien, c'est vous, répliqua-t-elle en le foudroyant du regard. Et je ne peux pas dire que je me réjouisse de faire votre connaissance.

— Par tous les saints du ciel, ma jeune amie, vous ne lisez donc jamais les journaux ?

— Bien sûr que si. Je lis tous les articles relatifs à la nature et à la science.

— Et la chronique mondaine ?

— Je ne perds pas mon temps à lire ces imbécillités.

Il ouvrit la bouche, mais aucun son n'en sortit. Comment pouvait-elle ne pas avoir entendu parler du Voleur de Fiancées ? Vivait-elle cloîtrée ? Il n'était pas de jour où l'on ne parlait de lui dans les clubs londoniens et les pubs de campagne, pas de jour où ne paraissaient des articles dans toutes les publications du royaume.

Sacrebleu.

S'il n'avait été aussi interloqué, il aurait ri de l'absurdité de la situation – et de sa propre suffisance. Il n'était manifestement pas aussi célèbre qu'il le croyait.

La gravité de son erreur lui ôtait cependant toute envie de rire. Miss Briggeham n'était pas obligée de se marier. Il avait enlevé une femme qui n'avait pas besoin de son assistance ! Et le Voleur de Fiancées devait maintenant faire quelque chose qu'il n'avait jamais fait.

Rendre une femme qu'il avait souhaité sauver.

Une femme qui louchait vers le tisonnier, avec dans les yeux une lueur indiquant qu'elle rêverait de s'en servir contre lui…

Il jura tout bas. Diable, il était parfois pénible d'être l'homme le plus connu d'Angleterre !

3

— Que dites-vous ? Vous n'épousez pas ma fille ?

Cornelia Briggeham se dressa, prête à frapper l'arrogant soldat avec son éventail de dentelle, mais elle se contenta de lui lancer son regard le plus impérieux.

Le major Wilshire se tenait, raide comme la justice, près de la cheminée.

— Comme je l'ai dit, miss Briggeham et moi sommes convenus qu'un mariage entre nous serait inopportun. Je pensais qu'elle vous en aurait parlé…

— Elle ne m'a absolument rien dit de tel.

— Morbleu, elle ne prétend tout de même pas que nous sommes toujours fiancés ?

Cordelia crut voir un frisson parcourir le major. Puis il regarda ses bottes et plissa le nez de dégoût. Quel étrange comportement… Peut-être était-il devenu fou ?

— Ma fille ne prétend rien du tout, major. Je ne l'ai pas vue et je ne lui ai pas parlé ce soir. Charles, dit-elle en se tournant vers son mari qui était assis dans son fauteuil, avez-vous parlé ce soir avec Samantha ?

N'obtenant pas de réponse, Cordelia fit la moue et, pour la seconde fois en quelques minutes, eut envie de frapper un homme.

— Charles ! fit-elle.

Comme s'il avait reçu un coup de bâton, Charles Briggeham leva brusquement la tête. Son regard vitreux prouvait qu'il s'était assoupi.

— Oui, Cordelia ?

— Samantha vous a parlé de ses fiançailles, ce soir ?

— Il n'y a plus de fianç...

Troublé par le regard glacial que lui lança Cordelia, le major Wilshire s'interrompit.

— Je n'ai pas vu Sammie depuis le dîner, répondit Charles. Excellent rôti braisé, major. Vous auriez dû...

— Qu'avez-vous à dire de la scandaleuse requête du major, Charles ? le coupa Cordelia.

— Quelle requête ?

— Il veut rompre ses fiançailles.

— Balivernes. Je n'ai rien entendu de la sorte. De quoi s'agit-il ? demanda-t-il en se tournant vers le major. Tout est arrangé.

— En effet, mais c'était avant que miss Briggeham ne me rende visite.

— Elle n'a pas fait ça ! s'exclama Cordelia.

— Elle m'a dit qu'elle ne nous croyait pas faits l'un pour l'autre. Après euh... discussion, je suis tombé d'accord avec elle et en ai tiré les conclusions. Pour dire les choses carrément, le mariage est annulé.

Cordelia considéra le canapé et décida que celui-ci était trop loin pour s'évanouir sans danger. Malheur ! Pas de mariage ? Seigneur, dans quel pétrin ils étaient ! Non seulement ce qu'avait dû faire Sammie pour décourager le major risquait de provoquer un scandale, mais Cordelia croyait déjà entendre cette odieuse Lydia Nordfield :

— Ma pauvre Cordelia, dirait-elle en battant les paupières comme une vache sous une averse de grêle, quel dommage que Sammie ne soit plus fiancée ! Le vicomte Carsdale a manifesté de l'intérêt pour ma Daphné, vous savez. Et Daphné est si jolie. Il semble que toutes mes filles seront mariées avant les vôtres !

Révoltée par une telle injustice, Cordelia chassa cette horrible pensée. Sammie valait dix fois l'insipide Daphné, qui ne savait qu'agiter son éventail et glousser ! Mais son joli visage lui vaudrait de capturer un vicomte, tandis que Sammie resterait sur le carreau... Ce n'était simplement pas supportable !

Elle s'était arrangée pour la marier à un monsieur respectable – et le major Wilshire prétendait ruiner ses plans ? Hum, on allait voir ce qu'on allait voir...

Serrant les mâchoires, Cordelia s'approcha du canapé – pour y tomber, le cas échéant – puis reporta son attention sur le major.

— Comment un homme qui se dit honorable peut-il ainsi déshonorer ma fille ?

Charles se leva et tira sur son gilet.

— En effet, major, commença-t-il, c'est tout à fait anormal. J'exige des explications.

— J'ai déjà expliqué, Briggeham : il n'y aura pas de mariage. Vous, madame, ajouta-t-il en fixant Cordelia d'un regard d'acier, m'avez trompé en décrivant votre fille.

— Pas du tout, renifla Cordelia. Je vous ai parlé de son intelligence, et vous saviez très bien qu'elle n'était pas de la première jeunesse...

— Vous avez omis de mentionner son amour pour les crapauds et autres vermines, sa manie de ramper par terre, et son atterrant manque de talent musical. Vous ne m'avez pas dit non plus qu'elle voudrait installer un laboratoire dans mon salon, et qu'elle a l'habitude de provoquer des incendies !

Cordelia se laissa choir dans le canapé avec un « oh, oh ! » fort réussi.

— Comment pouvez-vous dire une chose pareille... Charles, mes sels !

Tout en attendant ses sels, Cordelia réfléchit. Le major avait dû faire la connaissance d'Isadore, Cuthbert et Warfinkle... Quelle déveine !

Oh, Sammie, tu n'aurais pas pu te contenter d'apporter un livre ? songea-t-elle. Et quelle est cette histoire de ramper par terre ?

Elle connaissait, bien sûr, le manque de talent musical de sa fille, et ses expériences scientifiques pouvaient se révéler embarrassantes, mais que voulait-il dire par « provoquer des incendies » ? Qu'est-ce que Sammie était allée lui raconter ?

Poussant un soupir, elle se demanda ce qui retenait son époux. Il y avait beaucoup à faire pour redresser la situation. Elle ne pouvait rester toute la nuit sur le canapé.

— Voilà, ma chère ! dit-il en lui collant les sels sous le nez.

— Ça suffit comme ça, Charles, protesta Cordelia en repoussant sa main et en se redressant. Il s'agit de me ranimer, pas de me tuer… Maintenant écoutez, major, ajouta-t-elle en se tournant vers le visiteur avec son expression la plus sévère. Vous ne pouvez pas…

La porte du bureau s'ouvrit brutalement et Cyril fit irruption dans la pièce, affolé.

— Madame, monsieur ! Il est arrivé quelque chose d'affreux…

— Je vois ça, grommela Charles. Votre cravate est dénouée et vous avez des taches d'herbe sur votre pantalon. Et ce sont des brindilles dans vos cheveux ? Vous êtes complètement défait, mon ami. Qu'est-il arrivé ?

Cyril essayait de reprendre son souffle. Il s'épongea le front du revers de la main.

— C'est miss Sammie…

Il déglutit, faisant monter et descendre sa pomme d'Adam.

— Elle est… partie.

— Partie ? répéta Charles. Vous voulez dire, de la maison ?

— Oui, monsieur. En rentrant de chez le major…

— Oh, oh ! C'est donc vrai, murmura Cordelia en retombant sur le canapé. Mon bébé ! Elle est perdue !

— Non, madame. Elle a été enlevée.

— Enlevée ? fit Cordelia, bondissant sur ses pieds. Vous êtes fou ! Pourquoi dites-vous une chose aussi ridicule ? Qui diable irait enlever Sammie ? Et pourquoi ?

Pour toute réponse, le cocher tendit un bouquet de fleurs.

— C'est très gentil, Cyril, mais ce n'est vraiment pas le moment...

— Non, madame. C'est ce que le ravisseur m'a donné. Il me l'a jeté, après avoir cueilli miss Sammie comme une mauvaise herbe, à l'endroit où elle cherchait des insectes pour M. Hubert. Et il a disparu avec elle sur son grand cheval noir. Un mot y est attaché, précisa-t-il en lui tendant les fleurs.

Interloquée, Cordelia regarda le bouquet sans pouvoir prononcer une parole – ce qui, de mémoire de Briggeham, ne lui était jamais arrivé.

Charles détacha la note du bouquet et en rompit le sceau de cire. Parcourant le texte, il blêmit, et Cordelia se demanda si elle ne devrait pas lui appliquer les sels, à lui aussi.

Malgré ses jambes flageolantes, elle réussit à rester debout.

— Que lisez-vous, Charles ? A-t-elle vraiment été enlevée ? Y a-t-il demande de rançon ?

Charles, l'œil vitreux, regarda sa femme par-dessus le vélin couleur ivoire.

— Elle a bel et bien été enlevée, Cordelia...

Pour la première fois de sa vie, les genoux de Cordelia cédèrent sans qu'elle songeât à l'endroit où elle atterrirait. Grâce au Ciel, ce fut sur le canapé.

— Seigneur... Quel monstre a enlevé notre Sammie ? Combien veut-il ?

— Rien. Lisez vous-même.

Elle prit la feuille et la tint comme si c'était un serpent. Les mots qu'elle lut la stupéfièrent.

Chers M. et Mme Briggeham,

Je vous écris ce mot afin d'apaiser les craintes que vous pourriez avoir pour votre fille. Soyez rassurés, elle est hors de danger et aucun mal ne lui sera fait. J'ai simplement donné à Samantha l'occasion d'être libre, de mener sa vie sans avoir à épouser un homme contre son gré. J'espère que vous aurez à cœur de lui souhaiter tout le bonheur qu'elle mérite.

Le Voleur de Fiancées.

Cordelia s'arrêta sur la signature, en proie à des pensées contradictoires.

Le Voleur de Fiancées…

L'homme le plus célèbre, le plus recherché d'Angleterre, s'était enfui avec son bébé !

— Mon Dieu, Charles, nous devons prévenir la police.

Il y eut un éclair, suivi d'un coup de tonnerre qui fit trembler les fenêtres de la chaumière. Quelques secondes plus tard, la pluie se mit à tambouriner sur le toit.

Éric étouffa un juron. Il ne manquait plus qu'un orage pour retarder leur départ de la cabane.

Tendant la main, il murmura de sa voix de Voleur de Fiancées :

— Permettez-moi de vous aider à vous lever…

— Je peux me débrouiller seule, merci.

Sans le lâcher des yeux, Samantha se mit sur ses pieds.

Il l'observa tandis qu'elle époussetait sa robe et ajustait son bonnet, y fourrant plusieurs mèches emmêlées. Elle était petite, le sommet de sa tête lui arrivant à sa cravate. Le peu qu'il voyait de ses cheveux lui parut épais et brillant. Dans la faible lumière de l'âtre, il était impossible de distinguer la couleur exacte de ses yeux, mais ils étaient clairs – bleus, dirait-il – et très grands par rapport à la finesse de ses traits. Si on ne pouvait la dire belle, il trouvait son visage fascinant, avec ces yeux trop grands et ces lèvres trop pleines.

Promenant le regard le long de son corps, il leva un sourcil sous son masque. Fichtrement bien faite, cette demoiselle Briggeham... Même sa robe démodée ne parvenait pas à cacher le généreux renflement de ses seins. Abaissant encore les yeux, il se demanda si ses hanches étaient en harmonie avec le reste...

Cette pensée fut comme un seau d'eau froide. Eh là, mon bonhomme, contrôle-toi ! N'oublie pas que tu dois ramener cette fille chez elle, sans finir au bout d'une corde.

Reportant le regard sur son visage, il remarqua qu'elle le considérait avec méfiance.

— Je veux savoir ce que vous comptez faire de moi, grommela-t-elle.

Il admira son courage, que seule contredisait la rapidité de sa respiration.

— N'ayez pas peur, ma jeune amie. Je vais vous ramener dans votre famille.

— Parfait. Je souhaiterais partir tout de suite, si vous n'y voyez pas d'inconvénient. Ma famille doit s'inquiéter.

— Il pleut, fit remarquer Éric en regardant par la fenêtre. Nous allons attendre quelques minutes, pour voir si ça s'arrête.

— Je préfère partir tout de suite.

— Moi aussi, mais je tiens à vous ramener entière chez vous. Passons un marché, ajouta-t-il pour détendre l'atmosphère. Nous allons rester ici encore un quart d'heure. Si d'ici là, la pluie n'a pas cessé, nous partirons.

— Qu'est-ce qui me prouve que vous dites la vérité ?

— Je vous donne ma parole d'honneur.

— De la part d'un homme qu'on appelle « voleur », cela ne me rassure guère.

— Vous n'ignorez sûrement pas, mademoiselle Briggeham, qu'il existe, même chez les voleurs, un code de l'honneur.

Il s'assit par terre, dos au mur.

— Venez vous asseoir près de moi, que nous causions, l'invita-t-il en tapotant le sol à son côté. J'ai promis de ne pas mordre.

La voyant hésiter, il se leva, se dirigea vers la cheminée, retira le tisonnier de son support et le lui tendit.

— Tenez. Prenez ça, si cela peut vous rassurer.

Elle regarda le tisonnier, puis le Voleur de Fiancées.

— Pourquoi me donnez-vous une arme ?

— Pour prouver ma bonne foi, ma jeune amie. Je vous ai enlevée par erreur, et j'ai l'intention de vous ramener chez vous. Honnêtement, est-ce que je vous ai fait le moindre mal ?

— Non. Mais j'ai cru mourir de peur.

— J'en suis sincèrement désolé.

— Et puis j'ai perdu mes lunettes dans la bagarre, et laissé tomber ma bourse.

— Je vous renouvelle mes excuses les plus sincères. Prenez-le, insista-t-il en montrant le tisonnier. Je vous permets de me taper dessus, si je tente de vous agresser.

Ignorant la note d'amusement que trahissait sa voix, Sammie lui arracha le tisonnier de la main, puis recula, prête à l'assommer. Au lieu de sauter sur elle, il se rassit à la même place et la dévisagea.

La jeune fille ne savait quelle contenance adopter. La pluie cinglait les fenêtres, et elle devait admettre qu'il ne serait pas sage de traverser les bois, de nuit et par ce temps.

Elle n'allait tout de même pas lui faire confiance. Certes, il lui avait donné le tisonnier, mais il pensait sûrement pouvoir la désarmer au cas où. Elle prit une profonde respiration et essaya de raisonner.

Le Voleur de Fiancées. Se creusant la tête, elle reconnut en avoir sans doute entendu parler, mais elle n'écoutait pas les potins dont sa mère et ses sœurs raffolaient. Maintenant qu'elle y repensait, le nom lui était vaguement familier.

Le mieux qu'elle avait à faire était d'engager la conversation. Peut-être glanerait-elle quelques informations qui l'aideraient à déterminer s'il était digne de confiance – ou des indices à communiquer à la police.

Sans lâcher le tisonnier, elle s'assit par terre, à l'autre bout de la pièce vide, puis loucha en direction de son ravisseur.

— Dites-moi, monsieur le Voleur, avez-vous volé beaucoup de fiancées rebelles ? demanda-t-elle d'un ton léger.

Un gloussement retentit.

— Vous n'avez manifestement jamais entendu parler de moi. J'ai aidé plus d'une douzaine de fiancées, ma jeune amie. Des femmes malheureuses, sur le point de se marier contre leur gré.

— De quelle manière les aidez-vous ?

— Je les fais passer sur le Continent ou en Amérique, et je leur procure les fonds nécessaires pour s'établir dans leur nouvelle vie.

— Ce doit être très coûteux.

Elle crut le voir hausser les épaules.

— J'ai les moyens de le faire.

— Je vois. Vous les volez aussi, ces « moyens » ?

De nouveau, il gloussa.

— Vous êtes du genre soupçonneux, hein ? Non, ma jeune amie, je n'ai pas besoin de délester qui que ce soit de ses souverains. L'argent que je donne m'appartient.

Sammie ne put cacher sa surprise. Ciel, qui était cet homme ? Après avoir assimilé ce qu'il venait de révéler, elle hocha lentement la tête.

— Je crois que je commence à comprendre. Vous êtes un peu comme Robin des Bois. Mais au lieu de voler des bijoux, vous volez des fiancées. Et au lieu de donner votre butin aux pauvres, vous leur offrez la liberté.

— Je n'y avais jamais pensé, mais c'est à peu près ça.

— Et vous étiez prêt à m'offrir la liberté... pour m'éviter un mariage avec le major Wilshire.

— Vous avez tout compris. Mais vous ne manquez pas de personnalité et avez pris votre destin en main... Dites-moi, ma jeune amie, ajouta-t-il, pourquoi ne vouliez-vous pas épouser le major ?

— Nous n'avons pas grand-chose en commun, répondit-elle après s'être éclairci la voix. En fait, nous sommes aussi mal assortis que possible. Mais à dire vrai, je n'ai pas envie de me marier avec qui que ce soit. Je suis satisfaite de ma vie, et le célibat me permettra de poursuivre mes recherches scientifiques. La plupart des hommes essaieraient, je le crains, de contrarier mes études... Mais assez parlé de moi. Ces évasions de fiancées m'intéressent fort. Là où vous voyez un secours, les familles de ces jeunes femmes voient un enlèvement.

— En effet.

— Et j'imagine que la justice est à vos trousses.

— Et me verrait bien la corde au cou.

— Alors pourquoi le faites-vous ? demanda Sammie, fascinée malgré elle. Qu'allez-vous gagner en vous exposant de la sorte ?

Il commença par garder le silence, puis sa voix rauque, plus âpre que précédemment, emplit la petite pièce.

— Une femme que j'aimais a été contrainte d'épouser un homme qu'elle détestait. Je n'ai pas pu la sauver. Aussi, j'essaie d'aider d'autres femmes comme elle. Une femme devrait avoir le droit de ne pas épouser un homme qui lui répugne.

Il marqua une pause, puis continua, si bas qu'elle dut tendre l'oreille :

— Ce que je gagne, c'est la gratitude que je vois briller dans les yeux de ces jeunes femmes. Chacune atténue un peu le sentiment de culpabilité qui me hante, pour n'avoir pu aider celle que j'aimais.

— Alors ça ! s'exclama Sammie, éberluée. C'est

incroyablement... noble. Et romantique. Risquer votre vie pour une cause aussi louable...

Un frisson, qui n'avait rien à voir avec la peur, lui parcourut le dos.

— Dieu sait que j'aurais apprécié votre aide, si j'en avais eu besoin, ajouta-t-elle.

— Mais vous n'en avez pas besoin, ce qui m'oblige à vous ramener chez vous.

— Exact.

Sammie regarda dans le vide. Elle avait le cœur qui battait si fort qu'elle se demandait s'il pouvait l'entendre. Comme elle aurait aimé le voir mieux, car cet homme incarnait toutes les qualités dont elle rêvait en secret. Il était grand, fort, et elle était sûre que son masque cachait un visage captivant. Il était impétueux, courageux...

En un mot, un héros.

C'était comme s'il était sorti de son imagination, des pages de son journal intime, le seul endroit où elle osât révéler ses désirs secrets. Impossibles. Il était en effet impossible qu'un homme comme celui-ci rencontre une femme comme elle, et l'emporte dans des lieux magiques.

Elle poussa un lourd soupir. Il fallait qu'elle en sache davantage... sur lui, et sur cette vie excitante et dangereuse qu'il menait. Posant le tisonnier sur le plancher, elle se leva, traversa la pièce et s'assit à son côté.

Elle leva les yeux vers son masque, et leurs regards se croisèrent à travers les étroites fentes. Elle aurait voulu discerner la couleur de ses yeux. Tout ce qu'elle pouvait dire, dans la douce lueur de l'âtre, c'est qu'ils étaient sombres. Et impénétrables.

— Vous arrive-t-il d'avoir peur ? questionna-t-elle.

— Oui, ma jeune amie. Chaque fois que j'enfile ce costume. Je n'ai aucune envie de mourir, vous savez, dit-il en se penchant vers elle.

Une odeur délicieuse l'enveloppait. Odeur de cuir et de cheval... D'aventure.

— Vous portez une arme ?

— Un poignard dans ma botte. Rien de plus. Je ne supporte pas le contact d'un pistolet.

Elle crut discerner une lueur de tristesse dans ses yeux.

— Dites-moi, où m'auriez-vous envoyée ? demanda-t-elle. En Amérique ou sur le Continent ?

— Où auriez-vous aimé aller ?

— Oh, souffla-t-elle en fermant les yeux pour mieux se concentrer, il y a tant d'endroits que je rêve de connaître...

— Si vous aviez le choix, où iriez-vous ?

Elle ouvrit les yeux et rit.

— En Italie. Non, en Grèce... Non, en Autriche... Il est heureux, je pense, que je n'aie pas eu recours à vos services, monsieur, car je serais incapable de décider.

Son regard semblait la pénétrer, et elle cessa de sourire. Le poids de ce regard la glaçait et la réchauffait à la fois.

— Qu'est-ce qui ne va pas ?

— Vous devriez faire cela plus souvent, mademoiselle Briggeham.

— Quoi ? Faire preuve d'une pareille indécision ?

— Non. Rire comme vous venez de le faire. Vous en êtes... transformée.

Elle ignorait si c'était un compliment mais, prononcées de cette voix veloutée, ces paroles étaient comme du miel.

— Dites-moi, chuchota-t-il, si vous deviez choisir un seul endroit, quel serait-il ?

— L'Italie, répondit-elle, le cœur battant. J'ai toujours rêvé de voir Rome, Florence, Venise, Naples... et toutes les autres villes. J'aimerais explorer les ruines de Pompéi, parcourir le Colisée, visiter les Offices, admirer les œuvres du Bernin et de Michel-Ange, nager dans les eaux tièdes de l'Adriatique...

Sa voix s'éteignit dans un soupir.

— Explorer ? répéta-t-il. Parcourir ? Nager ?

Elle rougit, pleine de confusion d'avoir révélé à cet étranger des choses qu'elle ne disait qu'à Hubert.

Allait-il se moquer d'elle ? Elle plissa les yeux afin de discerner son regard mais, à sa surprise, elle n'y lut aucun amusement, seulement une grande intensité qui la troubla profondément.

— J'imagine que personne ne connaît votre véritable identité, fit-elle remarquer pour rompre le silence.

Il hésita un moment.

— Si quelqu'un la connaissait, cela me coûterait la vie.

— Oui, je suppose. C'est une existence solitaire que vous avez choisie là, monsieur, au service d'une noble cause.

— Oui, admit-il en hochant lentement la tête. Mais ce n'est pas un gros sacrifice.

— Je ne suis pas de votre avis. Moi-même… je me sens souvent seule. Et je sais que ce n'est pas toujours facile.

— Mais vous avez des amis, j'en suis sûr.

— Quelques-uns. En fait, très peu. J'ai ma famille. Je suis particulièrement proche de mon petit frère. Cependant, il serait parfois agréable…

— Oui ?

Elle haussa les épaules, gênée.

— D'avoir quelqu'un d'autre qu'un jeune garçon pour vous comprendre, compléta-t-elle.

Elle étudia quelques secondes sa robe froissée, puis leva les yeux vers lui.

— J'espère, monsieur, que vous trouverez un jour quelqu'un qui atténuera votre sentiment de culpabilité et votre solitude.

Il la dévisagea longuement. Puis, d'un doigt ganté, lui caressa la joue.

— Moi aussi, ma jeune amie…

À ce bref contact, Sammie retint son souffle. Incapable de bouger, elle se contenta de le regarder, troublée par l'étrange chaleur qui l'envahissait soudain. Avant qu'elle n'ait le temps d'analyser cette sensation, il se leva avec souplesse et lui tendit la main.

— Venez. La pluie a cessé. Il est temps que je vous ramène chez vous.

Chez elle ? Sammie s'arracha à sa stupeur. Oui, bien sûr… chez elle. Sa maison. Sa famille…

Seigneur, sa famille ! Ils devaient être morts d'inquiétude. Cyril avait dû les informer de sa disparition. Elle était si captivée par son ravisseur masqué, qu'elle avait oublié combien sa mère, son père et Hubert devaient être angoissés.

— Oui, dit-elle, plaçant sa main dans la sienne, pour qu'il l'aide à se lever. Je dois rentrer à la maison.

Elle *souhaitait* rentrer. Alors pourquoi ce regret, cette impression de vide ?

Sans un mot de plus, ils quittèrent la chaumière. Il l'aida à monter en selle puis, sautant derrière elle, l'enferma entre ses cuisses fermes et l'entoura de son bras musclé. Bien qu'il lui communiquât la chaleur de son corps, elle était parcourue de frissons.

— N'ayez pas peur, ma jeune amie. Je ne vous laisserai pas tomber.

Avant que Sammie n'ait le temps de lui assurer qu'elle n'avait pas peur, ils s'élancèrent à travers la forêt. Une sorte d'euphorie avait remplacé la crainte. Fermant les yeux, elle savoura cette sensation nouvelle : le vent sur son visage, l'odeur de terre mouillée, le bruissement des feuilles… Elle s'imaginait être une ravissante princesse entre les bras d'un beau prince, en route vers quelque lieu exotique. Rêves insensés. Mais elle savait que ces moments avec ce héros masqué étaient précieux, et qu'ils ne se renouvelleraient pas.

Bientôt – trop tôt – il arrêta son cheval. Ouvrant les yeux, elle plissa les paupières et discerna dans le lointain des lueurs, qui lui rappelaient les lucioles attrapées plus tôt.

— Briggeham Manor se trouve juste derrière ces arbres, murmura-t-il. Je crains que votre disparition n'ait mis toute la région en émoi.

— Comment le savez-vous ?

— Écoutez.

Elle tendit l'oreille et perçut un brouhaha de voix.

— Qui est-ce ?

— À en juger par le nombre de lanternes, je dirais que la moitié du village est là.

— Oh, mon Dieu... Laissez-moi ici et je marcherai jusqu'à la maison. Je ne voudrais pas que vous risquiez d'être capturé.

— Personne ne semble porter d'arme. Je vais vous remettre à votre famille. Je ne voudrais pas que vous mettiez le pied dans un trou ou que vous tombiez dans l'obscurité. Toutefois, je vais vous dire au revoir ici, car il me faudra m'éclipser en hâte.

— Merci, monsieur.

— Vous n'avez pas à me remercier. Il était de mon devoir de vous ramener chez vous, ma jeune amie.

— Je ne vous remercie pas pour ça, bien que je n'y sois pas insensible, répliqua-t-elle en le regardant, la gorge nouée. Je vous remercie pour cette incroyable soirée, que je n'oublierai jamais. Ce fut une grande aventure. Voyez-vous, j'ai toujours rêvé de vivre une aventure... ajouta-t-elle en baissant les yeux.

Plaçant ses doigts gantés sous son menton, il lui releva le visage.

— Eh bien, mademoiselle Briggeham, je suis heureux d'avoir pu vous offrir votre grande aventure.

— Je vous souhaite bonne chance, monsieur. Ce que vous faites est noble et héroïque.

Elle devina qu'il souriait sous son masque.

— Merci, ma jeune amie. Et moi je vous souhaite d'explorer, un jour, ces lieux dont vous rêvez. J'espère que tous vos rêves se réaliseront.

Sur ces mots, il mit sa monture au galop. Ils sortirent du bois et traversèrent le pré. La bouffée d'air que Sammie reçut en plein visage, lui fit plisser les yeux. Son cœur battait la chamade tandis qu'ils approchaient de la foule.

Le cheval s'arrêta à moins de trois mètres de l'attroupement. Des cris de surprise, suivis de murmures, se firent entendre. Il la déposa par terre, puis se tourna vers la foule qui les contemplait bouche bée.

— Je ramène miss Briggeham. Avec mes excuses.

Il tira brutalement sur les rênes et son magnifique étalon se cabra. Les gens regardèrent avec stupéfaction le cavalier masqué se détacher contre la lueur que répandaient les lanternes. Sammie vit le monocle de son père tomber par terre.

À l'instant où ses sabots touchèrent le sol, le cheval partit au grand galop, la longue cape noire du Voleur battant derrière lui. Quelques secondes plus tard, la nuit l'engloutissait.

— Samantha !

La voix de son père rompit le silence.

— Papa ! s'écria-t-elle en courant vers lui.

Il l'étreignit si fort qu'elle faillit étouffer.

— Sammie, ma chérie. Grâce au Ciel, te voilà…

Relâchant son étreinte, il la tint à bout de bras pour l'observer avec attention.

— Tu vas bien ?

— Tout à fait bien.

— Il t'a… maltraitée ? demanda-t-il à mi-voix.

— Non. En fait, il a été très gentil.

Apparemment rassuré, il hocha la tête.

— Je suppose qu'il est inutile de le poursuivre, dit-il en se tournant vers les bois. La nuit est trop noire et il a pris trop d'avance. En outre, ce qui importe, c'est que tu sois de retour. Saine et sauve. Voilà tes lunettes, ma chérie, ajouta-t-il en les sortant de la poche de son gilet. Cyril les a trouvées dans le bois.

Soulagée, Sammie les glissa sur son nez. La foule l'entoura, exprimant sa joie de la retrouver, tout en jetant des regards féroces en direction de la forêt. Cyril essuya ses larmes avec un énorme mouchoir et la serra dans ses bras.

— J'espère ne plus jamais connaître une pareille peur, mademoiselle Sammie, gémit-il en se mouchant. Ça m'aura coûté dix ans de vie. Et je n'ai plus un cœur de vingt ans...

L'enfermant dans ses bras maigres, Hubert l'écrasa contre sa poitrine.

— Sammie, tu nous as fait une sacrée peur !

Elle embrassa sa joue et ébouriffa ses cheveux indisciplinés.

— Je suis désolée, mon chéri. Je...

La porte d'entrée de Briggeham Manor s'ouvrit.

— Mon bébé ! Où est mon bébé ? s'écria Cordelia Briggeham.

Elle dégringola les marches, se fraya un chemin parmi la foule et se jeta sur Sammie, avec une telle force qu'elles seraient tombées toutes les deux, si Charles ne les avait retenues.

Enveloppant Sammie dans une étreinte parfumée, elle murmura :

— Oh, ma pauvre, pauvre enfant...

Puis, l'éloignant, elle scruta son visage :

— Tu n'es pas blessée ?

— Non, maman. Je vais très bien.

— Dieu merci, dit-elle en portant la main à son front.

Charles s'avança et murmura d'un ton furieux :

— N'allez pas vous évanouir, madame Briggeham. Si vous le faites, je ne vous ramasserai pas. Vos crises de nerfs, j'en ai eu ma dose pour ce soir !

Cordelia en resta muette de stupéfaction, et son mari en profita pour lancer d'une voix forte à l'adresse de la foule :

— Comme vous pouvez le voir, Samantha est saine est sauve. Merci à tous d'être venus, mais à présent, si vous voulez bien nous excuser, nous souhaiterions mettre notre fille dans un bon lit bien chaud.

Après avoir émis toutes sortes de vœux, les voisins regagnèrent leurs maisons, et les domestiques leurs quartiers.

Comme ils gravissaient les marches du perron, un cavalier arriva.

— Monsieur Briggeham ? héla-t-il.

— Oui ?

— Je m'appelle Adam Straton. Je suis magistrat. J'ai appris que votre fille avait été enlevée par le Voleur de Fiancées.

— En effet. Mais je suis heureux de vous annoncer qu'elle nous a été rendue indemne, répondit Charles en montrant Samantha.

L'homme étudia Sammie avec intérêt.

— Voilà une heureuse nouvelle... Je n'ai jamais entendu dire que le brigand ait rendu l'une de ses victimes. Vous avez de la chance.

Les paroles du magistrat irritèrent Sammie, mais avant qu'elle n'ouvre la bouche pour protester, il poursuivit :

— Je souhaiterais m'entretenir avec vous de votre enlèvement, mademoiselle Briggeham... si vous vous en sentez capable.

— Certainement, monsieur Straton, répliqua-t-elle, ravie d'avoir l'occasion de corriger sa méprise.

— Charles, vous devriez faire entrer M. Straton dans le salon, suggéra Cordelia. Samantha et moi vous rejoindrons dans un moment. J'aimerais d'abord m'entretenir en privé avec elle.

— Très bien, acquiesça M. Briggeham. Par ici, monsieur Straton...

Ils pénétrèrent dans la maison et refermèrent la porte derrière eux.

Dès qu'elles furent seules, Cordelia se tourna vers sa fille.

— Je veux la vérité, ma chérie. Cet homme t'a-t-il fait du mal ? De quelque façon que ce soit ?

— Non, maman. Il s'est conduit en parfait gentilhomme, il a été très aimable. Et il s'est excusé de m'avoir enlevée.

— C'est bien le moins, mais je dois dire que je tiens le major Wilshire pour responsable de toute cette affaire. C'est un méchant bonhomme, ma chérie, et je refuse que tu l'épouses.

Sammie tenta de dire quelque chose, mais sa mère poursuivit :

— Tu ne vas pas essayer de m'en dissuader, Samantha. Ma décision, et celle de ton père, est prise. Il est hors de question que tu épouses le major Wilshire. C'est compris ?

— Euh… oui, maman. C'est compris, dit Sammie, totalement perdue, mais se gardant bien de discuter.

— Parfait. Maintenant, j'ai une autre question à te poser avant que nous rentrions.

Elle s'approcha et baissa la voix :

— J'ai lu un article sur le Voleur de Fiancées, dans le *Times*. On dit qu'il s'habille tout en noir comme un bandit de grand chemin, et qu'il est masqué. C'est vrai ?

— C'est vrai.

— On dit aussi qu'il est fort et sans pitié, ajouta Cordelia en frissonnant.

— Il est très fort. Mais il n'est pas sans pitié. Il est gentil, prévenant et noble, soupira Sammie.

— Mais c'est un voleur.

— Il ne vole pas d'argent, maman. Il en a beaucoup lui-même. Il souhaite seulement aider les jeunes filles, que l'on veut marier contre leur gré, à entamer une nouvelle vie, parce qu'une femme qu'il aimait a été obligée d'épouser un homme qu'elle détestait.

Cordelia fronça les sourcils.

— Si noble que cela paraisse, ma chérie, il n'en demeure pas moins que tu es restée plusieurs heures avec un homme. Sans chaperon. Ta réputation peut en souffrir.

N'ayant pas songé à cet aspect de son aventure, Sammie ne sut que répondre. Si elle se moquait de l'opinion des autres, elle n'avait aucune envie, par égard pour sa famille, de provoquer un scandale.

Elle regarda sa mère et fut prise de panique. Elle ne connaissait que trop cette expression. La lueur dans son regard disait : « Il doit bien y avoir un moyen de tourner cette catastrophe à mon avantage », annonciatrice de ses plans les plus extravagants. Elle croyait l'entendre penser.

— Sammie, va rejoindre ton père et M. Straton. Je viendrai dans un moment. J'ai besoin de me concentrer.

— Voulez-vous que j'aille chercher vos sels ?

— Non, ça va, dit Cordelia en caressant la joue de sa fille. J'ai simplement besoin d'un peu d'air pour rassembler mes esprits. Va, j'arrive tout de suite.

Sammie embrassa sa mère, puis entra dans la maison, en faisant des prières pour que son nouveau plan soit moins désastreux que celui de son mariage avec le major Wilshire !

Cordelia arpentait le perron en cherchant l'inspiration. Comment faire pour que cet enlèvement ne tourne pas au scandale et ne ruine la famille ? Comment l'éclairer d'une lumière positive ? Sa fille, enlevée par l'homme le plus célèbre d'Angleterre… En sa compagnie sans chaperon, pendant plusieurs heures… Elle en avait des maux de tête, rien que d'y songer. Et à la pensée de la réaction de Lydia Nordfield, elle était parcourue d'un frisson. Dans une telle circonstance, que devait faire une mère ?

Tout en regardant dans le lointain, à l'endroit où la lune caressait la cime des arbres marquant la lisière de la forêt, elle songeait à l'homme qui avait enlevé Sammie.

Elle esquissa une moue. D'après sa fille, il était gentil, prévenant et noble… Et il avait beaucoup d'argent.

Peut-être était-il un ravisseur, mais c'était manifestement un ravisseur correct. Et riche… Hum !

Elle ne put s'empêcher de se demander s'il était marié.

4

Article paru dans le *London Times* :

Le célèbre Voleur de Fiancées a de nouveau frappé ! Il a enlevé une jeune femme du village de Tunbridge Wells, dans le comté du Kent. Cette fois, cependant, le Voleur l'a ramenée, après avoir compris s'être trompé. La jeune femme qui, grâce au Ciel, est saine et sauve, a fait preuve d'un grand courage. Elle n'a pas été en mesure de donner une description précise du Voleur de Fiancées, car il était masqué, mais elle a évoqué sa voix basse et râpeuse, et révélé qu'il est un excellent cavalier.

Un groupe de pères de victimes kidnappées, surnommé « les Traqueurs du Voleur de Fiancées », a porté la récompense promise pour sa capture à cinq mille livres ! Il n'est pas un homme dans toute l'Angleterre qui ne cherchera à gagner une telle fortune, et rien ne sera omis pour traîner en justice le Voleur de Fiancées.

— Ah ! Vous voilà, lord Wesley !

La voix haut perchée de Lydia Nordfield écorcha les oreilles d'Éric, qui ne put s'empêcher de faire une grimace. Maudissant la nuit qui ne l'avait manifestement pas aussi bien caché qu'il l'espérait, il quitta le coin de la terrasse et se dirigea vers son hôtesse. Mme Nordfield avait une vue extraordinaire, dut-il admettre, tout en soupçonnant que rien, pas même la nuit la plus noire, n'empêcherait cette dernière de repérer un membre de l'aristocratie.

Il s'arrêta devant elle et s'inclina.

— Vous me cherchiez, madame ?

— Oui, milord. Je vous ai à peine vu, ce soir.

— Oh, je n'en suis pas offensé. Je comprends que vous soyez prise par vos devoirs d'hôtesse... Quelle élégante soirée ! ajouta-t-il en embrassant d'un geste large la maison et le parc parfaitement entretenu. Vous vous êtes surpassée.

Elle se rengorgea comme un paon – ressemblance renforcée par les plumes de son turban.

— Après notre conversation de la semaine dernière, je ne pouvais pas ne pas donner une soirée pour miss Briggeham. Comme vous le disiez, son enlèvement est la chose la plus folle qu'on ait connue depuis des années. Surtout après l'article du *Times*.

— En effet, madame. Cette soirée donnée en son honneur fait de vous la vedette de Tunbridge Wells.

Même la pénombre ne pouvait masquer la cupidité de cette femme.

— Oui, tout comme vous l'aviez prédit. Et si d'autres fêtes ont été données pour miss Briggeham, personne d'autre que moi n'a su vous attirer dans sa demeure. Bien sûr, aucune hôtesse n'a une fille aussi ravissante que ma Daphné, ronronna-t-elle en lui agrippant le bras. Et naturellement, j'ai fait en sorte que l'enlèvement de cette pauvre Samantha tourne à son avantage. C'est bien le moins que je pouvais faire. Après tout, sa mère est ma meilleure amie.

Elle émit un soupir à fendre l'âme, et poursuivit :

— J'espère qu'elle apprécie sa popularité, car elle sera éphémère.

— Éphémère ? répéta Éric en levant un sourcil. Qu'est-ce qui vous faire dire cela ?

— Lorsque l'intérêt suscité par son aventure aura passé, Samantha retournera à ce qu'elle a toujours été, la pauvre chérie.

— C'est-à-dire ?

— Ce n'est un secret pour personne, milord, qu'elle est… étrange. Elle attrape des crapauds et des insectes dans la forêt ! C'était déjà choquant quand elle était enfant, mais pour une femme de son âge avancé, c'est tout simplement inconvenant. Et au lieu d'essayer d'apprendre à jouer du pianoforte et à danser, elle passe son temps dans l'étrange resserre de son étrange frère, où ils s'adonnent à des expériences scientifiques qu'on ne peut qualifier que de…

— D'étranges, proposa-t-il d'un ton agacé.

— Exactement ! Et bien que je ne sois pas du genre à faire circuler les potins, j'ai récemment entendu dire que Samantha nage dans le lac de la propriété de ses parents !

À cette évocation, elle fut parcourue d'un frisson.

— Bien sûr, précisa-t-elle, je ne dirai jamais un mot contre elle, mais je plains cette pauvre Cordelia qui doit endurer les goûts de sa fille.

Éric imagina miss Briggeham s'ébattant dans le lac, sa robe collant à ses formes gracieuses. À moins qu'elle ne se débarrasse de sa robe et ne porte qu'une chemise… ou moins encore ? Cette pensée l'échauffa.

— Peut-être Mme Briggeham trouve-t-elle les goûts de sa fille… charmants. Et intéressants.

— Bien sûr que non ! Même si Cordelia essaie de le faire croire à tout le monde… Grâce au Ciel, ajouta-t-elle avec un sourire carnassier, ma Daphné est une vraie dame. Une délicieuse jeune femme. Elle est musicienne et chante comme un ange. C'est aussi un peintre de talent. Pendant que vous êtes ici, ne manquez pas de visiter la galerie.

— Avec plaisir.

— Et n'oubliez pas que vous lui avez promis une danse, dit-elle en lui serrant le bras.

— Je suis un homme de parole.

— Parfait. Il semblerait que l'orchestre joue un quadrille. Je vais vous aider à trouver Daphné…

— Ne vous donnez pas ce mal, l'interrompit Éric avec son sourire le plus charmeur. J'aimerais d'abord fumer un cigare, et je ne voudrais pas vous enlever plus longtemps à vos autres invités.

Rappelée à ses devoirs d'hôtesse, elle retira à contrecœur sa main du bras d'Éric.

— Oui, admit-elle, il faut que j'y aille. Je vais dire à Daphné que vous allez l'inviter à danser, milord, conclut-elle en plissant les yeux.

— J'espère qu'elle me fera l'honneur d'accepter.

Marmonnant quelque chose du genre « Pour avoir ce bonheur, elle ramperait à travers des flammes », Mme Nordfield fit une révérence et traversa la terrasse pour entrer dans la maison.

Une fois qu'elle eut disparu par la porte-fenêtre, Éric se fondit dans l'obscurité, effaçant les plis que les doigts de son hôtesse avaient imprimés sur sa manche. Bien qu'il fût souvent la proie des mères de filles à marier, il trouvait les façons de Lydia Nordfield particulièrement fâcheuses. Ses remarques condescendantes sur miss Briggeham lui avaient porté sur les nerfs.

Mais le jeu en valait la chandelle. Grâce à la visite qu'il avait faite à Lydia, la semaine précédente, pour lui présenter sous un jour favorable l'enlèvement de Samantha, grâce aussi à l'article paru, le matin même, dans le *Times*, la nouvelle s'était répandue comme une traînée de poudre. Après s'être récrié d'admiration devant le courage de la jeune femme, il avait dit à Mme Nordfield avoir reçu de nombreuses invitations à des fêtes en l'honneur de miss Briggeham – invitations qu'il n'avait malheureusement pu accepter, en raison d'engagements antérieurs – et s'était étonné qu'*elle*, l'hôtesse la plus en vue de la région, ne l'ait pas encore invité. Il était pourtant prêt à se libérer pour assister à une telle soirée – et sollicitait l'honneur de danser avec celle de ses filles qui n'était pas encore mariée.

Deux jours plus tard, il recevait une invitation.

L'indispensable Arthur Timstone lui avait déjà rapporté qu'au lieu d'être mise au ban de la société, miss Briggeham était la coqueluche du village. Cependant, Éric savait que pour ne pas pâtir de sa rencontre avec le Voleur de Fiancées – rencontre à laquelle il ne cessait de penser —, elle avait besoin de l'approbation de Mme Nordfield.

Une fois assuré que Samantha n'avait pas donné aux autorités de renseignements notables sur lui, Éric pensait l'oublier.

Il se trompait.

Ses paroles, prononcées d'un ton rêveur, s'étaient imprimées dans son esprit : *Ce fut une grande aventure. Voyez-vous, j'ai toujours rêvé de vivre une aventure...* Il s'imaginait sans mal une jeune femme comme elle – une laissée-pour-compte, ayant passé toute sa vie à Tunbridge Wells – rêvant d'aventure.

Je me sens souvent seule. Cette déclaration l'avait profondément touché. Dieu sait qu'il comprenait la solitude ! L'isolement provoqué par la vie secrète qu'il menait, menaçait parfois de l'étouffer. Même quand il était entouré de monde, il se sentait seul.

Embrassant la maison du regard, il remarqua que toutes les portes-fenêtres donnant dans la salle de bal étaient ouvertes, afin de laisser pénétrer la brise du soir. Dans le jardin, les grillons chantaient à qui mieux mieux, faisant concurrence aux accords des violons, au bourdonnement des conversations et au tintement des verres. Des parfums suaves émanaient de la tonnelle couverte de roses.

La soirée battait son plein. Mais où était miss Briggeham ? De sa position cachée, il tendit le cou, scrutant la salle à sa recherche. Quand enfin il la repéra, son cœur bondit.

Sa machination avait parfaitement fonctionné. Comme l'avait annoncé Arthur, tout semblait se passer au mieux pour miss Briggeham. Une demi-douzaine de dames l'entouraient, tels des vautours.

Deux jeunes gens les rejoignirent en se bousculant pour offrir un verre de punch à Samantha.

Se calant confortablement contre le mur extérieur de la maison, il sortit sa boîte à cigares en or de la poche de son gilet et en tira un cigarillo. Après l'avoir allumé, il inhala la fumée et observa la femme qu'il ne parvenait pas à chasser de son esprit.

Ses cheveux châtains étaient réunis sur la nuque en un simple chignon. Sa robe en mousseline bleu pâle ne pouvait cacher complètement ses courbes féminines. Bien que se tenant droite et la tête haute, elle restait petite.

Un autre homme rejoignit le groupe avec un verre de punch, et Éric s'étonna qu'elle pût encore en boire. Elle remercia le nouvel arrivant d'un sourire. Même de loin, il remarqua combien sa bouche était pulpeuse. L'homme la regardait avec un intérêt manifeste. Inexplicablement, Éric en fut contrarié, réaction qui ne fit qu'accroître son mécontentement.

Il l'observa pendant un quart d'heure. Messieurs et dames bourdonnaient autour d'elle comme des abeilles autour d'une ruche. Au début, il crut qu'elle s'amusait, mais après quelques minutes, il comprit que son sourire était forcé, et crut même la voir serrer les dents. Curieux…

Plus étrange encore était la lueur de tristesse qui obscurcissait ses yeux. Lorsqu'elle ne se crut pas regardée, son sourire s'évanouit, ses épaules tombèrent, et elle lorgna avec envie en direction des portes-fenêtres.

Il en éprouva un sentiment de culpabilité. Pourquoi était-elle malheureuse ? Sa rencontre avec le Voleur de Fiancées y était-elle pour quelque chose ?

Avec une inclination de la tête et un sourire contraint, elle s'extirpa du groupe et contourna la salle. Un grand blond, le vicomte Carsdale, l'arrêta près des portes-fenêtres, non loin d'Éric. Quoiqu'il ne pût entendre leur conversation, il vit Carsdale porter la main gantée de miss Briggeham à ses lèvres et la baiser plus longtemps que ne l'autorisaient les convenances, tout en jetant un regard concupiscent et prolongé sur son buste...

Éric était outré. Était-ce à cause de sa rencontre avec le Voleur de Fiancées que Carsdale la traitait avec si peu de respect ? Cela expliquait-il sa tristesse ? Les autres hommes la traitaient-ils de la même façon ? Sacrebleu, peut-être sa réputation était-elle atteinte. Au souvenir de ses courbes séduisantes pressées contre lui, il serra les mâchoires. Il ne permettrait à personne de lui manquer de respect – surtout s'il en était involontairement la cause !

Décidé à arracher Samantha des mains de Carsdale, il jeta son cigarillo à demi fumé et l'écrasa sous sa botte. Mais dès qu'il posa le pied dans la salle de bal, Lydia Nordfield vint se coller à lui.

— Je vois que vous avez fini votre cigare, milord, roucoula-t-elle en lui prenant énergiquement le bras.

Tout en la saluant poliment, il chercha le meilleur moyen de s'en débarrasser. Miss Briggeham ayant réussi à échapper toute seule à Carsdale, il resta un petit moment avec son hôtesse, acceptant une flûte de champagne et l'écoutant débiter des banalités, sans quitter des yeux la femme aux cheveux châtains qui traversait la salle. Deux hommes qu'il reconnut, MM. Babcock et Whitmore – fils de riches voisins – l'interceptèrent. Quand Babcock lui baisa la main, les doigts d'Éric se crispèrent sur son verre.

Il allait traverser la salle, lorsque miss Briggeham indiqua les portes-fenêtres. Au moment où Babcock et Whitmore se retournaient pour regarder vers la terrasse, elle se rua derrière un groupe de palmiers. Éric réprima un sourire et approuva distraitement ce que lui disait Mme Nordfield. Hum... Ces palmiers ressemblaient à ceux qu'il avait dans sa serre – coïncidence qui justifiait un examen approfondi...

Sammie remonta ses lunettes sur son nez et regarda à travers l'épais feuillage des palmiers et des fougères en pots de Mme Nordfield.

Juste Ciel, ils étaient là-bas – Alfred Babcock et Henry Whitmore. Ils erraient près des portes-fenêtres, se demandant où elle avait bien pu passer.

Elle poussa un soupir. Jamais elle n'avait rencontré deux individus aussi ennuyeux. Pire encore, il était impossible de demeurer sérieuse en leur compagnie : le visage hérissé de poils de M. Babcock faisait irrésistiblement penser à un hérisson, tandis qu'avec ses cheveux noirs, ses yeux rapprochés et son nez en bec d'aigle, M. Whitmore ressemblait à une corneille ! Elle les avait écoutés évoquer les meilleures façons de nouer une cravate, brûlant de les étrangler avec les leurs. En désespoir de cause, elle avait montré le parc plongé dans la nuit et s'était exclamée :

— Regardez ! Une harde de daims !

Au moment où ils tournaient la tête, elle s'était précipitée derrière un abri. Elle était à présent en sécurité... mais pour combien de temps ?

— Eh, Sammie, que fais-tu cachée derrière les plantes de Mme Nordfield ? Tu ne te sens pas bien ?

Elle eut du mal à réprimer un gémissement et se retourna vers Hermione. Sa ravissante sœur ouvrit son éventail de dentelle et se glissa avec elle derrière les palmiers.

— Je vais très bien, mais je t'en prie, parle plus bas, la supplia Sammie en jetant un coup d'œil à travers le feuillage.

— Désolée, chuchota Hermione. Qui cherches-tu à éviter ? Maman ?

— Pas en ce moment. J'essaye d'échapper à ces deux élégants, à côté des portes-fenêtres.

Hermione se tordit le cou.

— Babcock et Whitmore ? Pour ma part, je les trouve fort sympathiques.

— Pour des cornichons à tête de chou, ils sont ravissants.

— Ils n'ont pas été gentils avec toi ?

Hermione semblait prête à partir à l'attaque pour défendre sa sœur, et celle-ci en éprouva de la gratitude.

— Pire, dit-elle. Ils voulaient danser avec moi.

— C'est pourquoi tu t'es réfugiée derrière ces palmiers.

— Exactement.

— Que fais-tu ici ?

À ces mots chuchotés à son oreille, Sammie sursauta. Se retournant, elle vit sa sœur Emily se planter à côté d'Hermione.

— À quoi joues-tu, Sammie ? dit Emily en ajustant sa robe de mousseline couleur crème. Qui épies-tu ?

— Elle n'épie personne. Elle se cache de MM. Babcock et Whitmore.

— Le Hérisson et la Corneille ? fit Emily avec un reniflement de mépris. Sage décision, Sammie. Ces deux-là feraient bâiller d'ennui une tapisserie.

— Justement, acquiesça Sammie. C'est pourquoi vous devez regagner toutes les deux la fête. Sinon, on va nous remarquer. En fait…

— Que fabriquez-vous toutes les trois derrière ces palmiers ?

La voix haut perchée de Lucille résonna dans la pièce aux murs recouverts de papier. Sammie saisit la main gantée de sa troisième sœur et la tira sans façon derrière les feuillages.

— S'il te plaît, parle plus bas, Lucille…

Sa quête de tranquillité tournait au fiasco. Ses sœurs ne lui voulaient que du bien, certes, mais les pots pouvaient à peine cacher deux personnes. Alors quatre…

Se pressant dans le coin, Sammie réprima un cri quand Hermione lui marcha sur le pied.

— Vous devez toutes partir, chuchota-t-elle, au désespoir. Ouste ! souffla-t-elle avec un geste pour les chasser.

— Arrête de me donner des coups de coude, Lucille, dit Emily à mi-voix, ignorant la demande de Sammie.

— Alors, cesse de me pousser, rétorqua Lucille. Et garde tes plumes d'autruche pour toi, ajouta-t-elle en écartant les plumes qui ornaient le bandeau d'Emily.

— Qui me pousse dans le dos ? grommela Hermione en essayant de regarder derrière elle. J'étais là la première...

— En fait, c'est moi qui étais là la première, marmonna Sammie.

Tandis que ses trois sœurs se disputaient pour savoir qui bousculait qui, elle écarta les feuilles de palmiers et scruta la salle, priant que personne n'ait remarqué l'agitation qui régnait derrière les pots.

Sa prière ne fut pas exaucée.

MM. Babcock et Whitmore, entre autres, jetaient des regards curieux en direction des palmiers. Pire encore, Mme Briggeham approchait, l'air soupçonneux.

— Maman arrive de ce côté, prévint Sammie. Si elle me trouve, elle m'exhibera de nouveau et je serai bonne pour la maison de fous. Je vous en supplie, aidez-moi !

À l'évocation de leur mère, les trois sœurs prirent la situation en main.

— Lucille, chuchota Hermione, prends maman par la droite. Emily, par la gauche. J'assurerai l'arrière.

Hermione, Lucille et Emily sortirent de derrière les arbres dans une confusion de mousseline, de plumes et de rubans. À travers les feuillages, Sammie les vit intercepter leur mère et la faire adroitement pivoter. Mme Briggeham regarda par-dessus son épaule, les sourcils froncés.

— Mes filles, avez-vous vu Sammie ?

Celle-ci essayait de se fondre dans le mur, souhaitant devenir invisible.

— Elle doit être en train de boire un punch, répliqua Lucille, entraînant leur mère.

Elles disparurent dans la foule, et Sammie poussa un ouf de soulagement.

Tu n'es qu'une lâche, lui soufflait sa conscience. Cela faisait des années qu'elle n'avait pas eu recours à ce genre de ruse, mais cette fois, elle avait dû utiliser les grands moyens. Et s'il lui était impossible de passer le reste de cette interminable soirée cachée, elle avait besoin de se retrouver seule un moment, avant de rejoindre l'assistance. Ses efforts pour rester aimable, tandis qu'on la regardait comme une bête curieuse et qu'on la bombardait de questions, lui donnaient mal à la tête.

Si elle se félicitait que sa famille n'ait pas été atteinte par le moindre scandale, à la suite de sa rencontre nocturne avec « l'homme le plus recherché » d'Angleterre, personne, pas même sa mère, n'aurait prédit que Sammie deviendrait la « femme la plus recherchée » de la région. Elle n'était plus « cette pauvre Sammie, si étrange ». Non, maintenant elle était « cette fascinante et spirituelle Sammie qui s'était entretenue avec le Voleur de Fiancées ».

Sa nouvelle popularité aurait dû l'enchanter. Des fleurs lui arrivaient chaque jour, envoyées par des messieurs qui, quinze jours auparavant, l'évitaient. Des visiteuses passaient tous les après-midi, pour la voir ou l'inviter à des thés.

Oui, tous ceux qui autrefois lui manquaient d'égards – en face ou derrière son dos – prétendaient être ses amis. Tout le monde réclamait à grands cris des détails sur son aventure. Bien qu'elle fût une exécrable danseuse, les messieurs se bousculaient pour lui proposer un quadrille ou une valse. Les dames du village lui demandaient conseil sur des questions ridicules comme la mode ou les bijoux. Même sa propre famille, à l'exception d'Hubert, la couvrait d'éloges, à croire qu'elle était un singe savant !

Cette vague de popularité la laissait froide car elle savait que cet intérêt était superficiel. Ses nouveaux

« amis » ne souhaitaient qu'une chose : l'interroger sur le Voleur de Fiancées. Une fois leur curiosité satisfaite, leur intérêt s'évanouirait rapidement. Et, bien qu'elle essayât de s'en défendre, cela la blessait davantage que les bavardages qu'elle avait appris à ignorer.

Toutefois, pour ne pas priver sa mère et ses sœurs de la joie que leur procurait sa nouvelle popularité, elle avait supporté le flot incessant de visiteurs. Un sourire crispé aux lèvres, elle était restée des heures dans le salon à boire un océan de thé, à répondre à un flot de questions, tout en ne souhaitant qu'une chose : se plonger avec Hubert dans leurs chères revues scientifiques, l'aider dans ses expériences et poursuivre ses propres études.

Quand elle n'était pas dans le salon, elle rejoignait la couturière, pour essayer des fanfreluches dans lesquelles elle se trouvait ridicule.

Pire que les visiteurs, elle redoutait les fêtes, les soirées et les concerts. Quoiqu'elle aimât la musique, elle évitait les réceptions. Elle ne cherchait plus à se montrer charmante et spirituelle, préférant l'indifférence ou même les regards de pitié qui disaient clairement : « Quel dommage que cette pauvre Samantha ne ressemble pas davantage à ses ravissantes sœurs... »

Se sachant aimée de sa famille, en dépit de ses défauts, elle avait depuis longtemps accepté sa situation. Les réceptions la mettaient néanmoins mal à l'aise. Pourtant, depuis quinze jours, elle en avait accepté des dizaines, mais à présent sa patience était à bout. Quand serait-on fatigué d'elle et la laisserait-on tranquille ? D'après ce qu'elle savait, cette soirée était la dernière prévue. À moins que sa mère n'ait gardé quelques invitations sous le coude...

Elle poussa un grand soupir. Elle devait regagner la fête. Et tirer au plus vite sa révérence.

Prenant son courage à deux mains, elle se retourna.

Et se retrouva face à une cravate d'un blanc immaculé et impeccablement nouée.

Surprise, elle recula et heurta l'une des énormes urnes contenant les palmiers et les fougères. Grâce au Ciel, les pots étaient très hauts, sinon elle serait tombée les quatre fers en l'air dans les plantes. Levant la tête, elle croisa un regard brun et interrogateur.

Sammie tenta de maîtriser son impatience. Impossible d'avoir la paix ! Ce raseur n'aurait pas pu se promener ailleurs ? Laissant son regard errer sur l'intrus, elle nota sa tenue de soirée noire, son gilet de brocart argenté et sa chemise d'un blanc éclatant. Son visage, intéressant plutôt que beau, était comme taillé à la serpe avec des pommettes saillantes, une mâchoire carrée, un nez droit et une bouche ferme et bien dessinée. Ses sœurs et sa mère le trouveraient certainement fort séduisant.

Quant à elle, elle le trouvait assommant et ne souhaitait qu'une chose : qu'il déguerpisse.

— Excusez-moi de vous avoir fait peur, mademoiselle Briggeham, dit-il d'une voix profonde. Ayant vu trois jeunes dames sortir de derrière ces arbres, j'ai cru l'endroit vide.

Il connaissait son nom. Comme tous ceux qui étaient là ce soir, il voulait sans doute l'interroger sur le Voleur de Fiancées. Au mieux, il l'endormirait par des propos banals, puis mènerait la conversation sur le sujet qui était sur toutes les lèvres. Au pire, il l'inviterait à danser.

S'efforçant d'être polie, tout en s'écartant, elle demanda :

— Nous nous sommes déjà rencontrés, monsieur ?

Il la regarda pendant plusieurs secondes avant de répondre, et Sammie se sentit bizarre sous son regard intense.

— Oui, il y a plusieurs années, répliqua-t-il en s'inclinant respectueusement. Je suis le comte de Wesley. Pour vous servir, mademoiselle.

Sammie remonta ses lunettes et fronça les sourcils.

— Pardonnez-moi, milord, de ne pas vous avoir reconnu. Je vous croyais plus… vieux.

— Vous devez confondre avec mon père. Il est mort il y a cinq ans.

La jeune femme rougit de sa gaffe. Personne ici ne devait ignorer que le père du comte était mort. Sauf elle. Raison de plus pour fuir les mondanités. Elle ne savait jamais comment se comporter !

— Je suis désolée. Je ne voulais pas…

— Vous êtes tout excusée. Dites-moi, mademoiselle, ajouta-t-il avec une lueur malicieuse dans le regard, pourquoi vous cachez-vous derrière ces feuillages ?

À cause d'enquiquineurs de votre espèce, songea-t-elle, mais elle se contenta de rétorquer :

— Je pourrais vous poser la même question, milord.

— Je vous le dirai si vous me répondez, promit-il avec un grand sourire qui découvrit des dents blanches et régulières.

Voyant son amusement, et soulagée qu'il ne se fût pas formalisé de sa gaffe, elle avoua :

— Deux messieurs me harcelaient pour que je danse avec eux.

— Vraiment ? Et qui étaient ces messieurs ?

— Babcock et Whitmore.

Écartant les fougères, elle remarqua que les deux messieurs en question étaient toujours à côté des portes-fenêtres.

S'approchant d'elle, il regarda à travers les feuillages. Sammie fut enveloppée par un parfum où se mêlaient santal et – elle renifla de nouveau – une fascinante odeur de propre. Elle montra les deux hommes du doigt.

— Ah oui, je les connais, pour les avoir rencontrés une ou deux fois, dit lord Wesley. Je ne sors pas beaucoup dans la région.

— Vous avez bien de la chance, marmonna-t-elle en lâchant les feuilles. Si vous voulez bien m'excuser, milord…

— Je vous en prie, mademoiselle. Mais peut-être souhaiteriez-vous rester encore un moment ? Il semble que MM. Babcock et Whitmore cherchent quelqu'un. Si vous vous montrez maintenant...

Il n'acheva pas, et Sammie frissonna. Si elle n'avait guère envie de parler à lord Wesley, sa présence était un moindre mal.

— Je vous remercie, milord. Dans ces circonstances, je crois que je vais rester ici encore quelques minutes.

Se redressant, elle remarqua combien il était grand ; elle lui arrivait à peine à l'épaule.

— Vous ne m'avez toujours pas dit ce qui vous a conduit derrière ces feuillages, milord, lui rappela-t-elle.

— Mme Nordfield me poursuivait avec une opiniâtreté de chasseresse et une lueur de marieuse dans les yeux. C'est l'endroit le plus opportun que j'aie trouvé pour me cacher.

Sammie hocha la tête. Elle imaginait sans mal Lydia Nordfield poursuivant le beau parti qu'était lord Wesley, tel un chien de meute derrière un renard. Et la jeune femme ne connaissait que trop cette « lueur de marieuse ». C'était ce même regard que sa mère lui adressait depuis deux semaines avec une détermination renouvelée. Cette seule pensée la mit mal à l'aise.

— Je ne me fais pas de souci pour vous, milord, dit-elle en embrassant du regard sa grande silhouette. Je suis sûre que vous pouvez semer facilement Mme Nordfield. Vous me semblez de robuste constitution.

— Euh... merci.

Sammie jeta un nouveau coup d'œil à travers les fougères et remarqua avec consternation que sa mère discutait avec MM. Babcock et Whitmore. À cet instant, le trio se tourna vers le bosquet de palmiers, et Mme Briggeham plissa les yeux. Haletante, Sammie recula vivement, comme si les fougères étaient en feu.

— Je crains de devoir partir, milord, annonça-t-elle avec une ébauche de révérence. J'ai peur que ma mère n'ait découvert ma présence. Bonsoir à vous.

— Bonsoir à vous aussi, mademoiselle, fit-il en s'inclinant.

Tête baissée, elle fila de derrière les palmiers en priant que personne ne la remarque. Mais avant d'avoir fait une demi-douzaine de pas, sa mère sauta sur elle, tel un chat sur une pelote de laine.

— Samantha ! Te voilà, ma chérie. Je t'ai cherchée partout. MM. Babcock et Whitmore voudraient danser avec nous ! N'est-ce pas merveilleux ?

Sammie vit les deux élégants juste derrière sa mère et sourit mécaniquement.

— « Merveilleux » n'est pas le mot, maman…

— Parfait ! s'exclama Mme Briggeham, radieuse. L'orchestre va jouer un quadrille.

— En fait, protesta Sammie, essayant de cacher son impatience, je ne veux pas…

— Rater une seule note, acheva sa mère dans un éclat de rire et le regard sévère. Viens, Samantha, ajouta-t-elle fermement.

La jeune femme lança un regard désespéré vers le sanctuaire des palmiers. Pour échapper à ce quadrille, il faudrait que le sol s'entrouvre sous ses pieds. Alors elle se laissa conduire, raide comme la justice, sur la piste de danse par MM. Babcock et Whitmore, en se jurant que c'était la dernière soirée à laquelle elle assisterait jamais.

— Je suis désolé, mais miss Briggeham m'a promis le prochain quadrille.

C'était la voix profonde de lord Wesley. Samantha, sa mère et les deux élégants se retournèrent d'un seul mouvement. Sammie vit les yeux de sa mère s'arrondir à la vue du comte.

— Lord Wesley, fit-elle en s'effondrant dans une gracieuse révérence. Quelle bonne surprise !

Cordelia se redressa et lui adressa un sourire béat, tout en écartant du coude MM. Babcock et Whitmore.

— Et il est vraiment divin que vous souhaitiez danser avec Samantha, susurra-t-elle.

— Oui, divin... répéta Sammie sans le moindre enthousiasme.

— Peut-être préféreriez-vous, mademoiselle, que nous visitions la galerie ? proposa lord Wesley, une lueur d'amusement dans ses yeux bruns. Mme Nordfield et ses filles sont, à ce qu'on dit, des artistes de talent. Si vous voulez nous accompagner, madame, ajouta-t-il en se tournant vers Cordelia, j'en serais très honoré.

— Vous êtes trop bon, milord, répondit celle-ci, le visage radieux. Je serais ravie...

— Mais... la coupa M. Babcock en regardant à travers un lorgnon, ce qui le fit ressembler à un hérisson borgne. Si miss Briggeham ne danse pas le quadrille avec Wesley, elle devrait...

Cordelia émit une série de stridulations et s'accrocha au bras de Babcock.

— Ciel, souffla-t-elle. Je me sens mal. Monsieur Babcock, pouvez-vous, avec le concours M. Whitmore, me conduire auprès de mon mari ?

— Ça ne va pas, maman ? demanda Sammie, sachant d'expérience qu'elle devait faire mine de s'inquiéter, mais sachant aussi que sa mère ne s'évanouirait jamais sans un divan à proximité.

— Ça va, ma chérie. J'ai seulement besoin de me reposer un moment. Tant d'excitation...

— Permettez-moi de vous aider, madame, intervint lord Wesley en lui offrant son bras.

— Ça ira, grâce à la bonté de MM. Babcock et Whitmore. Allez tous les deux visiter la galerie. Je n'ai pas besoin de vous servir de chaperon. D'ici, je vois au moins une douzaine de personnes qui admirent les peintures.

Prenant fermement Babcock et Whitmore par le bras, elle les entraîna, en émettant une série de stridulations...

Observant lord Wesley du coin de l'œil, Sammie s'efforça de cacher son sourire devant l'air mi-amusé mi-médusé avec lequel il regardait s'éloigner Cordelia.

— Votre mère n'a pas sa pareille en matière de...

— Manœuvre mondaine ? souffla-t-elle.

— J'allais dire stratégie. Voulez-vous que nous allions visiter la galerie ?

— Je vous remercie d'être venu à mon secours, milord. Mais vous n'êtes pas obligé d'assumer la ruse jusqu'au bout.

— De quelle ruse parlez-vous, mademoiselle ?

— Celle consistant à dire : « Je vais vous accompagner à la galerie, de manière à vous éviter de danser avec ces deux cornichons. » Je vous en suis reconnaissante, mais...

— Il n'y a pas de quoi. En tout cas, il ne s'agissait pas d'une ruse. Je serais très heureux d'avoir l'honneur de votre compagnie.

Elle le scruta, à la recherche des signes de calcul dont elle était l'objet ces dernières semaines. Mais, à son étonnement, elle ne découvrit qu'une chaleureuse courtoisie. Il attendait sûrement l'occasion de l'interroger sur le Voleur de Fiancées, ce à quoi elle était parfaitement résignée. Décidée à en finir au plus vite avec l'inévitable, elle lui demanda :

— Qu'attendez-vous de moi ?

Il se pencha vers elle avec un air de conspirateur.

— J'ai promis à Mme Nordfield d'aller admirer ses peintures, et je crois qu'elle souhaiterait que je le fasse avec sa fille. Vous me rendriez un grand service en m'accompagnant. En outre, ajouta-t-il en se redressant, je crois que ces tableaux sont insolites et je serais content d'avoir votre avis.

— Je crains, milord, que mes connaissances artistiques ne soient limitées.

— Avec tout le respect dû à notre hôtesse, je crains, mademoiselle, que ce que nous allons voir ne soit très éloigné de toute notion artistique.

Sammie ne put s'empêcher de rire. Au moins, cet homme était amusant. Et après ce qu'il avait fait pour elle en la sauvant du quadrille, elle lui devait bien une faveur. Se détendant pour la première fois depuis des heures, elle inclina la tête et posa sa main gantée sur le bras qu'il lui offrait.

— Vous avez piqué ma curiosité, milord. Je serai ravie de visiter la galerie avec vous.

5

Éric se dirigea à pas lents vers la galerie, conscient de la petite main gantée posée sur sa manche. Conscient aussi de la femme qui marchait à son côté.

Vous avez piqué ma curiosité, milord…

C'est réciproque, mademoiselle.

Cette main délicate était brûlante sur son bras, et il se demandait pourquoi elle avait un tel effet sur lui.

Ils s'arrêtèrent devant la première toile. Du coin de l'œil, il la vit pencher la tête, d'abord à droite puis à gauche, pour étudier le tableau.

— C'est très… intéressant, déclara-t-elle enfin.

— C'est absolument horrible, rétorqua Éric devant le fouillis de couleurs sombres.

Elle émit une sorte de gloussement, qu'elle masqua en toussant. Comme elle le regardait, il fut frappé par l'intelligence de ses yeux, agrandis par les épais verres de ses lunettes. Ils évoquaient des aigues-marines – étincelants et clairs.

Il observa son visage avec attention. Son petit nez ponctué de taches de rousseur ; le grain de beauté au coin de sa lèvre supérieure ; sa bouche pulpeuse, qui semblait trop grande pour son visage en forme de cœur ; son épaisse chevelure châtaine, retenue en un chignon d'où s'échappaient quelques mèches. Pris d'une soudaine envie de glisser les doigts dans ces boucles folles, il fronça les sourcils.

— De nous deux, c'est vous, milord, qui êtes connaisseur en matière artistique. À votre avis, que représente cette peinture ?

Respirant profondément, il s'emplit les narines d'une bouffée de miel, mêlée à une odeur de… de terre fraîchement remuée ? Il réprima un sourire. Aurait-elle fouillé le sol avant de se rendre à la soirée de Mme Nordfield ?

Revenant à l'abominable peinture, il décréta sur le ton le plus sérieux :

— C'est une grange sous une pluie torrentielle. Et ici, dit-il en montrant une tache brune, on voit un cheval se ruant vers l'écurie. Vous êtes d'accord ?

Elle lui sourit et il retint son souffle, comme dans la chaumière. Ce sourire la transformait, éclairant ses traits d'un brin d'espièglerie.

— Hum, fit-elle en se tapotant le menton. Je dirais plutôt que c'est le fond d'un lac…

— Vraiment ? Mais que ferait un cheval au fond d'un lac ?

— Cette tache n'est pas du tout un cheval, milord. C'est un gros poisson, la bouche ouverte, et…

— Oh ! Je vois que vous admirez le portrait que j'ai fait de cette chère tante Libby, lança Lydia Nordfield en les rejoignant.

La main de miss Briggeham, posée sur le bras de lord Wesley, n'échappa pas à son œil perçant.

— Magnifique toile, murmura-t-il le plus sérieusement du monde. Quand miss Briggeham et moi-même aurons fini d'admirer ces œuvres, je serais heureux d'en discuter avec vous, madame.

Lydia ouvrit son éventail et l'agita avec vigueur.

— Merci, milord. Je serais, bien sûr, enchantée de vous accompagner…

— Pour rien au monde je ne voudrais monopoliser votre temps. Je viendrai vous trouver, dès que je serai en mesure de vous donner mes impressions.

— J'y compte bien, milord, répliqua Mme Nordfield avant de s'excuser à regret.

— Mon Dieu, qu'allez-vous lui dire ? s'inquiéta Sammie à mi-voix. Vous avez comparé cette chère tante Libby à un cheval !

— En tout cas, je ne l'ai pas comparée à un poisson, la taquina-t-il, ce qui la fit rougir. En vérité, je n'aurai sans doute rien à dire, car Mme Nordfield se fera un plaisir de mener la conversation.

— Vous avez sûrement raison. Je constate que vous avez en commun avec ma mère un certain talent pour le…

— Les machinations ? proposa-t-il avec un sourire.

— Non ! fit-elle en rougissant de plus belle. Pour les mondanités. La conversation. Les bavardages.

— Vu le nombre de réceptions auxquelles j'ai assisté, c'est inévitable.

— Vous devez être très demandé, admit-elle comme ils se dirigeaient vers le tableau suivant.

— Je reçois un grand nombre d'invitations, si c'est ce que vous voulez dire. Mais vous aussi, semble-t-il.

— Malheureusement, oui. Ces derniers temps, en tout cas.

— Ça n'a pas l'air de vous enchanter.

— Malgré les tentatives de mes sœurs pour m'apprendre à danser, je suis nulle. Et comme vous avez dû vous en rendre compte, je n'ai aucune conversation.

— En tout cas, je ne m'ennuie pas une seconde avec vous, mademoiselle.

De surprise, elle écarquilla les yeux. Ils s'arrêtèrent devant un deuxième tableau.

— Ne serait-ce pas le potager de cette chère tante Libby ? risqua-t-il, après avoir étudié avec attention les volutes qui le composaient. À moins que ce soit son mari ?

Elle rit, ce qui éclaira son visage et lui conféra un charme délicieux. Après quelques secondes, cependant, sa gaieté s'évanouit. Les sourcils froncés, elle ouvrit la bouche, puis la referma.

— Je ne sais pas jouer la comédie, milord, avoua-t-elle enfin. Si vous voulez que je vous raconte ma rencontre avec... *lui,* je préfère que vous me le demandiez sans détour et qu'on en finisse, plutôt que vous perdiez votre temps à m'escorter dans cette galerie pendant une demi-heure avant d'en venir au fait.

— Lui ?

— Le Voleur de Fiancées, dit-elle en retirant sa main de son bras. Mon enlèvement est la seule raison qui fait rechercher ma compagnie.

— Vous ne croyez tout de même pas que votre popularité repose uniquement sur votre rencontre avec le Voleur ?

— J'en suis persuadée. Et cette situation m'est très pénible.

Elle se remit à marcher et il la suivit, brûlant de reprendre sa main. À l'entendre s'exprimer ainsi, il eut un pincement au cœur et observa les autres occupants de la galerie. Comment ces gens ne voyaient-ils pas que miss Briggeham était amusante et intelligente ? Évidemment, son intelligence la desservait. Elle n'était ni flirteuse ni frivole, et ne pouvait de ce fait recueillir l'attention des messieurs.

— La plupart des jeunes femmes seraient ravies d'être le centre des conversations, fit-il remarquer comme ils s'arrêtaient devant une nouvelle peinture, tout aussi hideuse.

— Je ne suis pas comme la plupart des jeunes femmes, soupira-t-elle. Avant ma rencontre avec le Voleur de Fiancées, j'allais de temps en temps à une soirée et je m'installais avec les matrones et les chaperons, pour regarder mes sœurs et ma mère danser. Et puis j'allais souvent voir l'une de mes plus chères amies, miss Waynesboro-Paxton.

— Je ne crois pas la connaître.

— Elle habite en bordure du village. Malheureusement, elle n'a pas pu venir ce soir, en raison de sa santé. Elle perd la vue et souffre de douleurs articulaires, la pauvre.

Ils approchèrent du tableau suivant, et elle continua sur un ton agacé :

— Maintenant, il y a presque tous les jours une soirée. Et bien que je marche constamment sur les pieds de ces messieurs, ils persistent à m'inviter à danser. J'ai l'air ridicule avec ces fanfreluches, grommela-t-elle en montrant d'un geste impatient sa robe de mousseline. Je me moque de la mode, et voilà que les dames me demandent mon avis sur la question. Les messieurs m'abordent pour discuter du temps. Lord Carsdale m'a parlé de la dernière pluie pendant près d'un quart d'heure. Et tout cela pour en venir aux questions relatives à mon enlèvement !

Il se garda d'ajouter que, tout en discutant du temps, Carsdale lorgnait son décolleté. Lui-même baissa les yeux et retint son souffle.

— Lord Carsdale vous a interrogée sur le Voleur de Fiancées ?

— Comme tout le monde.

— Et que répondez-vous ?

— La vérité. Qu'il a été gentil avec moi, surtout après avoir compris son erreur. Et qu'il veut seulement aider les femmes qu'il enlève.

— Comment les gens réagissent-ils ?

— Les hommes posent des questions sur son cheval et demandent s'il portait des armes. Et ces deux cornichons – je veux dire, MM. Babcock et Whitmore – voulaient savoir comment il nouait sa cravate.

— Et les dames ? s'enquit-il, dissimulant un sourire.

— Elles poussent des soupirs et posent des questions idiotes. S'il est beau ; s'il est fort ; de quelle couleur sont ses yeux.

— Je vois. Que leur dites-vous ?

— Que son masque cachait entièrement son visage. Qu'il était très fort. Il m'a soulevée du sol comme si je ne pesais pas plus qu'un sac de farine.

C'est à peu près le cas, pensa-t-il.

— Et pour ses yeux, que répondez-vous ?

— Je leur dis qu'il faisait trop sombre. Mais son regard était intense. Et brillant d'intelligence. Et de conviction pour sa cause.

— Le brigand semble vous avoir fait une forte impression…

Elle se retourna pour lui faire face, le regard brillant.

— Ce n'est pas un brigand, milord. Il consacre son existence à aider les femmes qui en ont besoin, au risque de sa vie. Il n'a rien à gagner et tout à perdre. Franchement, s'il y avait davantage de gens comme lui, ce monde serait meilleur.

L'indignation, comme le sourire, allait à merveille à miss Briggeham. Elle avait les joues rouges, et sa poitrine se soulevait et s'abaissait au rythme de sa respiration accélérée. Ses yeux magnifiques brûlaient comme des brasiers, et il avait envie de lui retirer ses lunettes pour y plonger.

— En fait, poursuivit-elle dans un chuchotement, j'aimerais beaucoup aider cet homme dans sa noble cause.

S'il était heureux de savoir qu'elle trouvait sa cause noble, il fut saisi d'appréhension. L'aider ? À quoi pensait-elle donc ? Il devait à tout prix l'en décourager. Et tout de suite !

— Comment pourriez-vous l'aider ? demanda-t-il de sa voix la plus calme.

— Je ne sais pas. Mais si je pouvais faire quelque chose, je vous promets que je le ferais.

— Ne soyez pas ridicule, mademoiselle. Cet homme et ses scandaleuses équipées sont dangereux. Vous ne pouvez songer à vous en mêler.

Le regard glacé qu'elle lui adressa montra clairement qu'il n'avait pas dit ce qu'il fallait, et que la sympathie qu'elle éprouvait pour lui avait vécu. Toute trace de chaleur disparut de ses yeux, et il en fut dépité.

— Je ne me soucie que de votre bien-être, précisa-t-il.

— Ne vous occupez pas de moi, milord. Je suis tout à fait capable de me débrouiller seule, répliqua-t-elle sur un ton aussi glacé que son regard. Et permettez-moi de vous féliciter. Votre interrogatoire était beaucoup plus subtil que la moyenne. Je vous souhaite une bonne soirée, acheva-t-elle avec une révérence maladroite.

Cloué sur place, il la regarda traverser la galerie. Jamais il n'avait été congédié de la sorte. Et personne, sauf son père, ne l'avait regardé avec un tel dédain. De toute évidence, il ne valait pas mieux, à ses yeux, que tous ceux qui n'avaient recherché sa compagnie que pour glaner des informations sur le Voleur de Fiancées...

À la pensée qu'elle voulût aider le Voleur, il serra les poings. Elle ne songeait tout de même pas à lui proposer son aide !

Il se passa une main dans les cheveux. En tout cas, miss Briggeham n'avait pas souffert de son enlèvement. Elle goûtait au contraire pour la première fois au succès – ce qui était, malgré tout, préférable à la mise en quarantaine.

Oui, tout allait bien, et il comptait ne plus s'inquiéter pour elle... jusqu'à ce qu'elle formule ses intentions. Mais au fond, que pouvait-elle faire ? se demanda-t-il. La réponse était : rien. C'était une simple déclaration. Au lieu d'annoncer qu'elle aimerait par exemple posséder un diamant, miss Briggeham décrétait vouloir aider le Voleur de Fiancées. Ce n'étaient que des mots.

Et il pouvait, à présent, cesser de penser à elle. À ses immenses yeux bleus qui exprimaient à la fois l'intelligence, l'innocence, le sérieux, la malice et la vulnérabilité. Le fait que ces yeux l'aient regardé avec un froid dédain lui était étrangement pénible… mais il l'oublierait.

Tout comme il oublierait ses lèvres pulpeuses, sa silhouette aux courbes généreuses, qui aurait mieux convenu à une courtisane qu'à une jeune provinciale.

En sortant de la galerie, il l'aperçut qui se dirigeait vers le vestibule, sa mère sur les talons.

Peut-être devrait-il tout de même rencontrer miss Briggeham une dernière fois ? Simplement pour s'assurer que ses propos n'étaient pas sérieux… Oui, c'était une excellente idée. Il lui rendrait visite la semaine prochaine.

Peut-être même le lendemain.

6

Le lendemain de la soirée de Mme Nordfield, Sammie, assise devant son bureau, feuilletait les pages ivoire de son journal – qui recelait ses rêves les plus secrets. Elle s'arrêta sur un passage, écrit trois mois plus tôt.

C'était l'homme le plus beau que j'aie jamais vu, pourtant sa beauté ne tenait ni à ses traits ni à son allure. J'étais attirée par ses yeux qui exprimaient la bonté, par son esprit généreux – et par le fait qu'il n'attachât pas d'importance à des défauts que d'autres ne manquaient pas de souligner. Il prétendait en effet que c'étaient précisément les traits que d'aucuns trouvaient étranges, qui me rendaient chère à ses yeux. Il me regardait comme si j'étais la plus belle femme du monde. Ses yeux brillants d'amour me réchauffaient, mais il y avait autre chose dans son regard... une sombre attente, qui me donnait des frissons.

Il me caressa le visage, et ses mains tremblaient comme les miennes. Doucement il abaissa la tête, jusqu'à ce que sa bouche se trouve juste au-dessus de la mienne.

— Vous êtes ce dont j'ai toujours rêvé, chuchota-t-il contre mes lèvres, son souffle sur ma peau.

Il devait sûrement entendre mon cœur battre, car celui-ci était sur le point d'éclater.

Sa bouche effleura la mienne, et le sang battit dans mes veines. Il me prit alors dans ses bras.

— Je vous aime, Samantha. Je veux que nous parcourions le monde et que nous vivions des aventures passionnantes.

Je respirai son parfum délicieux et acquiesçai. J'avais trouvé l'homme de mon cœur.

Sammie poussa un lourd soupir et ferma son journal. Avait-elle été à ce point naïve, seulement trois mois plus tôt ? Trois mois plus tôt, aucun homme ne s'intéressait à elle. À présent, elle voyait combien ses rêves étaient stupides.

D'après ses observations, un homme tel que celui qu'elle avait inventé dans les pages de son journal, n'existait pas. S'ils se montraient polis, en tout cas devant elle, les messieurs qui lui faisaient la cour ne lui plaisaient pas. Aucun n'avait envie de discuter de sujets dignes d'intérêt. Et même lorsqu'ils lui apportaient un punch et conversaient avec elle, ils semblaient regarder à travers elle – jusqu'au moment d'aborder le sujet qui les passionnait.

Mais personne ne s'intéressait vraiment à *elle*. À ce qu'elle pensait ou ressentait. Personne ne semblait partager son goût de l'aventure, ni sa soif de connaissance. En tout cas, pas avec elle. Elle le savait depuis toujours, mais au fond de son cœur, elle gardait un petit espoir...

Ce n'est qu'aux pages de son journal qu'elle osait révéler ses aspirations secrètes, ses rêves fous qui ne deviendraient jamais réalité, mais qui envahissaient son esprit et son cœur. Aussi, plutôt que de les refouler, elle déversait sur le papier ces rêves d'amour et d'aventure, et les relisait quand le sommeil la fuyait.

Ses sœurs et sa mère seraient étonnées de savoir où vagabondaient ses pensées, et elle se gardait bien de laisser transparaître quoi que ce soit. Elle ne supporterait pas de voir l'expression de pitié que feraient naître les chimères de la « pauvre Sammie ».

Ayant grandi avec trois sœurs ravissantes, elle ne se berçait pas d'illusions. Les hommes admiraient avant tout la beauté. Et si une femme n'avait pas un joli visage, elle devait au moins posséder certains talents, comme la conversation et le sens de la mode ; elle devait aussi savoir danser, chanter et jouer d'un instrument de musique.

Non, aucun homme ne passerait sur ses nombreux défauts. L'oiseau rare existait pourtant, dans son imagination et son journal, où elle continuerait à l'évoquer…

L'image du Voleur de Fiancées traversa son esprit. Voilà un homme susceptible d'alimenter ses idées d'aventure. Pour la première fois de sa vie, elle s'était mise à lire les échos mondains du *Times*, dans l'espoir de trouver son nom. Qu'un groupe d'hommes se soit constitué dans le but de le traquer était déjà inquiétant, mais la fortune offerte pour sa capture multipliait le danger qu'encourait son héros. Avait-il sauvé d'autres femmes ? Était-il en sécurité ? Elle priait, chaque soir, pour qu'il ne lui arrivât rien, et implorait le Seigneur de le protéger.

Elle avait pesé les réponses aux questions que tout le monde lui posait, depuis le magistrat jusqu'aux voisins, en partie parce qu'elle ne voulait rien dire qui pût le mettre en danger, mais aussi parce qu'elle tenait à garder pour elle les merveilleux détails de leur brève rencontre.

Le Voleur de Fiancées. Oui, elle ne pouvait nier qu'il possédât plusieurs des qualités de l'homme de ses rêves… Jamais elle n'oublierait ce moment passé en sa compagnie, l'excitante traversée nocturne de la forêt avec un homme qui semblait plus mythique que réel.

Pourtant c'était un être de chair, et elle se demandait à quoi il ressemblait sous son masque, où il vivait. Elle le voyait habitant dans une mystérieuse forteresse. Elle ne le saurait bien sûr jamais, mais elle était certaine que c'était un homme susceptible d'être admiré… un homme aux convictions fortes, de haute moralité. En aucun cas le brigand que beaucoup voyaient en lui. Un homme comme lord Wesley, par exemple.

Elle fronça les sourcils. Pour des raisons qu'elle ne pouvait expliquer, ses pensées étaient revenues à plusieurs reprises, depuis la veille, sur ce dandy exaspérant. Elle avait oublié sans mal tous les fats rencontrés… Pourquoi pas lui ?

Peut-être parce qu'il avait parlé avec elle de sujets autres que le temps ou la mode. Ou parce qu'il l'avait fait rire. Peut-être aussi parce qu'elle avait apprécié sa compagnie, avant leur étrange séparation. Avant qu'il ne se montre semblable à ses autres « admirateurs ».

Mais c'était sans importance. Elle ne croiserait probablement plus lord Wesley. Après tout, elle ne l'avait pratiquement jamais rencontré. Et bien que sa famille fût estimée à Tunbridge Wells, le comte était d'un milieu supérieur au sien. Elle savait, par sa mère, qu'il passait la plus grande partie de son temps à Londres. Dans la débauche, sans doute, comme la plupart des aristocrates.

Pourtant, contrairement à beaucoup, lord Wesley l'avait regardée avec chaleur et bonté. Et elle avait été séduite…

Séduite ? Quelle blague ! Elle n'était pas séduite par cet homme ! Toutes les femmes devaient le trouver séduisant, mais un beau visage ne signifiait rien. Surtout quand on était arrogant, présomptueux, et qu'on qualifiait de ridicule son désir d'aider un homme à l'âme noble !

En réalité, elle ne le trouvait *pas du tout* séduisant. Si elle n'avait pas réussi à le chasser de son esprit, c'est seulement parce qu'il l'avait mise en colère.

Satisfaite, elle enveloppa son journal d'un ruban de satin, le glissa dans le compartiment secret qu'elle avait confectionné dans son bureau, puis se leva et se dirigea vers la fenêtre de sa chambre. Le soleil de cette fin d'après-midi baignait d'une chaude lumière le tapis aux vives couleurs.

Écartant les rideaux de velours vert, elle ouvrit la fenêtre et s'appuya sur le rebord afin de contempler le paysage. Un doux parfum montait de la roseraie de sa mère. Personne dans le village n'avait d'aussi belles roses que Cordelia Briggeham, et Sammie aimait se promener dans les allées du jardin pour respirer les senteurs exquises.

Un bruit de pas sur la terrasse attira son attention. Hubert traversait l'espace dallé, trébuchant sous le poids d'une grosse boîte.

— Qu'as-tu là-dedans, Hubert ? cria-t-elle.

Le garçon s'arrêta et leva la tête. Une mèche de cheveux lui barrait le front, ce qui lui donnait un air enfantin. À la vue de sa sœur, il afficha un grand sourire.

— Bonjour ! lança-t-il. Le nouveau télescope est enfin arrivé ! Je vais au laboratoire. Tu veux venir ?

— Bien sûr. Je te rejoins d'ici quelques minutes.

Elle le regarda se diriger vers la vieille grange qu'ils avaient transformée, plusieurs années auparavant, en « laboratoire ».

Sammie sortit de sa chambre et se dirigea vers l'escalier, excitée à la perspective de voir le nouveau télescope. En approchant du palier, elle entendit la voix de sa mère depuis le rez-de-chaussée.

— Comme c'est gentil à vous, milord, de nous rendre visite… Oh, quelles jolies fleurs ! Chester, conduisez milord au salon. Je vais m'occuper du bouquet et dire à Samantha qu'elle a de la visite.

— Oui, madame, répondit Chester de sa voix de majordome.

Zut ! Le « milord » qui se dirigeait vers le salon devait sûrement être ce raseur de Carsdale, venu parler du temps. Sammie s'appuya contre le mur, et dut s'empêcher de ne pas courir se cacher dans sa penderie. Elle l'aurait fait, si elle avait eu la moindre chance d'échapper à sa mère et à son invité... Prenant une profonde inspiration, elle retrouva Cordelia au sommet de l'escalier, un grand bouquet de fleurs dans les bras et un sourire radieux aux lèvres.

— Samantha ! s'exclama-t-elle, tout excitée. Tu as une visite, ma chérie. Jamais tu ne devineras de qui il s'agit !

— Le vicomte Carsdale ?

— Ciel, il va te rendre visite, lui aussi ? Tu aurais dû me prévenir, ma chérie.

— Que voulez-vous dire ? Qui est dans le salon ?

— Lord Wesley, souffla Cordelia avec un respect généralement réservé aux saints et aux monarques.

À son grand dépit, Sammie éprouva quelque chose qui ressemblait à de la satisfaction. Mais que diable faisait-il ici ? Souhaitait-il continuer à parler du Voleur de Fiancées ? Si c'était le cas, sa visite serait brève, car elle n'avait aucune intention de répondre à ses questions ou d'écouter ses propos désobligeants concernant cet homme héroïque. Ou avait-il une autre raison pour venir la voir ? Elle ignorait ce que cela pouvait être. Et pourquoi ces fleurs ?

— Voilà ce qu'il t'a apporté. N'est-ce pas ravissant ? Oh, oh, des fleurs offertes par un comte... Quand Lydia le saura... Oh ! s'exclama Cordelia à la vue de sa robe grise. Tu aurais dû te changer et mettre l'une de tes nouvelles robes... Enfin, tant pis. Nous ne pouvons faire attendre le comte.

Prenant Sammie par le bras avec une force phénoménale, Mme Briggeham l'entraîna dans l'escalier, puis vers le salon en lui chuchotant des recommandations.

— N'oublie pas de sourire, ma chérie. Et approuve tout ce que dit le comte.

— Mais...

— Enquiers-toi de sa santé, mais n'aborde aucun de ces sujets si peu féminins comme les mathématiques ou les sciences.

— Mais...

— Et ne prononce pas le nom d'Isadore, de Cuthbert ou de Warfinkle ! Il n'est pas utile de mettre le comte au courant de tes... amis. Ils sont dehors, n'est-ce pas ?

— Oui, mais...

— Parfait.

Elles s'arrêtèrent devant la porte du salon, et Mme Briggeham tapota la joue de sa fille.

— Je suis très heureuse pour toi, ma chérie, conclut-elle.

Avant que Sammie puisse prononcer le moindre mot, elle ouvrit la porte du salon et franchit le seuil.

— La voici, milord ! annonça-t-elle en tirant violemment sa fille. Je reviens dans un moment – dès que je me serai occupée de ces ravissantes fleurs et que j'aurai fait servir des rafraîchissements...

Elle sourit d'un air angélique et se retira, laissant la porte ouverte.

Bien que pressée de rejoindre Hubert et son nouveau télescope, Sammie était curieuse de connaître la raison de la visite du comte. Décidée à se montrer polie, elle se tourna vers le visiteur.

Il se tenait au milieu de la pièce, grand, imposant, très élégant avec ses bottes cirées, son pantalon fauve et sa veste bleu nuit parfaitement ajustée. L'espace d'un instant, elle regretta de ne pas porter l'une de ses nouvelles robes.

Seuls laissaient à désirer sa cravate, nonchalamment nouée, et ses cheveux qu'il avait dû coiffer avec les doigts. Elle devait admettre que ces imperfections étaient... charmantes.

Ce dernier mot la fit sursauter. Il n'avait rien de charmant ! Il était exaspérant. L'air de rien, il lui avait posé des questions sur le Voleur de Fiancées, puis s'était moqué d'elle quand elle avait manifesté son intention d'aider ce héros. Pour son bien, soi-disant… Quelle impudence ! Plus tôt elle en aurait fini avec lui, plus tôt elle pourrait le congédier.

— Bonjour, milord, dit-elle en s'efforçant, uniquement pour faire plaisir à sa mère, d'adopter un ton amical.

— Bonjour, mademoiselle.

— Euh… merci pour vos fleurs.

— Ce n'est rien.

Embrassant la pièce du regard, il remarqua les bouquets qui occupaient le moindre espace disponible.

— Quoique, ajouta-t-il, si j'avais su que votre maison était aussi… fleurie, je vous aurais apporté autre chose.

— Maman prétend qu'une femme n'a jamais trop de fleurs, mais je frémis à la pensée de toutes ces malheureuses plantes qui ont été décapitées pour confectionner ces bouquets.

À peine ces mots eurent-ils quitté ses lèvres qu'elle se rendit compte de son impolitesse. Espérant réparer sa gaffe, elle lança gentiment :

— Asseyez-vous donc, milord.

— Non, merci, répliqua-t-il en s'approchant d'elle sans la quitter du regard, ce qui la troubla étrangement. Je préfère rester debout, pour vous dire combien je regrette que nous nous soyons séparés, hier soir, sur une note désagréable. Je ne voulais pas vous bouleverser.

— Vous ne m'avez pas bouleversée, milord.

Comme il levait les sourcils pour montrer qu'il ne la croyait pas, elle rectifia :

— Vous m'avez contrariée.

— Ah bon, fit-il, amusé. Dans ce cas, permettez-moi d'exprimer mes regrets de vous avoir contrariée. En dépit des apparences, je n'essayais pas de vous soutirer des informations. Je souhaitais seulement souligner la folie qu'il y a à vouloir aider un criminel recherché.

— Vous regrettez de m'avoir contrariée, milord, mais vous continuez à le faire en donnant un avis que l'on ne vous demande pas.

— Je vous assure que je suis…

— Alors, Sammie ! appela Hubert du vestibule. Qu'est-ce que tu fabriques ?

Pivotant, la jeune fille vit son frère entrer dans le salon et s'arrêter net en découvrant leur visiteur.

— Oh, je vous demande pardon, fit-il en devenant écarlate. Je ne savais pas que tu avais un invité.

— Tu n'as pas à t'excuser, rétorqua-t-elle. Le comte est un homme très occupé. Je suis certaine qu'il ne désire pas s'attarder…

Du coin de l'œil, elle vit un sourire effleurer les lèvres de lord Wesley. D'une voix qu'elle s'efforça de garder unie, elle fit les présentations en observant l'intrus, son instinct protecteur de grande sœur en alerte. La semaine passée, quand le vicomte Carsdale était venu et qu'elle lui avait présenté Hubert, le visage du garçon s'était défait sous le regard dédaigneux du visiteur, et Sammie avait failli gifler l'arrogant. Elle était habituée aux affronts et avait appris à ne pas y faire attention, mais Hubert était encore sensible. Si le comte se comportait de la même façon…

Elle fut bien étonnée lorsque Wesley tendit la main en un geste simple et amical.

— Ravi de faire votre connaissance, jeune homme, dit-il.

— Tout le plaisir est pour moi, milord, répliqua Hubert, rougissant de plus belle. Désolé de te déranger, ajouta-t-il en se tournant vers Sammie, mais ne te voyant pas venir au laboratoire, comme tu l'avais promis, j'ai eu peur que Grillon ne t'ait arrêtée, et j'ai pensé que tu avais besoin d'être secourue.

J'avais en effet besoin de l'être, mais pas de maman, songea la jeune femme. Avant qu'elle ait le temps de répondre, lord Wesley demanda :

— Le laboratoire ?

— J'ai transformé la vieille grange en laboratoire, expliqua Hubert.

— Vraiment ? fit Wesley, intéressé. Et qu'y faites-vous ?

— Toutes sortes d'expériences...

Hubert lança un regard inquiet à sa sœur, et poursuivit :

— J'y travaille à mes inventions et j'y poursuis mes études astronomiques.

— Je m'intéresse justement à l'astronomie, déclara le comte. J'espère que le temps sera clair cette nuit, de façon à voir les étoiles.

— Moi aussi, dit Hubert, le visage illuminé. C'est une science fascinante, vous ne trouvez pas ? Sammie... je veux dire, Samantha adore cette science.

— C'est vrai, mademoiselle ? s'enquit Wesley en se tournant vers la jeune fille.

— Oui. En fait, quand vous êtes arrivé, j'étais sur le point de rejoindre Hubert dans son laboratoire, dit-elle, espérant qu'il comprendrait et prendrait congé.

— Mon nouveau télescope vient d'arriver de Londres, annonça Hubert à l'adresse du comte. Peut-être aimeriez-vous le voir ?

— Je suis sûre que lord Wesley a mieux à faire, intervint Sammie, horrifiée.

— Vous croyez ? fit le comte, amusé.

— Vous n'avez pas mieux à faire ?

— Le télescope d'Hubert m'intéresse beaucoup.

— Vous ne voulez tout de même pas...

— Il est très performant, milord, la coupa Hubert. Je serais honoré de vous le montrer.

— J'accepte votre invitation. Merci. Vous venez, mademoiselle ? ajouta Wesley en offrant son bras à Sammie.

Maudissant son frère bien-aimé pour avoir invité ce raseur, elle afficha un sourire crispé. Posant une main sur la manche de lord Wesley, elle sortit du salon à la suite d'Hubert.

Éric suivait le chemin sinueux qui traversait la roseraie, essayant de masquer le sourire qui taquinait ses lèvres. Les doigts de miss Briggeham étaient posés sur sa manche avec l'enthousiasme qu'elle aurait eu à toucher un gros insecte poilu ! Il devait admettre que son attitude l'intriguait. En général, les femmes n'étaient que trop contentes d'être en sa compagnie. Le fait qu'il fût riche et titré ne faisait qu'attiser leur intérêt.

Sauf, à l'évidence, miss Samantha Briggeham, qui aurait manifestement préféré le précipiter dans la haie de troènes, plutôt que de passer un instant de plus avec lui... Lorsque son frère l'avait invité à voir son télescope, elle avait paru épouvantée – ce qui l'amusait et le contrariait à la fois.

Décidé à rompre le silence qui s'était installé entre eux, il fit remarquer :

— Votre frère a parlé d'un « Grillon », tout à l'heure. De quoi s'agit-il ?

— C'est un surnom idiot que nous donnons à notre mère, répondit-elle en rougissant. Elle... stridule, quand elle a ses vapeurs.

— Je vois, murmura-t-il, se rappelant avec amusement que Mme Briggeham avait effectivement « stridulé », la veille au soir, quand elle avait prétendu se trouver mal – juste avant d'emmener MM. Babcock et Whitmore.

Ils marchèrent près d'une minute en silence, et Éric prit un malin plaisir à ralentir l'allure. Lorsque Hubert eut pris suffisamment d'avance pour ne pas entendre leur conversation, il demanda :

— Vous ne vouliez pas que je reste avec vous. Puis-je en savoir la raison ?

Elle se tourna vivement, le scrutant à travers ses épaisses lunettes, avant de reporter les yeux sur le chemin. Comme elle ne répondait pas, il insista :

— Ne craignez pas de me blesser. Je suis imperméable aux piques verbales.

— Très bien, milord. Puisque vous insistez, je serai parfaitement franche. Je ne crois pas vous aimer.

— Je vois. Et ma compagnie ne vous procure aucun plaisir.

— Précisément.

— Je dois admettre, mademoiselle, que personne ne m'a jamais dit une chose pareille.

— J'ai du mal à le croire, milord.

Il aurait dû être horrifié par sa témérité, mais il en fut amusé.

— Que vous ayez ou non du mal à le croire, c'est pourtant vrai. En fait, il y a tellement de gens qui me disent combien ils m'apprécient et se plaisent en ma compagnie, que j'ai des doutes sur leurs mobiles. Je trouve plutôt reposant que vous me trouviez…

— Agaçant ? proposa-t-elle.

— Exact. Cependant, comme l'invitation de votre frère vous oblige à supporter ma compagnie un peu plus longtemps, je suggère que nous fassions une trêve.

— Que voulez-vous dire ?

— La moindre évocation du Voleur de Fiancées vous met en colère, et croyez-le ou non, je n'aime pas être jugé agaçant.

— Vous m'avez demandé la vérité, milord. Et je ne peux pas croire que mon opinion puisse vous affecter de quelque façon.

Vous avez raison, songea-t-il. Je ne devrais pas en être affecté, mais pour une raison que je ne m'explique pas, je le suis bel et bien…

— Dois-je comprendre, poursuivit-elle sans lui laisser le temps de répondre, que cette trêve suppose que vous ne parliez pas du Voleur de Fiancées, et que je ne vous qualifie pas d'agaçant ?

— Vous avez parfaitement résumé, mademoiselle.

— Puis-je cependant continuer à *penser* que vous êtes agaçant ? s'enquit-elle, une lueur espiègle dans le regard.

— Bien sûr. Mais, en le pensant, vous me mettez devant un formidable défi.

— Vraiment ? Lequel ?

— L'obligation de vous prouver le contraire.

— Et croyez-vous avoir la moindre chance d'y parvenir ?

— Vous me blessez, mademoiselle, dit-il en portant la main à son cœur. Vous apprendrez que je me trompe rarement. En fait, maintenant que j'y pense, je ne crois pas m'être jamais trompé.

— Tsss… fit-elle en secouant la tête. Eh bien ! Agaçant et arrogant. Beaucoup de mots commençant par « a » pour décrire un homme. Et ce n'est que le début de l'alphabet.

— On peut utiliser d'autres mots commençant par « a », comme…

— Assommant ?

— J'allais dire « aimable ».

— Je suis certaine que la plupart des gens estiment que vous l'êtes, milord.

— Mais je me rappelle très bien que vous m'avez dit, hier soir, que vous n'êtes pas « la plupart des gens ».

— Ce qui est vrai.

— Eh bien, il me reste à vous faire changer d'avis et à vous prouver votre erreur.

— Faites, je vous en prie, répliqua-t-elle en riant, d'un rire délicieux qui lui réchauffa le cœur.

— Vous voyez comme notre trêve fonctionne bien ? J'ai déjà droit à une invitation de votre part.

Le soleil éclairait ses cheveux de reflets rouges et or, et ses yeux pétillaient d'amusement.

Il posa le regard sur sa ravissante bouche et ce charmant grain de beauté au coin de sa lèvre supérieure.

— Pour sceller notre trêve… dit-il en lui prenant la main et la portant à ses lèvres.

L'odeur de miel lui chatouilla les narines, et il eut du mal à ne pas lécher sa peau pour vérifier si le goût correspondait à l'odeur. Leurs regards se croisèrent, et tandis qu'il continuait à lui tenir la main, il vit toute trace d'humour disparaître de ses yeux.

La surprise, puis le trouble transformèrent son regard, et ses joues prirent une exquise teinte rose. Sa peau avait l'air si douce... il brûlait de l'effleurer. Tel un homme en transe, il tendit la main. Elle écarquilla les yeux et retint son souffle.

— Alors tu viens, Sammie ? appela Hubert de derrière la haie de rosiers.

Elle recula, arrachant sa main à la sienne comme si elle s'était brûlée.

— Oui, répondit-elle dans un souffle.

Elle montra le chemin d'un mouvement du menton.

— Par ici, milord.

Éric n'eut aucun mal à calquer son allure sur la sienne. Il n'essaya pas de lui offrir son bras, sachant qu'elle refuserait, et préférant ne pas la toucher à nouveau. Cette femme produisait sur lui un effet étrange. Que lui arrivait-il donc ? Il n'était pas venu faire la cour à Samantha Briggeham ! Il voulait seulement s'assurer qu'elle ne mijotait pas quelque plan fou pour aider le Voleur de Fiancées. Peut-être nourrissait-elle un sentiment protecteur envers cet homme, ce qui n'était pas pour lui déplaire, mais elle était manifestement intelligente et mesurée. Il n'avait pas à s'inquiéter pour elle. Dès qu'il aurait vu le télescope, il partirait.

Pendant qu'Hubert lui faisait visiter son antre, Sammie observait lord Wesley, à l'affût du moindre signe d'ennui ou de persiflage.

En fait, le comte semblait fasciné par le laboratoire, avec sa rangée de gobelets et de pots, et ses expériences en cours. Il posa à Hubert des tas de questions – des questions intelligentes, dut-elle admettre. Et pas une seule fois, il ne regarda son frère de travers, ni ne lui parla sur un ton dédaigneux. Finalement, elle devait reconnaître que lord Wesley était...

Aimable.

Mais elle ne voulait pas le trouver aimable ! Elle préférait assommant et arrogant. Le voyant se pencher pour observer quelque chose dans le microscope, puis regarder Hubert avec un grand sourire qui éclaira son beau visage, elle songea qu'un autre mot commençant par « a » pouvait le définir… attirant.

— Sammie, pourquoi ne montres-tu pas à lord Wesley tes travaux, tes lotions au miel et à la cire ?

La voix d'Hubert l'arracha à ses troublantes pensées. Si son goût pour la science la poussait à rejoindre les deux hommes, son instinct de femme lui chuchotait de se tenir le plus loin possible de Wesley.

— Rien de bien passionnant, milord, dit-elle en désignant le coin opposé de la pièce. Des brûleurs, des pots, des moules et quelques bocaux de miel…

— Elle est modeste, milord, corrigea Hubert. Sammie est une scientifique et une pédagogue de premier plan. Elle a éveillé mon intérêt, et elle est ma première source d'inspiration et d'encouragement. Ses expériences en matière de crèmes et de lotions sont passionnantes, et elle est à la veille d'une découverte de première importance.

Écarlate, Sammie brûlait de faire taire son frère. Si elle était sensible à son enthousiasme et à ses gentils propos, elle n'avait aucune envie de voir le visage de lord Wesley exprimer l'horreur, le dégoût, l'ennui ou le dédain. Elle se tourna vers lui, décidée à changer adroitement de sujet, et fut stupéfaite de constater qu'il la considérait avec curiosité.

— Sur quel genre d'expérience travaillez-vous, mademoiselle ?

Nulle trace de moquerie ou de sarcasme dans sa voix. Tout simplement de l'intérêt… Elle hésita quelques secondes, puis l'emmena dans le coin qu'elle se réservait.

— Hier soir, j'ai parlé d'une de mes amies, miss Waynesboro-Paxton…

— La jeune femme qui n'a pas pu venir à la soirée, en raison de sa santé.

— Oui, approuva-t-elle, étonnée qu'il se souvînt. Elle souffre de douleurs articulaires, surtout dans les doigts. J'ai remarqué que deux choses permettent de la soulager: lui envelopper les mains dans des serviettes chaudes et mouillées, et les masser avec ma crème au miel. Je cherche un moyen de rendre ma crème autochauffante.

— Et vous êtes proche du but ?

— J'ai un peu avancé, ces derniers temps, mais je crains d'avoir encore beaucoup de travail. En tout cas, j'y parviendrai.

Elle leva le menton, le mettant au défi de se moquer d'elle ou de la traiter de bas-bleu, mais elle ne décela dans ses yeux que de l'admiration.

— Ingénieuse idée, murmura-t-il en promenant le regard sur son matériel. Je vous souhaite de réussir… Dites-moi, récoltez-vous votre propre miel ?

— Oui, j'ai une demi-douzaine de ruches derrière le laboratoire.

— Elle veille sur ses derniers pots comme une avare, commenta Hubert. Mais quand elle fera sa récolte, le mois prochain, je pourrai lui chiper un pot sans qu'elle s'en aperçoive. J'ai un faible pour le miel.

— Moi aussi, déclara lord Wesley en regardant Sammie avec une expression insondable, qui ne fit qu'accentuer son trouble.

Seigneur, cet homme produisait sur elle un effet étrange… C'était comme si sa proximité mettait tous ses sens en éveil: son bras musclé sous sa paume, lorsqu'il l'avait escortée à travers la roseraie; son odeur boisée qui l'enchantait. Par bonheur, elle était parvenue à ignorer ces sensations.

Jusqu'à ce qu'il s'arrête pour la dévisager avec cette expression intense.

Jusqu'à ce qu'il lui effleure la main de ses lèvres…

Pour cacher son trouble, elle se précipita vers le

télescope et fit semblant de l'examiner. Au début, elle avait été furieuse contre lui, mais il avait réussi à la désarmer, et même à l'amuser. Elle aurait aimé qu'il touche son visage, comme il avait été sur le point de le faire.

Se surprenant à pousser un soupir, elle se morigéna tout bas. Ciel, à quoi pensait-elle donc ? Elle ne pouvait tout de même pas nourrir des pensées romantiques envers lord Wesley ! Ce serait le chagrin assuré. Elle ne devait peupler ses rêves qu'avec des hommes imaginaires. Ou à la rigueur avec le Voleur de Fiancées – qui n'existait que dans son souvenir, et était davantage une figure héroïque qu'un être de chair et d'os.

Son attention fut attirée par les voix de ses compagnons, en grande conversation de l'autre côté de la pièce. Hubert avait le visage illuminé, comme lorsqu'il parlait d'une de ses expériences. C'était un regard qu'il lui réservait habituellement, et elle eut un serrement de cœur en le voyant dirigé sur un homme qu'elle n'était pas sûre d'aimer… Un homme qui n'était peut-être pas digne de l'admiration qui brillait dans les yeux d'Hubert. Ou peut-être craignait-elle, au contraire, de l'aimer si elle se laissait aller…

Elle porta le regard sur lord Wesley, qui fixait le vase à bec que tenait son frère. Elle se surprit à admirer son profil – la courbe de son front, ses pommettes hautes, son nez droit, ses lèvres fermes et sa mâchoire forte. Comme s'il percevait son regard, il se retourna et la dévisagea. Elle se sentit devenir écarlate. Il l'avait surprise en train de l'observer ! Elle toussa pour masquer sa gêne, et appliqua un œil sur le nouveau télescope, en priant que ses joues ne soient pas trop rouges.

Elle effectua la mise au point, davantage pour se donner une contenance que pour distinguer quelque chose. L'image du jardin se fit plus nette, et les roses de sa mère semblèrent proches à les toucher.

Un éclair bleu traversa son champ de vision. Ajustant sa position, elle reconnut Cordelia, sa robe bleue volant derrière elle, qui se ruait vers le laboratoire à une vitesse dont Sammie ne l'aurait pas crue capable. Seigneur, elle avait oublié que sa mère faisait préparer des rafraîchissements pour lord Wesley !

Au moment où elle se redressait, la porte s'ouvrit brusquement et Mme Briggeham apparut. Devant le spectacle qu'offrait Cordelia, pourtant toujours si impeccable, Sammie dut se mordre la lèvre pour ne pas rire. Elle était essoufflée par sa course à travers le jardin, son châle lui tombait sur une épaule, et plusieurs épingles avaient dû s'échapper de son chignon, car il était de guingois.

— Ah, vous voilà, milord ! dit-elle entre deux halètements. Je croyais que vous vous étiez enfui... Je ne savais pas où vous étiez. Je vous ai cherché dans tout le jardin, jusque dans l'écurie !

Elle lança à sa fille un regard à la fois horrifié et sévère qui signifiait : « À quoi pensais-tu donc pour l'emmener ici ! »

— Hubert m'a généreusement proposé de me montrer son nouveau télescope, expliqua lord Wesley en embrassant la pièce d'un large geste. Et son laboratoire est simplement stupéfiant. Vous devez être très fière de lui...

Le regard de Mme Briggeham se porta sur Hubert, qui parut grandir de plusieurs centimètres sous les éloges du comte. Elle sourit en regardant son fils qu'elle aimait follement, mais ne comprenait pas du tout.

— Très fière, admit-elle. Mais ce cher enfant a tendance à oublier qu'il ne doit pas ennuyer nos invités avec ses discours scientifiques.

— N'ayez crainte, chère madame. Votre fils – et votre fille – sont de délicieux compagnons. Je m'amuse énormément.

Mme Briggeham arbora un air dubitatif et, décidant que le mieux était de ramener le visiteur à la maison, elle annonça que le thé était servi dans le salon. Lord Wesley sortit une montre de son gilet :

— Je serais ravi de me joindre à vous, mais je crains de devoir prendre congé.

Cordelia afficha la plus vive déception.

Avant qu'elle n'ait le temps de protester, lord Wesley se tourna vers Sammie :

— À mon arrivée, un valet s'est occupé de ma monture. Peut-être m'accompagneriez-vous à l'écurie, mademoiselle ?

— Mais... bien sûr.

— Je vous remercie pour la visite de votre laboratoire, dit-il à Hubert, avant de s'incliner devant Mme Briggeham. Et je vous remercie, madame, pour votre hospitalité.

— Oh, je vous en prie, milord. En fait...

— Par ici, milord, la coupa Sammie.

Sortant vivement du laboratoire, elle l'entraîna par le bras.

Comme elle traversait à toute vitesse la pelouse qui les séparait de l'écurie, il calqua son pas sur le sien. Au bout de quelques secondes, il s'enquit en gloussant :

— Nous faisons la course, mademoiselle ?

— Je vous demande pardon ?

— On dirait que vous êtes poursuivie par le diable en personne.

— Je le suis peut-être, grommela-t-elle sans ralentir l'allure.

— Je suis tout le contraire, je vous assure, protesta-t-il en riant de bon cœur.

— Essayez-vous de me convaincre que l'adjectif « angélique » vous irait ?

— C'est un autre mot en « a »...

Il rit de plus belle, et pour une raison inexplicable, Sammie éprouva le besoin d'accélérer encore le pas. Plus tôt il partirait, mieux elle se porterait. Cet homme la mettait mal à l'aise.

Ils arrivèrent à l'écurie. Lorsque Cyril apparut avec l'hongre brun chocolat, elle ne put réprimer une exclamation admirative.

— Il est superbe, milord, dit-elle en tendant la main pour lui caresser l'encolure.

L'animal tourna aussitôt la tête et hennit doucement.

— Comment s'appelle-t-il ?

— Empereur.

Lord Wesley sauta gracieusement en selle et prit les rênes. Sammie recula et l'observa, une main en visière. La brise ébouriffait ses cheveux noirs. Ses jambes musclées enserraient les flancs du cheval avec une aisance qui dénotait un cavalier chevronné. Sur son bel animal, il était incroyablement viril, et elle regretta de ne pas avoir un talent de peintre. Elle l'imaginait traversant le pré au galop, sautant par-dessus la clôture, soudé à sa monture...

— Merci pour votre hospitalité, mademoiselle, dit-il, la tirant de sa rêverie.

— Je vous en prie, milord.

À l'idée qu'ils ne se reverraient sans doute plus, un frisson la parcourut. Il s'était montré poli, drôle et charmant, et la gentillesse qu'il avait manifestée envers Hubert la touchait au-delà des mots. Si seulement les circonstances étaient différentes... Si seulement elle était du genre à attirer son attention plus d'un instant...

Or ce n'était pas le cas. Il était comte et elle n'était qu'une... curiosité de passage.

— Merci pour les fleurs, déclara-t-elle en levant le menton.

Il la regarda quelques secondes avec une expression indéchiffrable. On aurait dit qu'il voulait parler, et elle attendit, le cœur battant. Mais il inclina seulement la tête et murmura :

— Je vous en prie.

Elle en éprouva une inexplicable déception.

— Je vous souhaite un bon retour, milord, conclut-elle. Au revoir.

— Et à bientôt, mademoiselle, ajouta-t-il à mi-voix.

Il mit Empereur au petit galop, et Sammie le regarda jusqu'à ce qu'il disparaisse au tournant du chemin.

À bientôt. Ces mots ne voulaient rien dire. Ce n'était qu'une manière de dire au revoir. Elle serait folle d'y voir autre chose, de croire qu'il avait l'intention de la revoir... Et pourquoi d'ailleurs le souhaiterait-elle ? En toute honnêteté, elle ne pouvait continuer à avoir une mauvaise opinion de lui, mais il ne ressemblait en rien à l'homme de ses rêves. Non, « aventurier » n'était pas un adjectif en « a » qu'elle choisirait pour décrire le comte de Wesley.

En désirant son retour, elle serait donc la pire des imbéciles...

Elle se sentit soudain la pire des imbéciles.

7

Article paru dans le *London Times* :

Plusieurs pères outragés ont rejoint la bande des Traqueurs du Voleur de Fiancées, augmentant ainsi la récompense promise pour sa capture, qui s'élève désormais à sept mille livres. Adam Straton, le magistrat du comté où a eu lieu le dernier enlèvement, assure redoubler d'efforts pour résoudre l'affaire ; il se fait fort d'arrêter le Voleur dans les plus brefs délais. « Je n'aurai de cesse de le voir pendu pour ses crimes ! » a-t-il déclaré.

Éric regardait par la fenêtre de son bureau. En général, voir les rayons du soleil à travers les arbres lui procurait un sentiment de joie et de réconfort. Mais aujourd'hui, ce spectacle ne parvenait pas à l'apaiser. Ce n'était pourtant pas faute de tout faire pour oublier celle qui hantait ses pensées.

Samantha Briggeham.

Trois jours avaient passé, depuis qu'il lui avait rendu visite. Et depuis trois jours, il demeurait sous le charme de son honnêteté, de son intelligence et de sa droiture. Depuis trois jours, il ne songeait qu'à la revoir, et devait se retenir de se précipiter chez elle.

Inutile pourtant de s'inquiéter pour elle. Son enlèvement n'avait eu aucun effet néfaste. N'empêche, il ne pouvait l'arracher de ses pensées…

Pourquoi ? Il songeait parfois que c'était parce qu'il l'avait enlevée par erreur. Mais à quoi bon se mentir à soi-même ?

Non, il y avait quelque chose chez Samantha Briggeham qui le touchait... de façon inexplicable. Mais quoi ? Si elle n'était pas jolie au sens habituel du terme, ses yeux trop grands et ses lèvres trop épaisses le fascinaient. Il avait connu son lot de beautés – des femmes dont le physique laissait les hommes pantois, mais elles n'avaient pas retenu longtemps son attention. En réalité, il ne se souvenait d'aucun de leurs visages. Le visage qui habitait son esprit le jour et le tenait éveillé la nuit, n'était pas celui d'un diamant de première eau, mais celui d'une provinciale sans éclat.

Il alla se verser un doigt de cognac, puis étudia le liquide ambré, comme pour y trouver la réponse à son dilemme.

Très bien, elle avait un physique intéressant. Plaisant. Mais cela ne suffisait pas à expliquer ce... comment dire ? cette obsession. Il s'appuya contre le bureau d'acajou et but une gorgée. Une série d'images de miss Briggeham lui apparut. Il la revoyait cachée derrière les palmiers de Mme Nordfield. Riant devant les horribles peintures. Il revoyait sa peur quand il l'avait enlevée, son air rêveur en confiant son désir d'aventure au Voleur de Fiancées... son souhait de nager dans l'Adriatique...

Diable, voilà peut-être le problème. Il savait sur Samantha Briggeham des choses qu'il ne devrait pas savoir, qu'il n'aurait pas su s'il ne l'avait pas rencontrée en tant que Voleur de Fiancées. Et son goût pour l'aventure n'était pas seul en cause. Il avait pu apprécier le contact de son corps contre le sien, le plaisir de galoper dans la nuit avec elle, son odeur de miel qui lui taquinait les narines.

Et puis il y avait eu sa colère... non, sa contrariété... lorsqu'il avait osé dire un mot contre le Voleur, qu'elle admirait. Il y avait son amour pour son frère, son indulgence vis-à-vis de sa mère. Et aussi sa volonté de mettre au point une pommade pour soulager son amie. Elle était intelligente, loyale, franche, et…

Il l'appréciait.

Il allait boire une nouvelle gorgée de cognac, quand cette prise de conscience immobilisa sa main.

Sacrebleu ! *Il l'appréciait.*

Il aimait son sourire, son rire, même sa véhémence. Elle n'avait pas l'attitude hautaine de la plupart des femmes de sa connaissance. Au lieu de penser à la robe qu'elle devait porter ou au bonnet qu'elle allait acheter, elle rêvait de succès scientifiques.

Et ses yeux… ces extraordinaires yeux clairs étaient emplis d'espoir, de désirs inaccomplis ; ils laissaient deviner des sentiments et une vulnérabilité dont il voulait tout savoir. Oui, c'était cela : il souhaitait en apprendre davantage sur cette femme intéressante. Discuter avec elle. Découvrir toutes les pensées fascinantes qui se cachaient derrière ses épaisses lunettes.

Il but une gorgée de cognac. Le problème étant identifié – il ne pouvait oublier miss Briggeham, car il l'appréciait et souhaitait mieux la connaître —, il avait deux solutions. Soit la chasser de son esprit ; mais ayant été, jusque-là, incapable de le faire, il écarta cette option. Soit la revoir, lui parler et en apprendre plus sur elle. Une fois sa curiosité satisfaite, il serait libéré de cette obsession.

Parfait !

Il leva son verre à sa brillante logique.

Éric arrêta Empereur derrière un groupe de chênes, près de la lisière du bois. Gêné par le soleil, il plissa les yeux et aperçut miss Briggeham qui arrivait du village. Au lieu de l'allure rapide qu'elle avait adoptée lors de leur dernière rencontre, elle traversait la clairière à pas lents, offrant son visage aux rayons du soleil. Son bonnet lui pendait dans le dos et ses cheveux châtains brillaient. Le visage éclairé par un sourire, elle fit une pirouette en balançant le panier qu'elle tenait à la main, puis se pencha pour sentir le parfum des fleurs sauvages.

Il enviait son insouciance. Quand avait-il, pour la dernière fois, joui du soleil ? d'une belle journée ? Quand avait-il savouré les effluves et les bruits de la nature, sans ressentir le poids de ses responsabilités et de ses obligations ?

Cela remontait à l'été qui avait précédé son entrée dans l'armée, se rappela-t-il après réflexion. Margaret et lui partaient alors pour de longues chevauchées, emportant parfois un pique-nique. Il leur arrivait souvent de ne pas dépasser l'écurie : ils passaient l'après-midi à soigner les chevaux avec Arthur…

Il y avait si longtemps qu'il ne s'était pas senti libre, qu'il eut soudain envie de rejoindre miss Briggeham, de la soulever dans ses bras et de tourbillonner avec elle, de se laisser emporter par sa joie. Tentation indigne d'un comte…

Il continua à l'observer et sourit en la voyant sauter au-dessus d'un tas de pierres avec une exubérance de chiot.

Il resta caché jusqu'à ce qu'elle fût à une courte distance de lui, puis, pressant les flancs d'Empereur, il sortit sur le chemin.

— Miss Briggeham, quelle bonne surprise !

Elle s'arrêta net et ses joues déjà roses s'empourprèrent. Mais, si elle était manifestement étonnée de le voir, elle ne semblait pas mécontente.

— Lord Wesley, fit-elle, haletante. Comment allez-vous ?

— Très bien, merci. Vous revenez du village ? demanda-t-il, comme si Arthur ne lui avait pas appris qu'elle prenait presque tous les jours ce chemin.

— Oui, je suis allée voir mon amie, miss Waynesboro-Paxton.

— Et comment vont ses articulations, aujourd'hui ?

— Plus mal. Je lui ai apporté un autre pot de ma pommade au miel et lui ai massé les mains, ce qui l'a momentanément soulagée… Vous allez au village ? s'enquit-elle en se protégeant les yeux du soleil.

— Non, je profitais seulement de ce bel après-midi pour sortir mon cheval. Mais comme Empereur est fatigué de galoper, je vous demanderai la permission de marcher avec vous.

Le cheval hennit, puis piaffa.

— Bien sûr, dit-elle en gloussant. Mais il semble qu'Empereur n'apprécie pas que vous dénigriez son endurance. Jusqu'à aujourd'hui, je n'avais jamais vu un cheval manifester son indignation… Si vous voulez, ajouta-t-elle en caressant l'encolure du hongre, nous passerons par le lac, afin qu'il puisse s'abreuver.

— Excellente idée.

Éric mit pied à terre, puis se tourna vers elle avec l'intention de lui proposer de porter son panier, mais la voix lui manqua. Le soleil déposait sur les cheveux de la jeune fille des reflets roux et dorés. Son chignon était à demi défait, comme si un homme avait glissé les doigts dans ses boucles soyeuses.

Elle paraissait attendre qu'il dise quelque chose, or il en était incapable.

Son regard s'arrêta sur ses lèvres, où s'attardait un demi-sourire, et il dut faire un effort pour détourner les yeux. Elle portait une modeste robe en mousseline bleu pâle, mais eût-elle porté un déshabillé de dentelle que son cœur n'aurait pas battu plus fort.

Il se la représenta instantanément dans cette tenue, ses courbes charmantes vaguement cachées, et fut submergé par une vague de désir.

Que lui arrivait-il ? Il secoua la tête pour chasser cette image troublante.

— Quelque chose ne va pas, milord ?

— Euh… non.

S'approchant de lui, elle scruta son visage. La même subtile odeur de miel lui emplit les narines, et il serra les dents.

— Vous êtes sûr ? Vous paraissez… avoir chaud.

— C'est le soleil. Il fait un peu chaud, dit-il.

Misère, cette voix râpeuse était-elle la sienne ?

Il lui offrit le bras et inclina la tête vers le sentier qui s'enfonçait dans les bois :

— Vous venez ?

— Bien sûr. Il fera plus frais à l'ombre.

Oui, plus frais. C'était tout ce qu'il demandait. Pour quelque raison inconnue, le soleil semblait avoir un effet étrange sur lui. Les rênes d'Empereur dans une main, les doigts de miss Briggeham sur sa manche, il pénétra dans la forêt.

Ils avancèrent, escortés de sons doux : le froissement des feuilles, le trille des oiseaux, le craquement de brindilles sous leurs pieds, le souffle d'Empereur…

Il chercha quelque chose à dire, quelque chose qui la fît rire ou sourire, mais il se sentait comme un collégien muet de timidité. Il avait souhaité lui parler, en apprendre davantage sur elle, et à présent il ne trouvait rien à dire ! C'était ridicule.

Il fut sauvé par la vue du lac, dont les eaux bleu foncé miroitaient au soleil. Il abandonna les rênes d'Empereur et laissa le hongre approcher du bord pour boire. Miss Briggeham lâcha son bras et alla s'appuyer contre le tronc d'un énorme saule.

— Ces dernières nuits ont été particulièrement claires, fit-elle remarquer, brisant le silence. En avez-vous profité pour observer les étoiles ?

— Justement, dit-il, se jetant sur le sujet comme un chien sur un os. Hubert est-il content de son nouveau télescope ?

— Oui, c'est un bel instrument, mais il projette d'en faire un lui-même. Il pense qu'il existe d'autres planètes et veut construire un télescope assez puissant pour les découvrir.

— Comme William Herschel, quand il a découvert Uranus.

— Précisément, fit-elle, surprise. Hubert a une grande admiration pour cet homme.

— Mon télescope est un Herschel.

— Un Herschel ? Oh ! s'exclama-t-elle en remontant ses lunettes. Il doit être superbe…

— C'est vrai. J'ai eu la chance de rencontrer sir William, il y a plusieurs années, et c'est à lui que je l'ai acheté.

— Vous l'avez rencontré ?

— Oui. C'est un homme passionnant.

— Oh, je n'en doute pas ! Sa théorie des systèmes binaires est géniale, fit-elle, le visage illuminé. Dites-moi, pouvez-vous voir Jupiter avec votre Herschel ?

— Oui.

Baissant la tête pour éviter les branches du saule, il la rejoignit sous l'arbre.

— Et la nuit dernière, poursuivit-il, j'ai observé plusieurs étoiles filantes.

— Moi aussi ! N'était-ce pas merveilleux ?

— On aurait dit des diamants traversant le ciel, et laissant dans leur sillage une traînée de poussière d'or.

— Jolie description, milord.

Séduit par son sourire, il s'approcha d'elle.

— Et comment les décririez-vous, mademoiselle Briggeham ?

Elle ne répondit pas tout de suite. Renversant la tête en arrière, elle contempla les rubans de ciel bleu visibles à travers les feuilles du saule.

— Des larmes d'ange, dit-elle enfin. Je regarde les étoiles tomber et je me demande qui pleure dans le ciel, et pourquoi. À votre avis, pourquoi un ange pleurerait-il ?

— Je n'en ai aucune idée.

— Des larmes d'ange, répéta-t-elle. C'est une entorse à la science et à la logique, je sais.

— Mais c'est à la fois juste et imagé. La prochaine fois que je verrai une étoile filante, je me demanderai s'il y a là-haut un ange qui pleure…

Leurs regards se croisèrent, l'espace d'un instant, et il y eut entre eux comme une étincelle.

L'avait-elle ressentie aussi ? Avant qu'il pût en décider, elle détourna les yeux.

— J'ai hâte de dire à Hubert que vous avez rencontré sir William Herschel, et que vous possédez l'un de ses télescopes… Je ferais peut-être mieux, ajouta-t-elle avec un sourire, de ne pas le lui dire. Sinon, il vous posera mille questions. Et celles auxquelles il ne pensera pas, c'est moi qui les poserai !

— Je serais heureux d'y répondre, assura-t-il. Je ne connais personne qui partage mon intérêt pour l'astronomie. Pourquoi Hubert et vous-même ne viendriez-vous pas à Wesley Manor, voir mon Herschel ?

Elle écarquilla les yeux derrière ses lunettes.

— Hubert sera enchanté, milord…

— Et vous, mademoiselle… serez-vous enchantée ?

— Bien sûr. Jamais je n'aurais espéré une telle chance.

— Parfait ! La nuit s'annonce claire, déclara-t-il en consultant le ciel à travers le feuillage. Êtes-vous libres, ce soir ?

— Oui, mais êtes-vous certain… ?

— Vous paraissez étonnée de mon invitation, mademoiselle. Je vous certifie que je serai ravi de vous recevoir, Hubert et vous-même.

— Dans ce cas, milord, je ne peux que vous remercier pour votre invitation.

— Très bien. Je vous enverrai ma voiture. Huit heures, cela vous conviendrait ?

— Ce serait merveilleux. Merci à vous.

Le regard fixé sur le grain de beauté qui ornait le coin de sa bouche, il vit ses lèvres avancer pour former le mot « vous »... comme pour offrir un baiser.

Un baiser. Le mot le frappa comme un coup dans le ventre. Sacrebleu, quelle bouche ! Ces lèvres humides l'attiraient comme le chant des sirènes. L'envie de toucher cette bouche avec la sienne – une fois seulement, une seconde – fut si forte qu'il en perdit tout bon sens.

Comme en transe, il s'approcha encore. Elle leva la tête vers lui, troublée.

Posant une main sur le tronc à côté de son épaule, il promena le regard sur elle. La jeune femme était manifestement émue par sa proximité.

Ses yeux exprimaient la plus grande incertitude, ses joues étaient cramoisies, il voyait son pouls battre à la base de son cou délicat, et sa poitrine se soulever à un rythme accéléré. Son délicieux parfum l'enivrait, et il s'avança plus près pour n'en rien perdre.

— Vous sentez le... porridge, murmura-t-il.

Elle battit des paupières, puis fit une moue.

— Je vous remercie, milord. Mais faites attention, car des paroles aussi fleuries risquent de m'enfler la tête...

Comment avait-il pu parler de porridge ? Décidément, cette femme réussissait à lui faire perdre toute finesse. Incapable de se contrôler, il se pencha.

— Du porridge recouvert de miel, chuchota-t-il audessus de la courbe de son cou. Mon petit déjeuner préféré. C'est chaud, sucré, exquis...

Tout son corps vibrait. Le désir qui le tenaillait était si fort, si brûlant, qu'il reçut comme un coup sur le crâne. Que lui arrivait-il ? Il avait perdu la tête !

Il s'écarta vivement. Sacrebleu, il ne l'avait même pas touchée et il était hors d'haleine, comme s'il avait couru mille mètres ! Et un regard lui apprit qu'elle était aussi bouleversée que lui.

Pourquoi ne l'avait-il pas embrassée ? Pourquoi n'avait-il pas simplement pressé ses lèvres contre les siennes, pour assouvir sa curiosité ? Parce qu'il avait retrouvé son bon sens, et s'était rappelé que miss Briggeham était une jeune fille respectable ? Plutôt parce qu'un baiser rapide n'aurait pas été suffisant.

Mieux valait partir avant de commettre l'irréparable... et répondre à l'invitation qu'il lisait dans ses yeux.

Reculant de plusieurs pas, il s'inclina respectueusement.

— Je dois m'en aller. Mais nous nous voyons ce soir.

Peut-être n'était-il pas sage de la recevoir chez lui ? Il repoussa aussitôt cette crainte : le jeune Hubert tiendrait lieu de chaperon, et il n'aurait aucun mal à résister à l'attirance qu'elle lui inspirait. Son égarement était passé, il était de nouveau maître de lui-même. Miss Briggeham n'avait rien à craindre.

Elle remonta ses lunettes et s'éclaircit la voix.

— À ce soir, donc, répliqua-t-elle d'un ton parfaitement calme.

Il se dirigea vers Empereur et l'enfourcha. Après un signe de tête à l'adresse de Samantha, il partit au trot en direction de Wesley Manor.

Cette femme était par trop irritante. Il était fou de l'avoir invitée chez lui ! Mais qu'importait, après tout. Ce n'était que pour un soir. Quelques heures en sa compagnie. Ce serait supportable.

Ne venait-il pas de se prouver qu'il pouvait lui résister ?

Longtemps après qu'il eut disparu de son champ de vision, Sammie resta contre le tronc, clouée sur place, le cœur battant.

Juste Ciel, il avait failli l'embrasser... L'embrasser avec ces belles lèvres fermes... Elle poussa un soupir. Se rappelant la façon dont il s'était appuyé sur le tronc à côté d'elle, dont il s'était penché vers elle, l'enveloppant de son parfum boisé, de son odeur de propre, elle ferma les yeux. Elle avait dû s'accrocher à l'écorce du saule pour s'empêcher de le toucher !

Peu à peu, elle recouvra ses esprits.

Elle se trompait, bien sûr... Pourquoi lord Wesley voudrait-il l'embrasser ? Intrigué par son parfum, il avait simplement voulu savoir pourquoi elle sentait le porridge.

Mais cette façon qu'il avait de la regarder... cette expression intense qui l'avait laissée pantelante... Non. S'il s'était autant rapproché, ce n'était pas parce qu'il était attiré par elle. Il recherchait l'ombre, un point c'est tout.

Troublée par cette proximité, le cœur battant dans l'attente du contact de ses lèvres sur les siennes, elle avait réagi comme la dernière des imbéciles.

S'en était-il rendu compte ? se demanda-t-elle, morte de honte. Avait-il lu dans ses yeux le désir qui la consumait ? Elle toucha ses joues brûlantes. Ciel, que lui était-il arrivé ? Elle n'aurait su le dire, mais elle ne pouvait nier que cet homme lui faisait un effet ahurissant.

Peut-être ne devrait-elle pas aller chez lui ? Hors de question. L'envie de voir un Herschel était trop forte. Elle ne pouvait rater une telle occasion. Et puis, Hubert lui servirait de chaperon. Lord Wesley n'aurait aucune raison de se tenir près d'elle ; et elle n'aurait logiquement aucune raison d'être troublée. Elle partageait avec lui un vif intérêt pour l'astronomie. Point final.

Satisfaite, elle s'écarta de l'arbre et rentra chez elle à grands pas. Il y avait un seul ennui, songea-t-elle avec un soupir : cette visite risquait d'être mal interprétée par sa mère. Elle ne voulait pas que celle-ci y vît autre chose que ce que c'était : une généreuse invitation, faite à des jeunes gens partageant le même enthousiasme que lui, à découvrir un télescope fabriqué par le plus grand astronome vivant. Lord Wesley était simplement... aimable. En fait, il était tellement aimable que c'en était... alarmant. Angoissant. Atterrant.

Oui, elle devait s'assurer que sa mère n'y verrait rien de plus. Sinon, cette marieuse impénitente nourrirait des idées impossibles !

Et toi, tu ferais bien de te garder des pensées impossibles… lui chuchota une petite voix intérieure.

8

— C'est la troisième fois, monsieur le comte, que vous consultez la pendule, fit remarquer Arthur Timstone de sa voix rauque. Vos invités vont bientôt arriver. À regarder sans cesse l'heure, le temps passe plus lentement…

Debout devant la cheminée de son bureau, Éric se retourna et toisa son fidèle serviteur au-dessus de son verre de cognac. Arthur était confortablement installé dans son siège favori, à côté du bureau d'acajou de son maître, un verre de whisky à moitié plein entre ses mains calleuses.

Ils se retrouvaient souvent le soir autour d'un verre. Arthur lui rapportait les bruits glanés auprès des domestiques, concernant le Voleur de Fiancées. Ce soir, cependant, c'était le comte de Wesley qui était le sujet de toutes les conversations.

— Cette invitation à miss Sammie a fait du bruit chez les Briggeham, fit remarquer Arthur. La mère de la demoiselle est sens dessus dessous. Elle a déjà convié Mme Nordfield à prendre le thé demain après-midi pour en discuter.

Éric n'était nullement étonné.

— Il n'y a rien à discuter. J'ai simplement proposé à miss Briggeham et à son frère de leur montrer mon télescope.

— Oui, bien sûr, y a rien de plus, acquiesça Arthur. Il faudrait être un imbécile pour prétendre que miss Sammie vous intéresse.

— Précisément. Et Cordelia Briggeham, aussi bien que Lydia Nordfield, connaissent ma position sur le mariage. Elles seraient idiotes de croire que j'ai changé d'avis.

— Vous pouvez bien claironner que vous ne voulez pas vous marier, ça n'y fera rien. Beaucoup y voient un défi, c'est tout. Une coquetterie.

— Une coquetterie ? Après le cauchemar qu'a été le mariage de mes parents, et après celui de Margaret, je n'ai pas l'intention de m'imposer cela ! Et même si j'étais assez fou pour songer à me marier, je ne pourrais soumettre une femme et des enfants au danger que je vis. Si j'étais arrêté, leur existence serait ruinée.

— C'est la sagesse, monsieur le comte. Mais les marieuses ne connaissent pas cette raison.

Arthur but une gorgée de whisky, puis soupira.

— Enfin, reprit-il, elles seraient folles de penser que vous voudriez de miss Sammie. Elle n'est pas du genre à attirer un homme comme vous.

— Non, en effet.

Sur ces mots prononcés d'un ton plus dur qu'il ne l'aurait souhaité, Éric vida son verre de cognac, puis s'en versa un autre.

— Miss Sammie est pourtant intéressante, commenta Arthur, songeur. Si j'avais quelques années de moins et si j'étais un monsieur, je la courtiserais volontiers.

Éric se figea.

— Je te demande pardon ? fit-il en abaissant lentement son verre.

— Ne vous inquiétez pas. Je suis entiché de ma Sarah. N'empêche, les hommes sont aveugles de ne pas remarquer le sourire de miss Sammie. Ses cheveux. Ou ses grands yeux... pleins de lumière. En plus, elle est maligne comme un singe. Elle a pris le jeune Hubert sous son aile, et grâce à son enseignement, il est drôlement éveillé maintenant... Oui, miss

Sammie, c'est quelqu'un, contrairement à ce que la plupart des gens pensent.

Éric s'appuya contre la cheminée.

— Je ne savais pas que tu étais... sensible aux charmes de miss Briggeham.

Intrigué, Arthur cligna plusieurs fois des paupières, puis se pencha en avant et fixa son maître. Celui-ci fit de son mieux pour demeurer impassible, mais il n'y réussit manifestement pas, car le serviteur lança :

— Je ne savais pas que *vous*, vous étiez sensible à ses charmes...

— Je ne le suis pas.

— Que le diable m'emporte ! s'exclama Arthur, stupéfait. Vous n'avez pas de vues sur miss Sammie, quand même ?

Éric ouvrit la bouche pour nier, mais avant qu'il ne pût prononcer un mot, Arthur reprit, les yeux ronds :

— Mon pauvre garçon, vous perdez la tête ! Ce n'est pas le genre de femme qu'il vous faut.

— Tiens ! fit Éric, piqué par cette remarque. Qu'est-ce que cela signifie ?

— Regardez donc les choses en face. Vous savez que je vous aime comme un fils. C'est que...

Le serviteur s'interrompit, gêné.

— Tu veux me dire quelque chose, Arthur. Pourquoi ne pas le dire simplement, comme tu l'as toujours fait ?

Arthur avala une grande gorgée de whisky, puis croisa son regard.

— Bon. Pourquoi vous l'avez invitée, exactement ? demanda-t-il.

Comment expliquer ce qu'il ne comprenait pas lui-même ? Posant son verre sur le manteau de la cheminée, Éric se passa les doigts dans les cheveux.

— Je suppose que j'éprouve une certaine responsabilité vis-à-vis d'elle, et j'ai voulu m'assurer que cet enlèvement n'aurait pas de conséquences désastreuses.

— Ça n'en a pas eu. Je vous ai dit que, depuis, elle est très demandée.

— Je sais. Mais…

— Vous l'avez dans la peau.

Leurs regards se croisèrent. Leur complicité remontait à l'enfance d'Éric. Arthur était devenu pour lui un ami, un confident.

— Dans la peau, répéta le jeune homme. Oui, je crains que tu aies raison…

— N'allez pas la faire souffrir, grommela Arthur en se renversant dans le fauteuil de cuir.

— Pourquoi as-tu une si mauvaise opinion de moi ? Je n'ai aucunement l'intention de lui faire du mal.

— Je vous estime beaucoup, vous le savez. Vous ne voulez évidemment pas la faire souffrir, mais miss Sammie n'est pas comme les autres jeunes femmes. Elle est pas non plus comme l'une de vos élégantes veuves ou de vos actrices expérimentées.

— Crois-tu que je ne le sache pas ? Sacrebleu, à t'entendre, on croirait que je veux la séduire ! C'est injurieux. Tu ne me fais donc pas confiance ?

L'expression d'Arthur se radoucit. Il se leva, faisant craquer les articulations de ses genoux, et alla se planter devant Éric.

— Je vous fais confiance, bien sûr, dit-il en lui posant une main sur l'épaule. De tout mon cœur. Vous êtes l'homme le plus délicat que je connaisse. Mais on peut parfois avoir l'esprit brouillé. Même l'homme le mieux intentionné… Miss Sammie est bonne. Honnête. Et elle est innocente. Le genre de femme à vous prêter des intentions que vous n'avez pas. À moins, bien sûr, que vous ne les ayez… conclut-il en lui lançant un regard pénétrant.

— Tu me demandes quelles sont mes intentions envers elle ? Pour quelle raison ? Tu n'as jamais, que je sache, manifesté un tel intérêt pour ma vie privée.

— Je me suis toujours intéressé à votre vie privée, mais je n'ai jamais fait de commentaire.

— Et maintenant tu en fais.

— Oui. Parce que je connais miss Sammie. Et que je l'aime bien.

— T'est-il venu à l'esprit que moi aussi, je pouvais l'apprécier ?

— Vous seriez idiot de ne pas l'aimer. Miss Sammie, c'est le sel de la terre. J'espère seulement que vous serez... prudent. Elle a un cœur bon. Je ne voudrais pas le voir brisé. Vous aussi, vous avez un cœur bon, ajouta Arthur en lui étreignant l'épaule. J'aimerais tant vous voir l'offrir à quelqu'un.

— Tu donnes trop d'importance à une simple invitation.

Arthur ne répondit pas tout de suite. Il regarda Éric avec cette expression pénétrante qui lui donnait envie de rentrer sous terre.

— Oui, vous avez probablement raison... dit-il en se dirigeant vers la porte. Je vous souhaite une bonne soirée, monsieur le comte. Je suis sûr que miss Sammie et Hubert admireront votre télescope.

Dès que la porte fut refermée, Éric prit son verre de cognac et en vida le contenu. Le liquide lui brûla les entrailles.

Une simple invitation, morbleu ! Ce n'était que cela. Il n'avait aucune intention de s'engager avec Samantha Briggeham. Il avait des responsabilités, une vie secrète. Sa tête était mise à prix.

Il n'y avait pas de place pour elle dans son monde.

Debout dans une spacieuse alcôve aux murs de verre, aménagée dans un coin de la vaste serre de lord Wesley, Sammie regardait Hubert s'approcher avec respect du Herschel. Le garçon émit un « Oh ! » admiratif qui la fit sourire, et elle se concentra sur l'enthousiasme de son frère – enthousiasme qu'elle aurait dû partager... si elle n'avait pas été troublée par le grand homme brun qui répondait patiemment au flot de questions sortant des lèvres d'Hubert.

Ciel, comment peut-on être aussi séduisant ? songea-t-elle.

Vêtu de noir, à l'exception de sa cravate et de sa chemise d'un blanc immaculé, le comte était parfaitement élégant. Ce vernis, cependant, dissimulait une énergie à peine contenue.

— C'est le Sagittaire, souffla Hubert en appliquant son œil sur la lunette. Je l'ai déjà vu, mais jamais comme ça ! On le croirait à portée de main... Regarde, Sammie !

S'arrachant à sa contemplation, la jeune femme se rappela qu'elle était curieuse d'expérimenter un aussi bel instrument, et s'avança.

— C'est comme si le ciel se déployait devant moi ! s'extasia-t-elle, après une minute de mise au point.

Les étoiles scintillaient tels des diamants sur le velours noir du ciel, l'invitant à tendre la main pour les faire glisser entre ses doigts.

— Les étoiles sont en effet fabuleuses, déclara lord Wesley, debout derrière elle. Mais si vous regardez par ici...

Il s'approcha d'elle, et elle fut enveloppée par la chaleur de son corps. Lui posant une main sur l'épaule, il passa l'autre autour d'elle et fit lentement pivoter le télescope.

— Maintenant, dit-il de sa voix profonde, vous devriez distinguer Jupiter.

Troublée par le frôlement de son corps, elle vit, à travers la lunette, le ciel constellé de pierres précieuses chavirer. Son odeur échauffait ses sens, et elle dut lutter pour ne pas se renverser contre lui. Au contact de sa main sur son épaule, elle se sentit parcourue de frissons. Fermant les yeux, elle poussa un profond soupir. Cette attitude si peu scientifique était inadmissible !

Elle cligna des paupières.

— C'est... c'est un miracle de voir quelque chose de si éloigné.

— Dites-moi ce que vous voyez, murmura lord Wesley.

— C'est... incroyable. Rouge. Brûlant. Mystérieux. Trop lointain pour même imaginer ce que cela peut être.

La chaleur de son corps contre son dos, elle observait la lointaine planète en essayant, sans succès, de se convaincre que les battements de son cœur étaient dus à l'excitation provoquée par la découverte scientifique.

Prenant une profonde respiration, elle se tourna vers Hubert et lui adressa un sourire incertain.

— C'est magnifique, Sammie ? s'enquit-il.

— C'est la chose la plus magnifique qu'on puisse éprouver... je veux dire, voir.

S'écartant vivement, elle laissa Hubert appliquer son œil sur la lentille. L'exclamation du garçon se répercuta dans la pièce, et elle risqua un coup d'œil vers lord Wesley. Celui-ci l'observait, et lorsque leurs regards se croisèrent, il lui sourit.

— Vous êtes contente ?

— Oh oui, milord. Et quant à Hubert, il en sauterait de joie.

— Je comprends ça. J'ai réagi de la même manière, la première fois que j'ai regardé à travers ce télescope.

À la pensée de lord Wesley sautant de joie comme un gamin, elle ne put s'empêcher de sourire.

— Nom d'une pipe, c'est incroyable... fit Hubert.

Se tournant vers eux, il sortit de la poche de son gilet un petit carnet en cuir.

— Cela vous ennuie, milord, si je prends quelques notes ? demanda-t-il.

— Notez tout ce que vous voulez, mon garçon. Vous avez le temps... Pendant que Hubert est occupé avec le Herschel, ajouta-t-il en reportant son attention sur elle, peut-être aimeriez-vous visiter le reste de la maison ?

La jeune femme hésita. L'invitation était tout à fait innocente. Pourtant, à l'idée de se retrouver seule avec lui, son cœur bondit. Puis elle faillit rire ouvertement de sa propre bêtise. Ils ne seraient pas seuls ! Une maison de cette taille devait abriter des dizaines de domestiques.

— La visite de ma maison n'a évidemment rien de passionnant, précisa-t-il en lui offrant son bras. J'ai fait servir le thé dans le salon. En nous y rendant, je vous montrerai la galerie de portraits et vous ennuierai à mourir avec des histoires d'ancêtres…

— Comment résister à une proposition si alléchante ? lança-t-elle sur un ton léger qui ne correspondait en rien à ce qu'elle ressentait.

Comme ils sortaient de la serre, elle pria pour qu'il l'ennuie à mourir. Mais elle craignait d'être déjà trop fascinée par lord Wesley…

Ils atteignirent le dernier groupe de portraits.

— C'est votre mère ? demanda-t-elle.

Éric contempla le visage souriant de sa mère, sur lequel on ne discernait nulle trace de la vie malheureuse qui avait été la sienne.

— Oui.

— Elle est belle.

— Elle l'était. Elle est morte quand j'avais quinze ans.

— Quel malheur ! compatit-elle en lui pressant le bras avec sympathie. Il n'y a pas de bon moment pour perdre ses parents, mais ce doit être particulièrement difficile pour un adolescent.

— Effectivement, murmura-t-il, la gorge nouée.

Des souvenirs l'assaillirent, comme à chaque fois qu'il regardait ce portrait. Des voix irritées, des propos blessants… et sa mère, si misérable, prisonnière d'un mariage infernal.

— Qui est-ce ? s'enquit miss Briggeham, l'arrachant à sa rêverie.

Il observa le portrait suivant, et la douleur qu'il éprouvait toujours en pensant à Margaret se raviva. Le tableau avait été commandé pour son seizième anniversaire. Elle paraissait jeune, et si innocente dans sa robe de mousseline ivoire.

Il se rappelait ses visites dans la bibliothèque, pour essayer de la faire sourire lors de ses interminables séances de pose :

— Quelle tête tu fais, Margaret ! On dirait que tu manges un cornichon… Souris, ou je vole de la peinture rouge et te dessine un grand sourire sur la figure !

En guise de réponse, Margaret esquissait une grimace. L'artiste avait, tout de même, réussi à l'immortaliser avec un sourire serein et un soupçon de malice dans le regard…

— C'est ma sœur, dit-il. Margaret.

— Je ne savais pas que vous aviez une sœur, milord.

Il la regarda, étonné. Pratiquement toutes les femmes de la région connaissaient les membres des familles de l'aristocratie.

— Margaret est vicomtesse Darvin. Elle vit en Cornouailles.

— J'ai toujours souhaité visiter la côte de Cornouailles. Depuis quand vit-elle là-bas ?

Depuis que mon père l'a vendue comme un sac de farine, songea-t-il.

— Depuis cinq ans. Depuis son… mariage.

Ce ton crispé n'échappa pas à miss Briggeham qui demanda, compatissante :

— Elle n'est pas heureuse ?

— Non.

— J'en suis désolée. Dommage que le Voleur de Fiancées n'ait pas pu la sauver de ce mariage.

— Oui. Dommage…

— Vous la voyez souvent ?

— Pas assez souvent.

— Mes sœurs me manqueraient terriblement, si elles vivaient si loin.

— Vous avez trois sœurs, n'est-ce pas ?

— Oui. Elles sont toutes mariées. Lucille et Hermione habitent ici, à Tunbridge Wells. Emily, qui vient d'épouser le baron Whitestead, n'habite qu'à une heure à cheval. Nous nous voyons toutes les quatre assez souvent.

— Je me rappelle avoir rencontré vos sœurs, il y a plusieurs années, lors d'une comédie musicale...

— On ne peut pas les oublier ! Prises séparément, elles sont toutes ravissantes, mais ensemble, elles sont époustouflantes.

Elle avait raison. Pourtant, c'était *elle* qu'il trouvait inoubliable.

— Ce qui est merveilleux chez mes sœurs, poursuivit Samantha, c'est qu'elles sont aussi belles à l'intérieur qu'à l'extérieur.

Pas la moindre jalousie dans sa voix, uniquement de la fierté. Il étudia son visage, se demandant s'il devait lui dire qu'elle était ravissante, elle aussi. Accepterait-elle son compliment, ou n'y verrait-elle qu'une simple galanterie ?

Incapable de se décider, il laissa passer le moment et la conduisit au salon, où le thé était servi. Il referma la porte, tandis qu'elle allait se planter au milieu de la pièce. Pivotant lentement, elle embrassa du regard les murs couverts de soie crème, les canapés confortables, les fauteuils et les bergères, les rideaux en velours bleu roi, les appliques flanquant le lourd miroir, le feu crépitant dans la cheminée, et les porcelaines ornant les tables d'acajou.

— Quelle belle pièce, milord ! commenta-t-elle en se retrouvant face à lui. Comme toute votre maison, d'ailleurs.

— Merci. Voulez-vous du thé ? proposa-t-il en montrant le plateau. Ou préférez-vous quelque chose de plus fort ? Du sherry, peut-être ?

Elle l'étonna en acceptant un sherry. Pendant qu'elle s'installait dans le canapé, il lui versa un verre, se servit un cognac, puis s'assit à l'autre bout du canapé. Elle but une gorgée de sherry, attirant son regard sur ses lèvres pulpeuses. Il s'imagina aussitôt lui effleurant la lèvre inférieure de sa langue afin d'en savourer la douceur. Fermant les yeux, il vida son verre pour chasser cette vision érotique.

Puis, posant son verre vide sur la table basse devant eux, il prit le bocal de verre à côté du service à thé.

— C'est pour vous, dit-il en le lui tendant.

— Pour moi ?

Elle posa son verre, saisit le bocal et l'exposa à la lumière du feu.

— Mais… on dirait du miel ! s'exclama-t-elle.

— Exact. Hubert m'a dit que votre provision était presque épuisée, alors j'ai…

Il s'interrompit, subjugué par son sourire.

— Comme c'est gentil à vous, murmura-t-elle. Merci infiniment.

— Tout le plaisir est pour moi. Je dois avouer, cependant, que mon cadeau est accompagné d'une requête.

— Je serai ravie de la satisfaire, si je le peux.

— Vous m'avez raconté que votre pommade au miel soulage les douleurs de votre amie.

— On dirait, oui, même sans les propriétés calorifiques que j'espère y ajouter.

— Mon palefrenier souffre de raideurs dans les articulations, et votre pommade le soulagerait peut-être. Je vous en donnerais volontiers plusieurs autres bocaux, si vous acceptiez d'en fabriquer pour lui.

— J'en ai déjà fourni à M. Timstone, révéla-t-elle avec un grand sourire.

— C'est vrai ?

— Oui. Il y a plusieurs mois. Si la pommade ne le guérit pas, elle apaise la douleur. Je serais ravie de lui en préparer. Il n'est pas nécessaire que vous me donniez d'autre miel, milord. Un bocal est plus que généreux. Vous êtes… très bon.

— Cela ne vous surprend pas, j'espère ? la taquina-t-il.

— Je ne suis pas surprise, milord, rétorqua-t-elle, malicieuse. En tout cas, pas trop. J'apprécie la gentillesse que vous me manifestez, mais je tiens également à vous exprimer ma gratitude pour la générosité que vous montrez envers Hubert. Merci, dit-elle en lui effleurant le bras.

— Je n'ai aucun mérite. Hubert est un garçon bien, à l'esprit fin et curieux.

— C'est vrai. Mais beaucoup de gens le rejettent purement et simplement.

— Beaucoup de gens sont des imbéciles.

Un sourire éclaira le visage de miss Briggeham, et il eut le sentiment de recevoir un cadeau sans prix. Il baissa les yeux vers sa petite main posée sur sa manche, et s'étonna qu'un contact si innocent pût allumer en lui un tel feu. Levant la tête, il croisa son regard et y décela une chaleur qui ne fit qu'échauffer davantage ses sens.

Soudain consciente de sa main posée sur son bras, elle la retira vivement, et il dut faire un effort pour ne pas l'en empêcher.

La pièce devint tout à coup irrespirable, et il ressentit la nécessité de mettre quelque distance entre eux. Mais avant qu'il pût esquisser un mouvement, elle posa le bocal sur la table et se leva. Avait-elle ressenti la même chose ?

S'approchant de la cheminée, elle contempla l'imposant portrait qui la surmontait.

— Votre père ?

— Oui.

Éric regarda sans émotion l'homme qui l'avait engendré. Si Marcus Landsdowne avait donné la semence qui avait permis la naissance de son fils, son rôle s'arrêtait là. Beaucoup, à sa place, auraient retiré ce portrait, mais il n'y avait jamais songé. La façon inqualifiable dont son père s'était comporté avec Margaret avait suscité la création du Voleur de Fiancées, et la vue quotidienne de ce visage l'empêchait d'oublier comment Marcus avait troqué une ravissante jeune femme comme un vulgaire meuble. Ou combien ses infidélités avaient humilié sa mère. Ou comment il avait traité son fils avec un mélange de mépris et d'indifférence…

Non, jamais il n'oublierait l'homme auquel il s'était juré de ne pas ressembler !

Pourtant, la vue de ce portrait l'ulcérait, car on ne pouvait nier une ressemblance entre le père et le fils. Une ressemblance seulement physique.

Il regarda miss Briggeham qui étudiait le portrait avec un intérêt évident.

— Vous remarquez notre ressemblance, j'imagine…

— En fait, dit-elle en se tournant vers lui, je n'en vois pas.

— Non ? Tout le monde prétend que je ressemble à mon père.

— Physiquement, je suppose, admit-elle en l'étudiant avec le plus grand sérieux.

— Que voyez-vous alors ?

Elle rougit et détourna les yeux. Se levant, il vint se placer à son côté. La lueur du feu l'éclairait parderrière, de sorte qu'elle avait le visage dans l'ombre. Il lui releva le menton d'un doigt, jusqu'à ce que leurs yeux se croisent.

— Dites-moi, murmura-t-il, surpris par son besoin de savoir ce qu'elle pensait. S'il vous plaît.

— Je voulais simplement dire que votre père a l'air… enfin, il semble avoir un… un caractère dur. Cela se voit dans ses yeux. Autour de sa bouche. La façon dont il se tient. Vous n'avez pas cette sévérité.

— Vraiment ?

— Oh, pardonnez-moi, milord, reprit-elle, se méprenant sur son expression. Je suis trop franche. Mais je ne voulais pas vous froisser. J'essayais, en fait, de dire que vous êtes le plus beau des deux.

— Je vois. Vous me trouvez beau, miss Briggeham…

— Enfin, oui. Je suis sûre que la plupart des gens diraient que vous êtes… agréable à regarder. La plupart de la gent féminine, en tout cas.

— Ah bon. Et vous en faites partie… Mais vous êtes très myope, non ?

— Oui, mais…

Il l'interrompit en cédant à l'envie qui le taraudait depuis longtemps : il lui retira ses lunettes, puis recula de plusieurs pas.

— Et maintenant, que pensez-vous, mademoiselle ?

— Je suis certaine que vous êtes toujours beau, répondit-elle en plissant les yeux, mais je vous vois mal.

— Eh bien, rapprochez-vous.

Elle fit un pas en avant, plissa de nouveau les yeux.

— Alors ? demanda-t-il.

— Vous êtes toujours flou, milord. Mais, en toute logique scientifique, votre apparence est inchangée.

— Oui, mais en matière scientifique, il faut toujours vérifier les théories, dit-il en s'approchant à son tour. Pouvez-vous me voir, à présent ?

— Toujours une tache floue.

Encore un pas. Ils n'étaient plus séparés que de cinquante centimètres. Il la regarda, s'attendant à ce qu'elle se montrât nerveuse, inquiète, espérant voir le désir brûler dans ses yeux. En fait, elle le considérait avec détachement, les sourcils légèrement levés, comme s'il était quelque… spécimen scientifique. Sacrebleu !

— Suis-je toujours une… comment avez-vous dit ? Ah oui : une tache floue ?

— Vous devenez plus clair, mais les contours sont flous.

— Eh bien, dites-moi quand je serai net.

Il se pencha lentement en avant. Il sut le moment exact où il devint net. Leurs visages n'étaient plus séparés que de quinze centimètres. Elle hoqueta et ses pupilles se dilatèrent.

— Me voyez-vous clairement ? s'enquit-il à mi-voix.

— Oh, oui. Là. Si… près.

Sa voix était comme une caresse, et ses yeux… oui, ils brillaient, emplis de chaleur… Il lui saisit doucement le poignet et fut satisfait de constater que son pouls battait plus vite que la normale.

Arrêtant le regard sur sa bouche, il fut submergé par une vague de désir. Son étrange odeur de miel l'enveloppait.

Avant de se rappeler toutes les raisons qui devaient l'en empêcher, il baissa la tête et lui effleura les lèvres avec les siennes. Elle avait un goût sucré. Avec une trace de sherry. Sa curiosité étant loin d'être satisfaite, il l'attira dans ses bras et l'embrassa de nouveau.

Chaude. Douce…

Il en voulait plus.

Il passa le bout de la langue sur sa lèvre inférieure, l'invitant à ouvrir la bouche. Elle laissa échapper un soupir et il se glissa dans la cavité soyeuse.

Chaleur. Miel. Merveille…

Tout s'effaça autour de lui ; elle seule existait. Elle était si exquise qu'il l'aurait dévorée. Il la serra plus fort, pressant ses courbes généreuses contre lui, savourant sa douceur, enflammé par la façon dont elle se lovait dans ses bras. Comme lorsqu'il l'avait enlevée. Mais, cette fois, elle répondait à son étreinte – avec hésitation, avec un étonnement qui se mua rapidement en enthousiasme.

Elle imitait chacune de ses initiatives, timidement d'abord. Mais elle apprenait vite. Avec des résultats foudroyants. Tandis qu'il la goûtait, elle explorait sa bouche avec application. Tandis qu'il glissait les doigts dans la soie de ses cheveux, faisant sauter les épingles, elle lui caressait la nuque.

Un gémissement retentit. De lui ? D'elle ? Il ne savait pas. Il ne savait qu'une chose : elle était délicieuse. Et il en voulait davantage.

Lui tenant la tête d'une main, de l'autre il descendit le long de son dos, se délectant de ses courbes féminines. Il lui caressa les fesses, puis la pressa contre lui, sachant qu'elle ne pourrait ignorer son désir. Au lieu de s'écarter, elle se plaqua contre lui.

Il fut englouti dans un tourbillon d'ivresse. Son pouls grondait dans ses veines, tambourinait dans ses oreilles, effaçant tout, sauf elle. La texture de ses cheveux. Le parfum de sa peau. Le goût de sa bouche.

Plus. Il en voulait plus. Arrachant ses lèvres aux siennes, il lui couvrit le cou de baisers.

— Samantha...

Il passa la langue à la base de sa gorge, où son pouls battait frénétiquement.

Du miel... Seigneur, le même parfum émanait-il de tout son corps ? Il eut une vision d'eux, nus, dans son lit. Elle, les yeux brûlant de désir, les jambes écartées. Lui, la tenant par les hanches, la langue sur sa chair humide...

Il devait mettre un terme à cette folie, songea-t-il, le front perlé de sueur. Tout de suite ! Tant qu'il le pouvait encore... Avec effort, il se redressa et s'écarta un peu.

Baissant le regard, il étouffa un gémissement. Sacrebleu, elle était aussi enflammée que lui ! De faibles halètements s'échappaient de ses lèvres gonflées. Ses yeux étaient clos, et ses joues colorées. Ses seins étaient pressés contre lui. Il brûlait de glisser les doigts dans son corsage pour les toucher.

Elle leva les paupières, et son expression langoureuse faillit avoir raison de sa belle détermination. Elle fut parcourue d'un frisson, et il referma les bras autour d'elle.

— Seigneur, dit-elle. C'était une chose…

— Délicieuse. Délectable. Divine, murmura-t-il avec un sourire. Il y a beaucoup de mots en « d » pour le décrire. Ou peut-être des mots en « s » seraient préférables…

— Je ne peux pas nier que « sotte » me vienne à l'esprit.

Effleurant le charmant grain de beauté au coin de sa lèvre supérieure, il chuchota :

— Je pensais à succulente. Et superbe.

Elle se figea. Toute trace de désir disparut de ses yeux, et elle le fixa avec une expression vide. Non, pas entièrement vide… Un voile de déception assombrissait ses prunelles. Il pouvait presque l'entendre dire : « Je ne suis pas superbe. Vous êtes comme tous ceux qui ont passé ces dernières semaines à me débiter des compliments mensongers. »

Il en éprouva une profonde douleur. Avant qu'il ne réussisse à faire disparaître cette expression désenchantée de ses yeux, elle s'écarta de lui.

— Puis-je avoir mes lunettes ? demanda-t-elle d'une voix plate.

— Bien sûr.

Il prit les lunettes sur la cheminée, les plaça dans sa main tendue. Elle les mit aussitôt, puis referma les bras sur elle, comme pour se réchauffer. Après avoir respiré plusieurs fois à fond, elle leva le menton et le regarda droit dans les yeux.

Morbleu, à quoi pensait-il donc ? L'embrasser avec une telle passion ? L'embrasser tout court ! Un gentilhomme ne ferait jamais une chose pareille. Il devait lui demander pardon, il le savait. Mais comment s'excuser pour quelque chose qui avait semblé si… juste ? Et comment lui faire comprendre qu'il la trouvait superbe ?

— Je pense qu'il vaudrait mieux que j'aille chercher Hubert et que je parte, milord, déclara-t-elle.

Elle avait raison. La situation leur avait complètement échappé, et il en acceptait la totale responsabilité. Mais la froideur de son ton lui fit mal. Les poings serrés, il la regarda quitter la pièce. Oui, il valait mieux qu'elle parte…

Même si tout en lui voulait qu'elle reste.

9

Article paru dans le *London Times* :

Le bal masqué donné dans la propriété de campagne de la comtesse Ringshire, dans le Devon, a été, comme chaque année, la grande affaire de la saison. Plusieurs messieurs se sont déguisés en Voleur de Fiancées, ce qui a conduit de nombreux invités à supputer que le vrai Voleur était peut-être parmi eux. Aurait-il eu cette audace ? Certains ont fait remarquer, par ailleurs, que le Voleur n'avait pas fait parler de lui depuis plusieurs semaines. On ne peut s'empêcher de se demander où et quand il frappera la prochaine fois. Cependant, avec autant d'hommes compétents impatients de recueillir les sept mille livres de récompense, le prochain enlèvement du Voleur de Fiancées risque d'être le dernier…

Éric jeta le journal sur la table du salon et poussa un soupir. Les spéculations soulevées par ses activités étaient une arme à double tranchant. Si elles mettaient en lumière la situation des femmes vendues comme du bétail, elles rendaient aussi plus dangereux ses efforts pour leur venir en aide. Une récompense de sept mille livres ? Personne ne pouvait y résister. La plus petite erreur risquait de lui coûter la vie.

Où en était l'enquête ? Avait-on découvert d'autres indices sur le Voleur ? Arthur ne lui avait rien rapporté de nouveau, mais peut-être était-il temps d'aller directement à la source. Oui, une conversation

avec le juge serait avisée. Il connaissait Adam Straton depuis longtemps. Peut-être se rendrait-il aujourd'hui ou demain au village. Et en rentrant chez lui...

Son regard s'arrêta sur le bocal de miel sur la table, à côté du journal négligemment plié. Dans sa hâte de partir, la nuit dernière, miss Briggeham l'avait oublié. Il avait pensé le lui dire, mais en avait écarté l'idée. Lui rapporter le bocal était l'excuse parfaite pour la revoir. Et il en ressentait étrangement la nécessité...

Il se leva et arpenta le salon en fronçant les sourcils. Morbleu, comment un simple baiser – qui n'avait duré que quelques instants – pouvait-il l'affecter si profondément ? Il s'en rappelait chaque seconde, le contact de son corps contre le sien.

Au cours des années écoulées, il avait passé d'innombrables heures à jouir des charmes d'autres femmes. À chaque fois, la passion épuisée, l'acte consommé, il les avait tout bonnement oubliées. Mais le baiser de Samantha était gravé dans sa mémoire.

Il avait à peine dormi, la nuit dernière. Étendu dans son lit, torturé par le désir, il avait revécu inlassablement leur baiser. Puis il s'était torturé davantage en imaginant ce qui se serait passé, si elle n'était pas partie... Avec un gémissement, il saisit le manteau de la cheminée et baissa la tête, pour plonger le regard dans les flammes qui dansaient joyeusement.

Les images qu'il avait essayé de conjurer le harcelaient, et il ferma les yeux pour les chasser. En vain. Il se voyait lui retirant lentement sa robe, dévoilant sa peau laiteuse centimètre par centimètre – ses beaux yeux, d'abord étonnés, se fermant tandis qu'il l'embrassait avec passion. Il se voyait la portant sur le canapé, ouvrant le bocal de miel et y trempant le doigt. Puis, après avoir dessiné un cercle d'or autour de ses mamelons, il se délectait de ce festin. Quand il levait enfin la tête et replongeait le doigt dans le bocal, elle le considérait avec malice :

— *Que souhaitez-vous goûter ensuite, milord ?*

— *Tout. Et ensuite, nous…*

Un coup frappé à la porte l'arracha à son rêve érotique. Il passa les mains sur son visage brûlant, ajusta avec une grimace son pantalon et regagna le canapé. Empoignant le journal, il le disposa stratégiquement sur ses cuisses.

— Entrez, dit-il.

Un valet apparut et lui tendit un plateau d'argent, sur lequel était posée une lettre scellée.

— Elle vient d'arriver, monsieur le comte. Le messager a dit que c'était urgent. Il attend la réponse.

Éric prit la lettre et son estomac se noua en reconnaissant l'écriture de Margaret.

— Je sonnerai quand ma réponse sera prête, déclara-t-il, renvoyant le valet d'un mouvement de tête.

Dès que la porte se fut refermée, il brisa le sceau de cire et déplia l'épais vélin d'une main tremblante. Ce salopard de Darvin l'avait-il de nouveau maltraitée ? Dans ce cas, songea-t-il, c'est un homme mort…

Le cœur battant, il lut la lettre :

Très cher Éric,

Je t'écris pour t'informer que Darvin est mort, tué en duel mercredi dernier. Son frère cadet Charles s'installera à Darvin Manor dès que ses affaires seront réglées. Charles m'a dit que je pouvais continuer à vivre ici, mais je compte partir le plus tôt possible. J'espère que la proposition que tu m'as faite tient toujours, et que tu m'accueilleras à Wesley – en tout cas, le temps que je m'organise.

J'attends ta réponse avec impatience.

Ton affectionnée,

Margaret.

Éric se détendit et poussa un soupir de soulagement. S'approchant du bureau, il sortit une feuille de papier à lettres portant les armes Wesley et griffonna ces mots : *Je t'attends.*

Sammie était assise sur « son » rocher, le menton posé sur les genoux, ses pieds nus pointant sous le bas de sa vieille robe vert foncé. Elle contempla les eaux paisibles du lac, puis jeta une poignée de galets sur la surface lisse. Des dizaines de cercles en ridèrent la surface indigo, s'entrecroisant à l'image des émotions qui bouillonnaient en elle.

Des images de la soirée de la veille lui traversèrent l'esprit, l'emplissant d'un mélange d'exaltation, de déception et de confusion.

Elle ferma les yeux afin de chasser le souvenir de cet homme la touchant. La regardant. L'embrassant. Lui donnant le sentiment d'être plus vivante qu'elle ne l'avait jamais été, tandis qu'elle était traversée de sensations inconnues... Sensations qui l'avaient laissée haletante. Brûlante. Emplie de désir.

Puis la désillusion, comme une claque.

Elle tourna la tête avec un gémissement et posa la joue contre la mousseline de sa robe. *Peut-être des mots en « s » seraient préférables. Je pensais à succulente... et superbe.*

Il l'avait flattée, comme tous les faux admirateurs qui avaient passé ces dernières semaines à chercher sa compagnie, sous n'importe quel prétexte, pour l'interroger sur le Voleur de Fiancées. Presque tous l'avaient bombardée de compliments ridicules, la qualifiant d'adorable, de merveilleuse.

Superbe. Pourquoi ? Oh, pourquoi l'avait-il qualifiée de superbe ? Alors qu'elle se savait aussi quelconque qu'un mur blanc ? L'entendre prononcer ce mot avait eu sur elle l'effet d'un seau d'eau glacée.

Superbe. Lord Wesley avait choisi le mot dont l'un de ses « admirateurs », M. Martin, s'était servi pour la décrire, au tout début de sa nouvelle popularité. L'espace d'un instant, elle l'avait cru... jusqu'à ce qu'elle l'entende, une heure plus tard, rire avec un autre jeune homme près de la porte-fenêtre, par laquelle elle était sortie afin de prendre l'air.

— Elle est laide comme un pou, cette miss Briggeham, avait dit M. Martin.

— Ah bon ? Je croyais que tu la trouvais « superbe », avait gloussé son compagnon.

— Jamais un aussi gros mensonge n'avait franchi mes lèvres, avait rétorqué M. Martin. Je m'en suis presque étranglé !

Et voilà que le comte l'avait qualifiée de superbe…

Une larme glissa sur sa joue, qu'elle essuya d'un geste impatient. Jamais elle n'aurait cru aussi hypocrite celui qui avait fait vibrer son stupide cœur dès le premier instant. Elle avait imaginé qu'il était différent, mais les mensonges tombaient de ses lèvres comme l'eau d'une cascade.

Pour la première fois depuis longtemps, elle se laissa aller à regretter de ne pas être jolie. Elle était pourtant parvenue à chasser ces pensées futiles. Pourquoi perdre son temps à vouloir l'impossible ?

Toutefois, songea-t-elle en plissant le front, il était indéniable qu'il l'avait désirée. Scientifiquement, elle savait comment fonctionne le corps humain, et l'excitation physique de lord Wesley ne faisait aucun doute. Superbe ou pas, il l'avait désirée. Et la réciproque était vraie.

Elle se redressa en esquissant une moue. Il avait fait d'elle une description mensongère, mais devait-elle lui reprocher d'être gentil ? poli ? Qu'aurait-il dû dire ? Qu'elle ressemblait à un crapaud ?

Jusqu'à la veille au soir, aucun homme n'avait montré qu'il la désirât. Aucun n'avait voulu l'embrasser. Ne l'avait touchée. Il l'avait fait. Et elle souhaitait qu'il la désirât à nouveau. Jamais elle n'aurait osé espérer susciter la passion d'un homme. Cela pouvait bien être sa seule chance de vivre une aventure à laquelle son cœur avait toujours secrètement aspiré – *connaître* un homme.

Pouvait-elle songer à devenir la maîtresse de lord Wesley ? Son cœur bondit dans sa poitrine, et elle fut envahie d'une vive chaleur. Oui, se dit-elle, c'est la seule chance que j'aurai d'expérimenter ce dont j'ai toujours rêvé. La passion.

Bien sûr, le mariage était hors de question. Lord Wesley n'envisagerait jamais d'épouser quelqu'un comme elle. Il n'épouserait qu'un diamant de première eau. Une demoiselle de l'aristocratie, jeune, fraîche et malléable, avec un ravissant visage et une dot généreuse. Mais sa réaction physique, la nuit dernière, prouvait qu'il ne serait pas opposé à lui faire l'amour.

Faire l'amour. L'aventure de toute une vie. Elle ferma les yeux et émit un long soupir. Elle avait toujours rêvé d'aventure, mais depuis son enlèvement, les vannes s'étaient, semblait-il, ouvertes. Ses vagues aspirations s'étaient muées en désir. Auparavant, ses travaux scientifiques la comblaient, mais en vieillissant, elle avait reconnu que si son esprit était satisfait, quelque chose en elle réclamait davantage. Et elle savait quoi… ou qui.

Lord Wesley.

Elle pressa les mains contre son cœur. Maîtresse de lord Wesley… Oserait-elle ?

Une totale discrétion serait nécessaire pour écarter tout scandale. Et si elle tombait enceinte ? Même si leur liaison restait secrète, elle ne pourrait pas cacher l'enfant. Bien sûr, il existait des moyens d'éviter une grossesse. Elle ne les connaissait pas, mais pourrait demander à l'une de ses sœurs. Mieux valait ne demander qu'à une seule. Moins il y aurait de personnes au courant, mieux cela vaudrait… Lucille serait peut-être la plus indiquée. Elle connaissait tous les potins londoniens et semblait particulièrement fascinée par les liaisons illicites.

Je prétendrai vouloir m'informer à des fins scientifiques, se dit-elle. Lucille ne soupçonnera jamais que je compte prendre un amant…

À la perspective d'une telle aventure, elle fut parcourue d'un frisson d'excitation. Elle voulait explorer les arcanes de la passion… et avec nul autre que lui. Ciel, lorsqu'il l'avait embrassée, ses genoux s'étaient dérobés sous elle. Où la mèneraient des relations plus poussées ? Les caresses partagées ? l'union de leurs corps ? Elle l'ignorait, mais souhaitait le découvrir.

Si elle se retrouvait dans ses bras, elle ne laisserait pas passer sa chance. Elle s'abandonnerait à ses propres désirs… et aux siens.

Le craquement d'une branche la fit sursauter, et elle se retourna.

Lord Wesley se tenait derrière elle.

Éric se figea. Il s'attendait à ce qu'elle le regarde avec cette même expression vide que la veille. Mais non.

Sacrebleu, elle semblait… brûler de désir. Les joues rouges, la respiration difficile… À quelles pensées venait-elle de s'abandonner ?

Saisissant une paire de mules fatiguées, elle y glissa les pieds. La vue de ses chevilles fines l'enchanta.

— Bonjour, mademoiselle, dit-il en tendant la main pour l'aider à se lever.

— Milord…

Elle accepta sa main, et la chaleur de sa petite paume le gagna tout entier. Comme il l'aidait à se lever, il dut réprimer un gémissement. Elle se tenait à moins de trente centimètres de lui, avec ses boucles délicieusement ébouriffées et son parfum de miel… L'envie de la goûter, de la sentir le transperça.

— J'espérais vous trouver ici, murmura-t-il sans lâcher sa main.

— Vous voulez me parler ?

Non. Je veux arracher cette robe de votre corps voluptueux, puis l'explorer avec ma langue. Et quand j'aurai fini, je veux…

Il secoua la tête pour chasser ces folles pensées.

— Vous parler ? Euh, oui…

— À propos d'hier soir ?

— Euh... oui.

Seigneur, il avait l'air d'un imbécile, mais il ne s'était pas attendu à ce qu'elle fût si directe ! Pourtant, il aurait pu le prévoir.

— Parfait, dit-elle, car je souhaitais justement en parler. Je n'aurais pas dû vous quitter aussi brusquement. Vous avez été très généreux pour Hubert et moi-même, et je vous dois des excuses.

— Vous ne me devez...

— J'ai beaucoup réfléchi, et je comprends pourquoi vous avez dit ce que vous avez dit.

— Vraiment ?

— Oui. Après tout, vous ne pouviez pas me dire la vérité. Et si j'apprécie vos efforts pour...

Il la fit taire en posant un doigt sur ses lèvres.

— Qu'entendez-vous par *vérité* ? Insinueriez-vous que je vous ai menti ?

Elle fronça le front et fit une moue, considérant la question.

— Mentir est un grand mot. Je dirais plutôt que vous m'avez raconté des sornettes. J'ai compris que vous vouliez seulement être poli, mais à l'avenir, je préférerais que vous vous en absteniez.

Il devina à quoi elle faisait allusion. Comment se pouvait-il que cette femme étonnante, unique, ne se doutât pas de son charme ?

— Je ne vous ai pas menti. Et je n'ai pas raconté de sornettes, assura-t-il.

Portant sa main à ses lèvres, il l'effleura d'un baiser. Puis, glissant un bras autour de ses épaules, il l'attira à lui, jusqu'à ce que ses seins touchent sa chemise.

— Vous êtes superbe, déclara-t-il en la contemplant avec gravité, afin qu'elle comprenne qu'il était sincère.

Elle parut dubitative, comme si elle voulait le croire mais ne le pouvait pas, et il brûlait de le lui montrer.

— Je ne le dis pas pour être poli, mais parce que c'est vrai.

Lui prenant les mains, il les pressa contre son cœur qui battait la chamade. Puis, d'un doigt, il lui caressa la joue.

— Votre peau, par exemple, murmura-t-il. Elle est douce. Sans défaut. Comme la soie la plus fine…

— J'ai des taches de rousseur sur le nez.

— Je sais, fit-il avec un petit sourire. Et elles sont absolument charmantes. Et vos cheveux… ajouta-t-il en prenant une boucle entre ses doigts.

— Ils sont indisciplinés.

— Brillants. Soyeux. Parfumés, corrigea-t-il.

Il lui retira lentement ses lunettes et les fourra dans la poche de sa veste.

— Et vos yeux, poursuivit-il. Ils sont extraordinaires. Grands et expressifs. Chaleureux et intelligents. Savez-vous que lorsque vous souriez, ils étincellent comme des aigues-marines ? Savez-vous que votre sourire est comme un phare dans la nuit ?

Elle cligna deux fois des paupières, puis secoua la tête. Il contempla sa bouche et son cœur bondit.

— Votre bouche, chuchota-t-il en suivant doucement d'un doigt le contour de ses lèvres, est fascinante. Succulente. Une invite aux baisers.

Se penchant, il effleura ses lèvres une fois, deux fois, avant de laisser sur sa gorge une traînée de baisers. Quand il atteignit son oreille, il en saisit doucement le lobe entre ses dents, goûtant le frisson qui la parcourait. Puis, inspirant profondément, il se laissa pénétrer par son parfum comme par une drogue.

— Votre odeur, murmura-t-il contre son cou, est plus que fascinante. Même si je dois vivre cent ans, jamais je ne respirerai l'odeur du miel sans penser à vous. C'est tentant… torturant, ajouta-t-il en passant la langue sur sa peau parfumée. Que de mots en « t » pour décrire une femme.

Elle laissa échapper un gémissement, et il s'écarta pour la regarder.

— Superbe, répéta-t-il. Dans tous les sens du terme. Intérieurement et extérieurement. Que personne ne s'avise de prétendre le contraire !

Elle le dévisageait, les yeux écarquillés. Les mains posées sur sa chemise, elle lui communiquait sa chaleur. Son corps souple pressé contre le sien, elle percevait son émoi, il le savait. Et c'était bien ainsi. Il voulait qu'elle ait la preuve de son désir, de sa sincérité.

— Personne ne m'a jamais dit de telles choses, avoua-t-elle en humectant ses lèvres.

— J'ai du mal à le croire. Mais n'étions-nous pas d'accord, hier soir, pour dire que la plupart des gens sont des imbéciles ?

Elle ne réagit pas tout de suite. Puis un sourire éclaira son visage, comme si le soleil se levait, le réchauffant de ses rayons.

— Je vous trouve superbe, vous aussi, chuchota-t-elle.

Ce simple compliment le toucha davantage que ne l'avait fait aucun autre compliment proféré par une femme. Le désir l'envahit, annihilant tout bon sens. Un mot résonnait dans son esprit, faisant croître son désir. Il faut qu'elle soit *mienne. Mienne...*

Incapable de se contrôler, il glissa les doigts dans ses cheveux, éparpillant les épingles sur le sol, jusqu'à ce que ses boucles se répandent autour de son visage. Son parfum l'engloutit. Baissant la tête, il l'embrassa lentement, profondément, sa langue explorant sa bouche, puis se retirant en une danse sensuelle auquel tout son corps brûlait de s'associer. Elle répondait à chacun de ses mouvements, mariant sa langue à la sienne, fouillant ses cheveux, pressant son corps contre le sien.

Il faut qu'elle soit *mienne. Mienne. Mienne...*

Sans interrompre leur baiser, il recula jusqu'à heurter du dos un tronc d'arbre. Y prenant appui, il glissa les mains sur ses petites fesses rondes et se frotta contre elle. Puis il remonta le long de sa cage thoracique, cueillit ses seins et lui couvrit le cou de baisers.

Se cambrant contre lui, elle laissa échapper des gémissements de plaisir. Il immisça alors les doigts dans son corsage et caressa ses mamelons. Relevant la tête, il reprit sa bouche en un baiser passionné.

Combien il la désirait ! Combien il avait besoin d'elle ! Maintenant. *Mienne. Mienne. Mienne.*

Soulevant le bas de sa robe, il caressa sa cuisse soyeuse. Elle haleta contre sa bouche, et il s'écarta pour la regarder, les yeux embués de désir.

Elle était merveilleuse. Les joues en feu, les lèvres gonflées de ses baisers, ses seins durcis sous la fine mousseline de la robe, sa poitrine se soulevant et s'abaissant à un rythme accéléré, elle était tout ce que pouvait désirer un homme. Il lui suffisait d'avancer la main de quelques centimètres pour caresser les replis de sa féminité, qu'il savait doux et humides. Pour lui. Et ensuite…

Et ensuite *quoi* ? lui cria sa conscience. Tu vas la prendre contre l'arbre ? Une vierge ? Et après, que comptes-tu faire ? L'épouser ?

Les paroles d'Arthur lui revinrent soudain :

— Elle est innocente. Le genre de femme à vous prêter des intentions que vous n'avez pas…

Ce fut comme un seau d'eau froide sur sa tête. Retirant la main de dessous sa robe, il la saisit par la taille et l'écarta résolument de lui.

Sammie reprit tant bien que mal son souffle. Sa chair brûlait d'un désir étrange. Un manque délicieux. Ne sentant plus son corps dur pressé contre le sien, elle rouvrit les yeux. Appuyé contre le tronc d'arbre, il la maintenait à distance. Elle plissa les paupières, et bien qu'il fût flou, elle discernait son expression intense.

Heureusement il la tenait toujours, sinon elle serait tombée sur le sol ! Elle respira plusieurs fois profondément, pour essayer de calmer les battements de son cœur et retrouver ses esprits.

— Pourquoi arrêtez-vous ? demanda-t-elle enfin.

— Parce que si je ne m'arrête pas tout de suite, je ne pourrai plus le faire. Croyez-moi, ajouta-t-il avec un petit rire, l'effort a failli me tuer… Savez-vous que j'étais près de vous faire l'amour ?

— Savez-vous, chuchota-t-elle, que je le désirais ?

— Nous ne pouvons pas faire cela.

— Pourquoi pas ? rétorqua-t-elle en levant le menton d'un air de défi.

10

Pourquoi pas ? Éric la dévisagea, stupéfait. La tête légèrement penchée de côté, elle attendait des explications.

Après ce qui parut une éternité, il s'éclaircit la voix :

— Vous savez sûrement pourquoi nous ne pouvons pas continuer. Il pourrait y avoir des conséquences… et je ne suis pas en mesure de vous offrir le mariage.

— Je n'attends pas de demande en mariage.

— Alors qu'attendez-vous, exactement ?

— De vivre avec vous une merveilleuse aventure.

Son cœur battait si fort qu'il sentait son sang lui marteler les oreilles. Il essaya d'inspirer, mais ses poumons étaient comme comprimés dans sa poitrine par un énorme rocher.

La réponse de miss Briggeham le stupéfiait, et il voulait plus que tout au monde vivre avec elle une « aventure ». Mais comment le pourrait-il ? Sa conscience le tourmenterait.

Le silence s'éternisait.

— Si flatté que je sois par votre empressement, je crains que ce ne soit impossible, déclara-t-il.

— Oh ! Vous avez déjà une maîtresse ?

— Pas en ce moment, non.

Soulagée, elle baissa les yeux vers la manifestation de sa virilité.

— Vous ne pouvez nier que vous me désirez, fit-elle remarquer.

— Certes. Mais il ne s'agit pas uniquement de satisfaire mes désirs, répliqua-t-il avant de la lâcher pour se passer les mains sur la figure. Vous n'avez pas réfléchi aux…

— Au contraire, j'ai bien réfléchi.

— Vraiment ? Vous n'avez pas songé à votre réputation, qui serait ruinée.

— Uniquement si on l'apprenait. Je ne le dirai à personne. Et vous ?

— Bien sûr que non. Mais, si discrets que nous soyons, il y aura toujours quelqu'un pour nourrir des soupçons et répandre des bruits. Un domestique, un voisin, un membre de votre famille… Dans un petit village comme Tunbridge Wells, il est impossible de garder cachée une liaison.

— Je ne suis pas d'accord, protesta-t-elle en joignant les mains. Je suis considérée dans ce village comme une excentrique sans charme, un bas-bleu. Personne ne pourrait imaginer un instant qu'un homme – et encore moins un homme comme vous – m'accorderait davantage qu'un regard apitoyé. Bien plus, je dirais que, même si nous annoncions dans une assemblée que nous sommes amants, personne ne nous croirait.

À l'idée qu'elle fût sans doute dans le vrai, il éprouva de la fureur à l'encontre de tous les imbéciles qui l'avaient rejetée.

— Je vais bientôt avoir vingt-six ans, poursuivit-elle. J'ai accepté depuis longtemps les limites que m'imposent mon aspect et ma bizarrerie, mais cela n'a jamais gommé mon désir d'aventure. Et de passion.

Le fragile espoir qu'il lisait dans ses yeux lui serra la gorge. Bon sang, il devait la convaincre que le prendre pour amant était une idée exécrable – et y parvenir sans la froisser. Mais il était diablement difficile de trouver des raisons, quand le désir le dévorait et qu'il semblait avoir perdu la voix.

Il lui prit la main et mêla ses doigts aux siens. Envahi d'une délicieuse chaleur à son contact, il lui fallut une immense volonté pour ne pas l'attirer contre lui et envoyer sa conscience au diable.

— Depuis ma rencontre avec le Voleur de Fiancées, dit-elle à mi-voix, je ne songe qu'à vivre une grande aventure... C'est comme s'il avait rompu un barrage en moi.

— Le Voleur de Fiancées ? Que vient-il faire là-dedans ?

— Il m'a donné l'impression d'être... vivante. Il m'a fait comprendre avec quelle ardeur je voulais... certaines choses.

— Comme un amant ? fit-il, la mâchoire serrée.

— Oui, répondit-elle en le regardant droit dans les yeux.

Une vague de jalousie – irrationnelle, bien sûr – le submergea et il lui lâcha brusquement la main.

— Dans ce cas, vous devriez peut-être adresser votre proposition au Voleur de Fiancées.

Elle rougit et il réprima une grimace. Il n'avait pas envisagé qu'elle pouvait nourrir... des sentiments amoureux pour son double.

— Il est peu probable que je le revoie jamais, dit-elle.

— Et si vous le revoyiez ?

— Il n'a rien fait qui puisse me laisser croire qu'il me désirait.

Sacrebleu, que voulait-elle dire par là ? Souhaitait-elle vivre une passion avec le Voleur de Fiancées ? À l'idée qu'elle pût désirer un autre homme, même si cet homme était en réalité lui-même, il vit rouge. Ravalant sa fureur, il lança d'un ton froid :

— Avez-vous songé que votre « aventure » pourrait aboutir à une grossesse ?

— Bien sûr, mais je sais qu'il y a des moyens de l'éviter.

— Et vous les connaissez ?

— Non... pas encore.

Pas encore ?

— Et comment comptez-vous les découvrir ? s'enquit-il en se passant une main dans les cheveux.

— Vous les connaissez, vous ?

— Évidemment. Je n'ai aucune envie d'engendrer des bâtards.

— Parfait, dit-elle, soulagée. Vous pouvez m'apprendre tout ce que j'ai besoin de savoir.

— Je n'en ferai rien, car je ne serai pas votre amant. Et si vous décidiez de vous marier, dans l'avenir ?

Dès que ces mots eurent franchi ses lèvres, il l'imagina dans les bras d'un homme sans visage et faillit s'étrangler.

— Je ne veux pas me marier. Mes travaux scientifiques me suffisent et j'espère, un jour, voyager. Vous avez ma parole que je n'essaierai pas de vous extorquer une demande en mariage.

— C'est sage, car je n'ai aucune intention de me marier. Et je ne me laisserai pas mettre la corde au cou.

— Mais que va devenir votre titre ?

— Il mourra avec moi.

— Je vois... Bon, souffla-t-elle, maintenant que nous avons écarté tous les obstacles...

Il brûlait de lui faire l'amour. Mais sa maudite conscience l'obligeait à la sauver malgré elle. Car, en dépit de ses protestations, elle ne savait manifestement pas ce qu'elle risquait de perdre.

Écartant le désir qui menaçait d'anéantir ses bonnes intentions, il la prit par les épaules et la regarda dans les yeux.

— Je ne peux pas être votre amant, déclara-t-il. Non parce que je ne vous désire pas, mais au contraire parce que je vous désire. Désespérément. Mais je ne serai pas responsable de votre ruine sociale.

— Je vous ai déjà dit que je ne vous tiendrai pas responsable des conséquences de notre liaison.

— Je comprends. Toutefois, je ne suis pas du genre à ignorer mes responsabilités.

— Et vos précédentes maîtresses ? Vous ne vous souciiez donc pas de leur réputation ?

Dans un mouvement de tendresse, il effleura ses joues.

— Aucune de mes précédentes maîtresses n'était innocente. Une liaison ne pouvait gâter leur situation sociale. Vous, vous seriez perdue. Je ne peux l'accepter.

— Je vois, murmura-t-elle, le visage soudain blême. Dans ce cas, ajouta-t-elle en reculant brutalement, je crois préférable de rentrer chez moi. Puis-je avoir mes lunettes, s'il vous plaît ?

— Bien sûr.

Il sortit ses lunettes de la poche de sa veste et les lui tendit. Il la regarda les mettre avec un serrement de cœur.

Une fois les lunettes en place, elle le salua brièvement de la tête.

— Adieu, milord, lança-t-elle avant de tourner les talons.

Adieu. On ne pouvait se méprendre sur ce mot. Elle comptait ne plus le revoir.

Et c'était mieux ainsi. Il devrait en être heureux. Mais son cœur saignait à la pensée de ne plus voir son sourire. De ne plus entendre son rire. De ne plus la toucher. De ne plus l'embrasser. De renoncer à lui faire l'amour…

Il serra les lèvres pour ne pas l'appeler, serra les poings pour ne pas la poursuivre. Puis il ferma les yeux pour ne pas la regarder s'éloigner.

Il avait bien agi. Avec noblesse. Pour elle. Même s'il ignorait où il avait trouvé la force de résister à sa proposition.

Il ne connaîtrait jamais le bonheur d'avoir Samantha Briggeham sous lui. Sur lui. Gémissant son nom. De l'éveiller à la passion à laquelle elle aspirait… et qu'elle avait voulu partager avec lui.

Il ouvrit les yeux. Le sentier qu'elle avait pris était maintenant désert.

Il se retourna pour partir, mais s'arrêta à la vue du pot de miel. Il l'avait posé près d'un buisson, avant de la rejoindre. Il fut aussitôt submergé par un flot d'images. Le plaisir qu'elle avait manifesté lorsqu'il le lui avait offert. Ses yeux brûlant de désir, après qu'il l'eut embrassée. Son expression pleine d'espoir, quand elle lui avait demandé de devenir sa maîtresse.

Oui, il ne manquait pas de noblesse.

Il était noble… et idiot, avec une blessure au cœur qui n'était pas prête de guérir.

Assise à son bureau, Sammie pianotait sur la surface de merisier poli.

Il a refusé, se disait-elle. Il faut que je chasse cette pensée de mon esprit…

Malheureusement, son esprit n'était nullement coopératif.

Elle fit une moue. Son refus aurait dû la gêner. L'humilier. L'assagir. Au lieu de quoi, elle se sentait frustrée. Déçue.

Et plus que jamais décidée à obtenir ce qu'elle voulait !

Mais comment ? Comment le convaincre… l'attirer… le séduire ? Pourquoi devait-il être si atrocement *noble* ?

Cela dit, elle devait admettre que le souci qu'il avait de son bien-être et de sa réputation ne faisait qu'accroître l'admiration qu'il lui inspirait. Pourtant, elle ne pouvait laisser passer cette chance de découvrir la passion. Elle n'imaginait pas faire l'amour avec un autre que lui, et si elle ne réussissait pas à le convaincre, elle avait peur de vieillir sans jamais connaître l'amour physique. Si elle n'avait pas rencontré lord Wesley, peut-être se serait-elle contentée de confier ses rêves à son journal…

Maintenant qu'elle avait goûté ses baisers, qu'elle avait savouré la force de ses bras autour d'elle, senti la chaleur de son désir, elle voulait aller plus loin. Et comme elle était décidée à agir, il lui fallait apprendre comment éviter de tomber enceinte.

Elle sortit une feuille de vélin du premier tiroir, griffonna un mot à Lucille pour lui proposer sa visite, le soir même après le dîner, la plia, la scella avec de la cire, puis descendit chercher Hubert. Il serait heureux, elle le savait, de porter la lettre chez leur sœur, dans le village, car Lucille avait toujours dans le garde-manger un bocal de ses biscuits préférés.

En attendant sa réponse, elle formulerait la liste des questions à lui poser.

À neuf heures, ce soir-là, Sammie entra dans le confortable salon de Lucille, mais à la vue des trois paires d'yeux qui la scrutaient avec curiosité, elle s'immobilisa.

— Bonsoir, Sammie ! clamèrent en chœur Lucille, Hermione et Emily.

Juste Ciel ! Ce n'était pas du tout ce qu'elle avait prévu ! En temps normal, elle aurait été heureuse de passer une soirée avec ses sœurs, mais les circonstances étaient justement *anormales*. Elle devrait manifestement attendre un autre moment pour aborder le sujet qui la préoccupait. L'ennui, c'est qu'elle ne voulait pas attendre.

Ravalant sa déception, elle embrassa ses sœurs.

Une fois les salutations terminées, elles s'installèrent autour de la cheminée dans les sièges recouverts de chintz.

— Bon, Sammie, dit Lucille en servant de généreux verres de sherry. Raconte. Où en es-tu avec lui ?

— Plaît-il ? fit Sammie en tressaillant.

— Oh, ne fais pas ta sainte-nitouche, grommela Hermione en approchant son fauteuil. Nous mourons d'envie de connaître la suite.

Sammie avala une bonne rasade de sherry. Elle craignait de comprendre ce dont parlaient ses sœurs...

Ses soupçons furent confirmés lorsque Emily, assise sur le canapé à son côté, se rapprocha tellement qu'elle se retrouva pratiquement par terre.

— Oh, il est si beau, Sammie, dit-elle, les yeux brillants. Et riche et…

— Titré, compléta Lucille en posant la carafe sur la table. C'est une très vieille famille. Il est le huitième comte, tu sais ?

— Non, je ne savais pas, murmura Sammie. Mais…

— L'aversion du comte pour le mariage est connue, mais il semble avoir changé d'idée, puisqu'il courtise notre Sammie, commenta Hermione en prenant un biscuit dans le plat que lui présentait Lucille.

Sammie faillit en recracher son sherry. Au lieu de quoi, elle avala le liquide et crut s'étrangler. Si personne ne croirait que le comte pût s'intéresser à elle, elle aurait dû savoir que ses sœurs étaient prêtes à accepter cette idée improbable.

Emily lui tapa plusieurs fois le dos.

— Annoncer sur les toits qu'on ne se mariera jamais… Quelle absurdité ! Nous savions toutes qu'il changerait d'avis, quand il aurait trouvé la femme de sa vie, dit-elle en contemplant Sammie, les larmes aux yeux, et avec quelque chose qui s'apparentait à du respect. Seulement, nous ne nous doutions pas que ce serait toi.

Sammie toussa et agita frénétiquement la main devant ses yeux qui pleuraient.

— Non, souffla-t-elle. Vous… vous trompez.

— Passe-moi son verre, Emily, que je le remplisse, ordonna Lucille. Et continue à lui taper dans le dos. Regarde, elle reprend des couleurs…

— Quand compte-t-il te revoir ? interrogea Hermione en tendant son verre, tandis que Lucille servait. Tu dois mettre un point d'honneur à ne pas être toujours à sa disposition.

— Hermie a raison, approuva Emily. Et fais-le attendre au moins un quart d'heure avant d'apparaître. Un gentilhomme de son espèce est habitué à ce genre de comportement.

— Et, ajouta Lucille, tu dois passer au moins une demi-heure par jour à travailler tes mimiques de séductrice dans la glace. Celle qui a toujours le mieux marché pour moi, c'est celle-ci...

Elle abaissa modestement les yeux, puis les releva avec une lenteur étudiée en battant des cils.

— Magnifique ! s'exclama Emily. Ou bien, regarde-le par-dessus ton éventail...

— Et fais une moue comme ça, dit Hermione, arrondissant la bouche en un « o » parfait. Et assure-toi que...

— Stop ! fit Sammie en levant la main. Arrêtez. Écoutez-moi...

Ses sœurs se turent et la regardèrent avec avidité. Seigneur, quelle histoire ! Il lui fallait écraser cette désastreuse affaire dans l'œuf avant qu'elle n'éclose !

— Vous vous trompez, décréta-t-elle après avoir remis ses lunettes en place. Entre le comte et moi, il n'y a absolument rien.

— Mais... maman nous a dit qu'il t'avait rendu visite et t'avait apporté des fleurs, protesta Lucille.

— Depuis mon enlèvement, tous les célibataires de la région ont fait de même, pour m'interroger sur le Voleur de Fiancées. Lord Wesley n'est pas amoureux. Il est seulement curieux, comme les autres.

Emily vida son verre, le tendit afin qu'on le lui remplisse et lança :

— Mais maman raconte qu'il t'a invitée chez lui et...

— Qu'il t'a envoyé sa voiture, acheva Lucille.

— Alors maman n'a sûrement pas manqué de vous dire que le comte *nous* a invités, Hubert et moi, à seule fin de voir son télescope Herschel. Son invitation était uniquement de nature scientifique.

— Il t'a rendu visite, depuis ?

— Non, répondit Sammie, estimant que la rencontre du lac ne pouvait être qualifiée de « visite ». Et je ne m'attends pas à ce qu'il le fasse. Maman a été trop loin dans l'interprétation des initiatives du comte.

Si elle soupçonnait la moitié des initiatives du comte, ajouta la jeune fille en pensée, elle s'évanouirait pour de bon !

Le joli sourire d'Emily disparut.

— Alors tu veux dire qu'il n'est pas…

— Tu veux dire qu'il n'a pas… renchérit Lucille, tout aussi déçue.

— En effet. Il n'y a absolument rien entre lord Wesley et moi, affirma Sammie de son air le plus compassé, priant que la rougeur de ses joues ne trahisse pas ce mensonge éhonté. Je suggère que vous chassiez cette affaire de vos esprits.

Dépitée, les trois sœurs acquiescèrent.

— Bon, dit Emily en lui étreignant la main, si lord Wesley a passé une soirée en ta compagnie sans reconnaître la femme exceptionnelle que tu es, eh bien, c'est un…

— Un imbécile, proposa Hermione en posant la main sur les leurs.

— Un âne, rectifia Lucille dans un chuchotement, immédiatement suivi d'un hoquet fort peu distingué. Quelqu'un veut encore du sherry ?

Elles tendirent leur verre vide en même temps.

— Si tu ne voulais pas parler de tes relations avec le comte… commença Lucille en les remplissant.

— Il n'y a rien à raconter, rétorqua Sammie entre ses dents.

— D'accord. Alors pourquoi voulais-tu nous parler ?

Sammie ne précisa pas qu'elle ne souhaitait parler qu'à Lucille. Celle-ci avait convoqué les deux autres, avec la promesse de tout apprendre sur ses relations avec le comte. Elle était tentée d'abandonner son projet. Pourtant, ses sœurs étaient son seul espoir d'obtenir les informations qu'elle cherchait. Dans la mesure où elle laissait clairement entendre qu'elle ne s'y intéressait qu'à des fins scientifiques, sa demande devrait passer.

— En fait, dit-elle après avoir avalé une gorgée de sherry, j'ai besoin de votre concours en matière scientifique…

Sa requête fut accueillie par trois regards totalement vides.

— Nous ne connaissons rien dans ces domaines, répliqua Emily après avoir délicatement mordu dans son biscuit. Tu devrais demander à Hubert.

— C'est un sujet dont je ne peux pas discuter avec un… homme.

— Maman pourrait peut-être t'aider, suggéra Hermione.

— Je ne pense pas. Vous savez combien maman est nerveuse, et je crains qu'elle n'interprète mal le sens de mes questions.

— Tu peux nous demander ce que tu veux, dit Lucille avec un sourire encourageant.

— Très bien. J'ai besoin de savoir comment il faut s'y prendre pour éviter une grossesse.

Trois paires d'yeux ronds la dévisagèrent. Le cœur lui manqua. Zut ! Ses sœurs l'ignoraient-elles ? Étant toutes les trois mariées, elles devaient savoir. Les femmes mariées savaient ces choses-là, non ?

Les trois jeunes femmes se regardèrent, puis reportèrent leur attention sur leur aînée. Sammie eut soudain l'impression d'être un spécimen sous microscope.

— Je croyais qu'il n'y avait rien… commença Lucille en buvant une bonne rasade de son sherry.

— … entre toi… ajouta Emily après avoir vidé le sien.

— … et le comte, acheva Hermione en faisant de même.

Sammie se sentit devenir écarlate.

— Il n'y a rien entre nous, assura-t-elle. Ma demande vise uniquement à rassembler des informations pour une expérience scientifique. Je sais bien que c'est un sujet extrêmement délicat, et je ne pouvais pas demander à n'importe qui.

— C'est très déplacé de parler de ces choses avec une femme non mariée, décréta Emily, la voix légèrement pâteuse.

— C'est vrai, approuva Hermione. Et quel genre d'expérience nécessite ce genre d'information ?

— Je souhaite mener une étude comparative entre les cycles reproducteurs des humains et de plusieurs espèces, dont les grenouilles, les serpents et les souris, expliqua Sammie, adoptant le ton monocorde qui, elle le savait, ennuyait ses sœurs à mourir. Prenez, par exemple, le serpent. Après avoir mué…

— Passionnant, la coupa Lucille en lui tendant le plat de biscuits, mais il est inutile d'entrer dans les détails.

Sammie en prit un, et ravala sa mauvaise conscience à manipuler si honteusement ses sœurs.

— Bon, fit Emily après s'être éclairci la voix, si c'est pour la science, j'ai entendu dire que certaines femmes se lavent *tu sais où* avec du vinaigre.

— Vraiment ? s'étonna Sammie, les yeux ronds. Et, euh… pourquoi feraient-elles ça ?

— Pour enlever le *tu sais quoi*.

Emily devint écarlate et picora un autre biscuit.

Fascinée, Sammie ouvrit la bouche pour en savoir plus, mais Lucille lança :

— J'ai entendu dire…

Elle s'arrêta et regarda autour d'elle comme pour s'assurer que personne n'était entré. Son auditoire tendit l'oreille. Sammie se pencha tellement qu'elle faillit glisser de son siège. Abaissant la voix jusqu'à chuchoter, Lucille continua :

— … que certaines femmes se douchent avec du vinaigre.

— Vraiment ! s'exclama Emily, les yeux ronds.

— Ou du jus de citron, ajouta Hermione. Mais c'est plus difficile à se procurer.

Elle prit la carafe et resservit tous les verres à ras bord.

— J'ai aussi entendu dire que certaines femmes utilisent des éponges de mer.

— Qu'en font-elles ? s'enquit Sammie.

— Elles les imbibent de vinaigre...

— Ou de cognac, l'interrompit Emily.

— Et l'introduisent *tu sais où,* acheva Hermione.

— Et, euh... qu'est-ce que ça fait ? demanda Sammie, espérant que le *tu sais où* était là où elle le pensait.

Emily éructa discrètement et expliqua :

— Ça empêche le *tu sais quoi* d'aller *tu sais où* et de faire un bébé.

— Oh oui, je crois que ça se pratique couramment, dit Lucille. Mais j'ai également entendu parler d'une chose que les messieurs peuvent mettre sur leur *tu sais quoi,* et qui empêche le *tu sais quoi* d'aller *tu sais où*... Mon Dieu, qu'il fait chaud ici ! s'écria-t-elle en détachant son fichu de dentelle.

— Moi, dit Emily, j'ai entendu parler d'une méthode qui demande à l'homme de se retirer du *tu sais où* avant *tu sais quoi*.

Le groupe se figea pendant quelques secondes, puis Hermione émit une série de gloussements.

— Ça, Emily, j'aurais préféré ne pas le savoir !

Emily pouffa de rire et se mit la main devant la bouche. Ses gloussements furent contagieux, et bientôt les quatre sœurs furent pliées en deux.

— Pour ce qui me concerne, déclara Lucille en s'essuyant les yeux avec le bas de sa robe, jamais je n'emploierai aucune de ces méthodes. Je tiens à être mère.

— Moi aussi, dit Hermione. Bien que la perspective d'accoucher me fasse un peu peur. Il faut que l'une d'entre nous ait un bébé, pour dire aux autres comment ça fait. Emily, à toi de jouer.

— Moi ? fit Emily en foudroyant sa sœur du regard. Et pourquoi pas toi ?

— Tu t'es mariée la première, lança Hermione en se tournant vers Lucille. C'est toi qui devrais avoir le premier bébé.

— D'accord. Puisque vous insistez, j'accoucherai avant la fin de l'année.

— Oh, mais c'est impossible ! se gaussa Emily. Il faut neuf mois, et nous sommes déjà en juillet.

Lucille se contenta de lever les sourcils, un petit sourire au coin des lèvres. Sammie comprit et poussa une exclamation.

— Si elle est déjà enceinte, dit-elle en regardant sa sœur avec émerveillement, cela n'a rien d'impossible…

Un silence ébahi s'installa, puis elles se mirent toutes à crier, rire, parler et s'embrasser en même temps.

— Depuis quand le sais-tu ?

— Comment te sens-tu ?

— On ne dirait pas que tu attends un enfant !

— Maman le sait ?

— Doucement ! fit Lucille en riant. Je le sais depuis plusieurs semaines, mais je voulais l'annoncer d'abord à Richard, et il n'est rentré qu'hier de chez sa mère.

— C'est la raison pour laquelle tu n'es pas allée avec lui ? interrogea Hermione.

— Nous nous doutions que j'attendais un enfant et ne voulions pas prendre le risque d'un si long voyage. Le docteur a confirmé nos soupçons. Pour ce qui est du reste, je me sens à merveille et mon état sera visible dans quelques semaines. J'ai annoncé la bonne nouvelle à maman ce matin, mais je lui ai fait promettre de ne pas vous le dire, car je voulais le faire moi-même.

Il y eut de nouvelles embrassades, puis Sammie se rassit et écouta Emily et Hermione bombarder Lucille de questions.

Quel effet cela faisait de porter l'enfant de l'homme que l'on aime, de le sentir grandir en soi ? se demandait-elle, le cœur serré. À voir le visage radieux de Lucille, c'était beau, extraordinaire.

Avoir un enfant. Pour Lucille, c'était une merveilleuse nouvelle.

Pour elle, ce serait un désastre.

L'espace d'un instant, elle souhaita avoir un mari aimant et un enfant, mais elle repoussa ces désirs impossibles dans les profondeurs de son âme. Elle avait le choix entre devenir une vieille fille desséchée ou vivre une aventure passionnée – et maintenant qu'elle savait comment éviter une grossesse, rien ne l'arrêterait.

Sauf lord Wesley.

Mais elle arriverait à le convaincre.

Non ?

Oui, en lui donnant toutes les raisons pour qu'ils deviennent amants et en lui rapportant les informations glanées auprès de ses sœurs, elle parviendrait sûrement à le convaincre.

Ce qui ne l'empêcherait pas de travailler ses mimiques devant le miroir.

11

Article paru dans le *London Times* :

Afin de couvrir davantage de territoire, les Traqueurs du Voleur de Fiancées invitent tout homme ayant une fille en âge de se marier à rejoindre leurs rangs. Les messieurs désireux de s'enrôler doivent contribuer à la récompense offerte pour la capture du Voleur.

Le lendemain matin, tous les beaux plans de Sammie concernant lord Wesley furent mis de côté. Comme elle finissait, seule, son petit déjeuner – car après une soirée bien arrosée, elle avait trop dormi –, Hubert entra en trombe dans la salle à manger. Ses pas sur le parquet lui tambourinaient dans le crâne, et elle pressa les doigts sur ses tempes.

Avant qu'elle ne le supplie de faire moins de bruit, il lui jeta une enveloppe scellée.

— Elle vient d'arriver pour toi, haleta-t-il. Elle a été remise à Cyril à l'écurie par un garçon qu'il n'avait jamais vu.

— Vraiment ? fit-elle en lisant son nom inscrit d'une écriture nette mais inconnue. C'est de qui ?

— Je ne sais pas. Peut-être de *lui*.

— De lui ?

— Lord Wesley. Ce serait formidable, si c'était une invitation à revoir son Herschel…

Elle posa la lettre sur la table et lui prit les mains.

— N'espère pas qu'il nous invite de nouveau, Hubert. Même s'il a été très gentil…

— Oh, mais il m'a dit que je pourrais revenir.

— Ah oui ? Quand ?

— Quand nous sommes partis de chez lui, pendant que tu montais dans la voiture. Il a dit qu'il était désolé que nous partions si tôt, surtout que je n'avais pas fini de prendre mes notes. Il a dit que je pourrais revenir quand je voudrais. J'ai hâte de le faire, mais comme il ne m'a donné ni date ni heure, j'hésite.

Elle déglutit.

— C'est très généreux de sa part, commenta-t-elle après s'être éclairci la voix.

— C'est un homme formidable. Malgré son titre et sa position, il est…

Il haussa les épaules et détourna les yeux.

— Gentil pour nous, proposa Sammie.

Leurs regards se croisèrent et ils se comprirent.

— Oui, dit-il. Je crois que c'est pour ça que je l'aime – en dehors du fait qu'il possède un Herschel. C'est parce qu'il est gentil avec toi.

Cher Hubert…

— Quelle coïncidence, répliqua-t-elle en lui étreignant les mains. Moi, je l'aime parce qu'il est gentil avec toi.

— Tout le monde prétend que nous pensons la même chose, dit-il avec un sourire en coin. Tu vas la lire ? ajouta-t-il en montrant la lettre d'un mouvement de tête.

— Bien sûr.

Tandis qu'Hubert s'asseyait en face d'elle pour un second petit déjeuner et étalait avec application de la confiture de fraises sur une tranche de pain, elle reprit la lettre. Après en avoir brisé le sceau, elle retira deux feuilles de vélin ivoire.

Chère miss Briggeham,

Je m'appelle Anne Barrow et j'habite un petit village à environ une heure à cheval de Tunbridge Wells. Bien que nous ne nous soyons jamais rencontrées, je vous écris pour vous demander – non, pour vous supplier – de m'aider. Je suis au désespoir. Quand j'ai eu vent de votre enlèvement par le Voleur de Fiancées, j'ai su que vous étiez ma dernière chance.

Mon père veut que j'épouse un homme que je hais. J'ai supplié papa, mais il refuse de m'écouter. Mon fiancé est un homme cruel et sans pitié, qui a déjà essayé de me contraindre. En échange de ma personne, il remboursera les énormes dettes de jeu de papa. Je suis anéantie à la pensée que mon propre père me vende de la sorte. Il n'arrêtera ni de jouer ni de boire, et bien que je ne lui souhaite pas la prison pour dette, je ne peux pas épouser cet homme. Papa a fait son choix, et c'est maintenant à moi de faire le mien.

Je vous en prie, miss Briggeham, vous êtes la seule qui puisse m'aider. Je n'ai personne d'autre vers qui me tourner. Ma mère est morte, et je n'ai pas d'autre famille que papa. Pouvez-vous prendre contact avec le Voleur de Fiancées, et lui dire que j'ai désespérément besoin de son aide ? Il y a fort peu de chances qu'il apprenne par lui-même dans quelle situation épouvantable je me trouve, car papa a tenu les fiançailles secrètes, peut-être justement par crainte d'un enlèvement. J'irais n'importe où, je ferais n'importe quoi pour échapper au cauchemar que deviendra ma vie si je suis obligée d'épouser cet homme. J'essaierais volontiers de contacter le Voleur de Fiancées, mais papa est allé jusqu'à m'enfermer dans ma chambre, et même si j'étais libre, je ne saurais comment l'atteindre. Je prie pour que ce mot arrive jusqu'à vous.

Il est prévu que je me rende chez mon fiancé après-demain dans la nuit. J'ai dessiné, ci-joint, une carte de la route qu'empruntera ma voiture. Je vous en prie, transmettez cette information au Voleur de Fiancées afin qu'il sache comment me trouver. Je sais que c'est beaucoup vous demander, d'autant que vous ne me connaissez pas, mais je ne le ferais pas si je n'étais désespérée. Aidez-moi, je vous en supplie, à sauver ma vie.

Je resterai à jamais votre obligée.

Anne Barrow

Sur la seconde feuille était dessinée la carte indiquée. Sammie posa les papiers sur la table et crut suffoquer.

— Mais, Sammie, tu es toute blanche, s'inquiéta Hubert. Que se passe-t-il ? C'est une lettre de lord Wesley ?

— Non.

Sans un mot de plus, elle poussa la lettre vers lui.

Hubert la parcourut, puis regarda sa sœur au-dessus du vélin, ses yeux bleus écarquillés derrière ses lunettes.

— Ma parole, c'est horrible...

— En effet. Il faut que j'aide cette pauvre fille.

Elle se leva et se mit à marcher de long en large.

— Je dois transmettre cette requête au Voleur de Fiancées, ajouta-t-elle. Mais comment ?

Hubert se leva à son tour et fit de même, de l'autre côté de la longue table d'acajou.

— Si nous pouvions trouver la chaumière où il t'a emmenée, nous lui laisserions un message. J'ai examiné quelques échantillons de feuilles et de cheveux que j'ai retirés de tes vêtements, après ton enlèvement, mais...

Sammie s'immobilisa et le regarda, éberluée.

— Tu as fait *quoi* ?

— Je cherchais des indices permettant de découvrir son identité, avoua-t-il en rougissant. Malheureusement, tout ce que j'ai pu déterminer, c'est ce que tu m'avais déjà dit : il montait un cheval noir et vous avez traversé les bois.

— Mais pourquoi voulais-tu connaître son identité ? Tu ne visais tout de même pas la récompense offerte pour sa capture ?

— Bien sûr que non. Quoique je n'aurais pas hésité, s'il t'avait fait le moindre mal… Non, je suis d'accord avec toi : cet homme se bat pour une cause juste et noble. Mais tu sais bien que je ne peux ignorer une énigme non résolue, ajouta-t-il avec un sourire penaud.

— Je sais, mais dans ce cas tu dois l'ignorer, déclara-t-elle en posant les mains sur la table et se penchant vers lui. Non seulement l'enquête pourrait se révéler dangereuse pour toi, mais aussi pour lui. Une fois son identité connue, il sera un homme mort.

— Ne t'inquiète pas, Sammie, répondit Hubert en lui tapotant la main. J'ai simplement procédé à quelques expériences, qui ne m'ont rien appris. Et même si je découvrais son identité, je ne la révélerais pas au juge.

Elle reprit sa marche.

— Pour ce qui est de localiser la chaumière, c'est une bonne idée, mais cela pourrait prendre des semaines, des mois, en admettant qu'on réussisse. Il faisait nuit, et sans mes lunettes, j'ai perdu tout sens de l'orientation. Non, nous devons penser à autre chose… Voyons, essayons de raisonner. Il faut mettre le Voleur de Fiancées au courant de la situation de cette fille. Comment est-il au courant des prochains mariages des jeunes femmes qu'il secourt ?

— Oui, comment ? fit Hubert en fronçant les sourcils. Il est peu probable qu'il les connaisse toutes personnellement.

— Précisément. Et comment a-t-il su pour moi ? Comment savait-il que je ne voulais pas épouser le major Wilshire ? Mes fiançailles n'avaient même pas encore été annoncées.

Ils se turent et se regardèrent par-dessus la table.

— Alors, je ne vois qu'une explication… commença Hubert.

— Cela a dû se savoir par…

— … le bavardage des domestiques ! s'exclamèrent-ils en chœur.

— Oui, poursuivit Sammie, c'est la seule explication logique. J'ignore pourquoi je n'y ai pas pensé plus tôt.

— Sans doute parce que tu ne cherchais pas à prendre contact avec ton ravisseur.

Elle ramassa la lettre et la carte, et contourna la table.

— Les bavardages n'ont pu partir que de chez nous ou de chez le major Wilshire, dit-elle en tapotant la table. Je vais tout de suite évoquer la situation de la jeune fille devant les domestiques. Ici, et chez le major. Il n'y a pas un moment à perdre, si nous voulons que la nouvelle atteigne le Voleur de Fiancées à temps.

— Je vais me rendre chez le major, proposa Hubert. Je connais le fils de son cocher. Mais si le bruit parvient aux oreilles du juge, et qu'il tend ses filets pour capturer le Voleur ?

— Nous ferons notre possible pour que le bruit ne sorte pas des deux maisons. C'est dangereux, mais le Voleur est malin et nous devons aider cette jeune fille.

— Et si la nouvelle n'arrive pas à temps aux oreilles du Voleur ?

— J'ai eu la chance de pouvoir échapper à un mariage qui me répugnait, mais beaucoup de femmes ne l'ont pas. Si le Voleur ne peut l'aider, nous imaginerons un autre plan.

— Lequel ?

— Je ne sais pas encore, mais je trouverai quelque chose.

Tandis que Hubert se rendait chez le major Wilshire, Sammie alla trouver sa mère, qui était capable de répandre des bruits plus vite que le vent. Après lui avoir parlé de la situation d'Anne Barrow, elle fit un tour dans la cuisine et raconta l'histoire à Sarah, la cuisinière. Puis, persuadée que toute la maisonnée serait au courant dans l'heure, elle mit son châle et son bonnet. En route pour sa visite quotidienne au village, elle marqua une pause dans l'écurie afin d'exposer l'affaire à Cyril.

Elle passa ensuite plusieurs heures chez miss Waynesboro-Paxton, à lui faire la lecture et lui masser les mains avec de la pommade au miel. Après une bonne tasse de thé, elle prit congé, pressée de savoir comment s'était déroulée la visite d'Hubert chez le major.

Alors que le soleil de cette fin d'après-midi jouait à cache-cache à travers les feuillages, elle pria que son plan réussisse et que la nouvelle du mariage forcé d'Anne Barrow parvienne aux oreilles du Voleur de Fiancées – et non à celles du magistrat.

Elle ne doutait pas un instant que le Voleur sauverait miss Barrow. Encore fallait-il qu'il fût informé à temps de la situation…

Une image du flamboyant Voleur lui traversa l'esprit, et elle eut comme une illumination. S'arrêtant, elle retourna l'idée dans sa tête. C'était terriblement risqué, mais la vie d'une femme était en jeu…

Si le Voleur de Fiancées ne se portait pas au secours de miss Barrow, elle le ferait.

Le regard d'Éric allait d'Empereur qui broutait près du lac, au sentier qui arrivait du village à travers bois. Tirant sa montre de la poche de son gilet, il fronça les sourcils. L'aurait-il manquée ? C'était improbable, car il l'attendait depuis plus d'une heure. Peut-être n'était-elle pas allée au village, aujourd'hui. Peut-être était-elle malade.

Le craquement d'une brindille ramena son attention vers le chemin. Quand il l'aperçut, il fut soulagé et son cœur bondit – deux faits qui le contrarièrent. Sacrebleu, il se comportait comme un collégien. Planté dans les bois, un pot de miel à la main, il avait vraiment l'air idiot.

Tu es un fieffé crétin ! lui disait une voix intérieure.

Serrant les dents, il envoya au diable cette voix, à la fois irritante et déplacée. Il n'avait rien d'un crétin. Il était simplement...

Il fronça les sourcils, ne sachant pas ce qu'il était. Sinon qu'il était irrité.

Elle marchait d'un bon pas, les lèvres pincées, comme perdue dans ses pensées. Elle balançait son bonnet par les rubans, tel un sac, et ses cheveux semblaient plus en désordre que jamais. D'un geste mécanique, elle remonta ses lunettes – geste qui n'aurait pas dû l'échauffer. Mais il se revit aussitôt lui retirant ses lunettes et se noyant dans ses yeux magnifiques...

Il poussa un gémissement et se passa une main sur le visage. Il n'aurait pas dû venir ici. Il n'aurait pas dû l'attendre. Pourquoi diable était-il venu ?

Parce que tu ne pouvais pas t'en empêcher !

Cette vérité ne fit qu'accroître sa contrariété. Mais comment se tenir éloigné d'une femme qui vous fascine ? qui vous charme ? Et cela, sans une once d'artifice, de coquetterie ou d'effort. Une femme qui souhaitait devenir sa maîtresse...

Il lui donnerait simplement le pot de miel. Il le lui avait promis. Puis il la quitterait aussitôt.

Oui, excellent plan.

Lorsqu'elle ne fut qu'à quelques mètres de lui, il sortit de dessous les feuillages et apparut sur le chemin.

— Mon Dieu, milord, vous m'avez fait peur ! s'exclama-t-elle.

— Pardonnez-moi. Je ne le voulais pas.

Un silence assourdissant s'installa entre eux. Elle tortillait les rubans de son bonnet, attendant manifestement qu'il dise quelque chose. Mais c'était comme si sa présence le rendait stupide. Il la regardait en se répétant la question qu'il lui avait posée la veille : *Savez-vous combien j'étais près de vous faire l'amour ?* Et sa stupéfiante réponse : *Savez-vous combien je le désirais ?*

Comment avait-il pu la laisser partir ?

— Bon, dit-elle enfin, ravie de vous avoir revu, milord. Si vous voulez bien m'excuser...

Inclinant la tête en guise de salut, elle s'apprêta à le contourner.

— Attendez ! dit-il en lui saisissant le bras. Je tiens à vous donner ceci. Vous l'avez oublié, l'autre soir...

Elle rougit, et il se demanda si elle pensait à leur baiser brûlant, après qu'il lui eut offert le miel.

— Merci, répondit-elle. Je préparerai de la pommade pour M. Timstone. Et maintenant, si vous voulez bien m'excuser...

Elle essaya de se dégager, mais il la tenait d'une poigne de fer.

— Vous souhaitez autre chose, milord ? demanda-t-elle en levant les yeux vers lui.

Il étudia son visage, mais ne trouva rien dans ses yeux qui ressemblât à du désir. En fait, elle le considérait avec un détachement froid. Bon sang, elle avait l'air totalement indifférente...

L'inconséquence des femmes ! Un instant, elle voulait qu'il fût son amant, et à présent elle ne songeait qu'à le quitter. Son bon sens ne pouvait que s'en réjouir. Mais tout en lui se révoltait. Pourquoi ce changement soudain ? Même s'il avait refusé de devenir son amant, son désir à lui n'avait pas diminué. Pas le moins du monde.

— Vous avez des ennuis, miss Briggeham ?

— Non, milord. J'ai une... affaire à régler.

— Quel genre d'affaire ?

— Rien qui puisse vous intéresser, répliqua-t-elle en fixant le sol.

Une immense déception l'envahit. Elle ne voulait pas lui parler d'une affaire qui lui tenait manifestement à cœur. Il aurait dû la laisser partir.

Mais il ne pouvait pas.

Se plaçant devant elle, il lui souleva le menton et la regarda dans les yeux.

— À propos de notre discussion d'hier… commença-t-il.

— Vous avez changé d'avis ? fit-elle, les joues empourprées.

Oui !

— Non. Mais j'espérais que nous pourrions rester… amis.

Quelle que fût la réaction à laquelle il s'attendait, ce n'était en tout cas pas cette lueur de colère qui traversa son regard.

— Amis ? répéta-t-elle. Oui, je suppose que nous pouvons rester amis… Je n'ai pas tant d'amis que je puisse me permettre d'en repousser un.

— Vous m'en voulez ?

— Non, je suis déçue. Et j'en veux à la situation dans laquelle je me trouve. La situation de milliers de femmes. Parce que nous ne sommes pas belles ou spirituelles ou riches – ou pour toute autre raison –, nous sommes obligées de rester vieilles filles. Obligées de passer notre vie sans connaître les bras d'un homme. Une femme devrait pouvoir choisir. C'est aussi affreux que d'être contrainte de se marier.

— Ce n'est pas la même chose…

— Si. C'est exactement la même chose. Le Voleur de Fiancées comprendrait, dit-elle en dégageant son bras d'un mouvement brusque.

— Le Voleur de Fiancées ? C'est absurde. Ce n'est qu'un criminel, filant avec des femmes qui…

— … *n'ont pas* le choix. Qui sont obligées d'accepter une vie qui leur répugne. Lui, il donne le choix aux femmes. Et il leur offre la liberté. C'est plus qu'une femme comme moi n'aura jamais.

Elle disait vrai. Le choix des femmes était limité. Mais s'il était scandalisé par une telle injustice, il ne pouvait le lui avouer.

— Même si le Voleur de Fiancées comprenait, vous ne le reverrez jamais.

— C'est ce que vous croyez.

Avant qu'il puisse réagir, elle passa devant lui et s'éloigna à grands pas.

Il la regarda, stupéfait. Elle devait sûrement dire n'importe quoi, par dépit… Mais aussitôt, il écarta cette pensée. Samantha Briggeham était la femme la plus franche qu'il eût jamais rencontrée. Si elle n'en était pas convaincue, jamais elle ne dirait cela.

Elle avait manifestement l'intention – en tout cas, elle l'espérait – de revoir le Voleur. Évidemment, elle n'y parviendrait pas sans sa coopération… Il fut pris d'appréhension pour elle. Et pour lui.

Bon sang, que mijotait-elle ?

12

Lorsque Éric arriva à l'écurie, il ne se doutait toujours pas de ce que préparait miss Briggeham. Il mit pied à terre et tendit distraitement les rênes à Arthur.

— Il faut que nous parlions, dit celui-ci à mi-voix.

Éric regarda son domestique, et son cœur bondit en voyant l'expression qu'il connaissait si bien.

— Retrouvons-nous à l'endroit habituel dans une demi-heure, répliqua-t-il.

Trente minutes plus tard, Éric entrait dans le belvédère, au fond du jardin. Arthur, le visage tendu, arpentait l'intérieur de la construction de marbre.

— J'ai entendu parler d'une autre jeune femme qui a besoin d'aide, annonça-t-il tout de go.

Éric s'appuya contre la balustrade et croisa les bras.

— Je t'écoute.

— La fille s'appelle Anne Barrow. Le scénario ressemble à tous les autres, mais…

— Quelque chose te chiffonne.

— La façon dont je l'ai appris est plutôt étrange. J'ai l'impression que c'est miss Sammie qui en a lancé le bruit.

— Je te demande pardon ?

— Ça m'a surpris, moi aussi, car miss Sammie n'est pas du genre à raconter des histoires. C'est Sarah qui me l'a appris. Miss Sammie est venue ce matin dans la cuisine, et elle lui a parlé de cette Anne Barrow qui devait épouser un homme épouvantable. Ne serait-il pas merveilleux, a-t-elle ajouté, si le Voleur de Fiancées la sauvait de cette horrible union ? Elle a même précisé que la jeune fille emprunterait une certaine route, d'ici deux nuits. Je trouve ça bizarre. Comment la demoiselle serait-elle au courant ?

— Quelqu'un d'autre t'en a parlé ?

— Non. Ce qui est aussi étrange. Des histoires de ce genre me parviennent généralement par plusieurs côtés.

— Répète-moi exactement ce que Sarah t'a dit.

Arthur s'exécuta et précisa :

— La bande des Traqueurs du Voleur de Fiancées augmente à vue d'œil, et ils sont décidés à vous attraper. Le juge aussi. Cette histoire n'est peut-être qu'un piège... Qu'allez-vous faire ?

— Je te le dirai, dès que j'aurai pris ma décision. En attendant, essaye d'en apprendre davantage sur cette Anne Barrow.

Éric pénétra dans son bureau et se servit un cognac. Renversant la tête en arrière, il avala d'un trait le liquide brûlant, puis remplit son verre. S'approchant de la cheminée, il contempla les flammes en retournant toutes sortes de questions dans sa tête.

Pourquoi Samantha avait-elle répandu ce bruit ? Elle prétendait pourtant ne pas s'intéresser aux potins... Avait-elle appris la nouvelle par hasard ? L'avait-elle entendue de quelqu'un et se contentait-elle de la faire circuler ? Pourquoi ne lui en avait-elle rien dit, quand ils s'étaient parlés près du lac ? Un membre des Traqueurs du Voleur de Fiancées lui avait-il raconté l'affaire, dans l'espoir de faire enfler la rumeur et de le prendre au piège ? Peut-être. Mais pourquoi se servir de Samantha ? C'était absurde. À moins que...

Espérait-on qu'elle lui rapporterait l'histoire ? Le soupçonnait-on ?

Mais s'il était soupçonné, pourquoi ne lui avait-on pas raconté l'histoire directement, pour être sûr qu'il soit au courant de la situation de miss Barrow, plutôt que de se fonder sur la rumeur ?

Posant son verre sur le manteau de la cheminée, il se passa les mains sur le visage et envisagea l'autre possibilité… celle qu'il avait d'abord repoussée.

Samantha avait-elle tout inventé pour attirer le Voleur de Fiancées et le revoir ? Serait-ce « l'affaire » dont elle avait parlé ? Il se rappelait les mots qu'elle avait prononcés, quand il avait dit qu'elle ne reverrait jamais le Voleur. *C'est ce que vous croyez*. Sacrebleu, y avait-il vraiment une jeune fille à sauver, ou n'était-ce qu'une ruse ? Et si une fille était réellement en détresse, que venait faire Samantha là-dedans ?

Une part de lui-même se rebellait contre l'idée qu'elle pût mentir et répandre une histoire fausse pour en tirer avantage. Elle était trop honnête.

Mais une autre part de lui-même se disait : Sinon, comment pourrait-elle espérer revoir le Voleur de Fiancées ? Le plan est astucieux, et c'est une femme astucieuse… Une femme qui admire ton autre personnalité. Une femme qui cherche l'aventure…

Qui cherche un amant.

Il était jaloux. Bon sang, il perdait la tête. Il était jaloux… de lui-même ! Mais il y avait un moyen d'arranger cela.

En prenant toutes les précautions nécessaires, le Voleur de Fiancées sauverait miss Anne Barrow – si elle existait.

Et si Samantha Briggeham était mêlée à l'affaire, il verrait bien quels rapports d'intimité elle souhaitait nouer avec le Voleur !

Le lendemain après-midi, Éric arrêta son cheval et porta la main à son chapeau pour saluer le juge qui arrivait au petit trot dans sa direction.

— Bonjour, Straton, fit-il. Bel après-midi pour une promenade.

— Bel après-midi en effet, milord, répliqua Adam Straton en portant à son tour la main à son chapeau. Mais je ne me promène pas. Je me rends à Londres. J'ai plusieurs nouvelles pistes.

— Ah bon ? Pour une nouvelle enquête ?

— Non, pour le Voleur de Fiancées.

— Vous l'avez identifié ?

— Pas encore. Mais j'ai des informations qui permettront, j'espère, sa capture.

— Parfait. Il est regrettable d'avoir ce vaurien dans les parages.

— La dernière victime était miss Briggeham. Si j'étais arrivé quelques minutes plus tôt, j'aurais pu l'appréhender. Malheureusement, miss Briggeham n'a pas été très coopérative.

— Vraiment ?

— Oui. C'est à moi qu'elle semblait en vouloir, et elle répétait que l'homme était un héros. Au lieu d'être outrée par son attitude, elle me reprochait de le calomnier ! Drôle de femme, marmonna-t-il en secouant la tête.

— C'est le moins que l'on puisse dire.

— Écoutez-moi bien, milord, le Voleur de Fiancées n'a plus longtemps à courir. L'enlèvement avorté de miss Briggeham prouve qu'il devient négligent. Il ne manquera pas de faire une erreur, et alors, je serai prêt.

— Je vous souhaite bonne chance, et j'espère que cette nouvelle information vous sera utile.

— Moi aussi.

Straton mit plusieurs secondes à ajuster ses gants, puis demanda :

— Comment va votre sœur, milord ?

— Elle vient chez moi. Je l'attends dans les prochains jours. Darvin est mort.

Straton se figea.

— Transmettez-lui mes condoléances…

— Je n'y manquerai pas, répliqua Éric sans se donner la peine de préciser que la mort de Darvin n'était une perte pour personne, et moins encore pour Margaret.

— Merci. Bon après-midi, milord.

Avec un bref mouvement de la tête, Straton talonna les flancs de son cheval et partit au trot sur la route de Londres.

Satisfait, Éric fit pivoter Empereur et prit le chemin qui menait à Wesley Manor. Adam Straton mettrait au moins deux jours à enquêter sur « l'information » qu'il lui avait fait parvenir au sujet du Voleur de Fiancées…

C'était plus qu'il ne lui en fallait pour mener à bien son projet, à l'abri du regard perçant du magistrat. Il répugnait à duper Adam, car il admirait son honnêteté et son intégrité. Mais étant donné que, dans cette histoire, le succès d'Adam signifierait la corde pour lui, Éric réussissait sans peine à oublier sa mauvaise conscience.

Comme il entrait dans la forêt, il jeta un coup d'œil par-dessus son épaule. À la vue de la voiture qui sortait d'un virage, il arrêta sa monture. Se protégeant les yeux du soleil, il étudia le véhicule. Il le reconnut, de même que la silhouette à la chevelure châtain qui l'occupait, et tout son être se figea.

Que diable Samantha Briggeham avait-elle pu fabriquer à Londres ?

Dès que Sammie pénétra dans le laboratoire, Hubert se jeta sur elle.

— Alors ? Tu as réussi ?

— J'ai tout là-dedans, acquiesça-t-elle en montrant son réticule. L'argent et un billet sur le *Lady Seafarer*, qui part demain matin pour l'Amérique.

— Cyril se doute de quelque chose ?

— Non. Le cher homme croit que je suis restée tout le temps dans la librairie.

— Maintenant, récapitulons une nouvelle fois, pour nous assurer que tu es fin prête.

— D'accord. Après le dîner, commença-t-elle en arpentant la pièce, je prétendrai être fatiguée et j'irai dans ma chambre. Cyril va se coucher à neuf heures. À neuf heures et demie, toi et moi nous retrouverons à l'écurie, où tu m'aideras à seller les chevaux. Je monterai Sugarcane et mènerai Dancer par la bride, jusqu'à l'endroit que miss Barrow indique dans sa lettre. J'estime qu'il faut une heure à une heure et demie pour y arriver – ce qui laisse largement assez de temps, puisque miss Barrow ne doit passer qu'après minuit.

— Parfait. Continue.

— Une fois là-bas, j'attacherai Dancer, de sorte qu'elle soit proche de la route, mais à l'abri des regards. Je me cacherai à mon tour et attendrai l'arrivée de la voiture de miss Barrow. Si le Voleur de Fiancées apparaît, je resterai cachée et rentrerai à la maison. S'il n'apparaît pas, j'arrêterai la voiture, en disant que mon cheval boite, et je demanderai de l'aide. Pendant que le cocher examinera Sugarcane, je glisserai l'argent et le billet à miss Barrow et lui expliquerai où trouver Dancer. Ensuite, je distrairai le cocher le plus longtemps possible, pour lui laisser le temps de se sauver.

— As-tu précisé par écrit comment trouver le bateau et où laisser Dancer, de façon que Cyril puisse la récupérer ?

— Pas encore, mais je le ferai avant le dîner. D'après l'agent qui m'a vendu le billet, il y a une écurie tout près du quai. Avons-nous oublié autre chose ?

— Et si tu n'arrives pas à distraire le cocher, le temps que miss Barrow s'échappe ? Et même si elle y parvient, que se passera-t-il quand il s'apercevra de sa disparition ? Il pourrait te soupçonner de l'avoir aidée, et alors…

— Bonne objection. Mais que puis-je faire ? rétorqua-t-elle en se tapotant le menton. Je ne vais tout de même pas l'assommer.

— Évidemment. Tu ne le frapperais pas suffisamment fort.

— Je craignais plutôt de le frapper *trop* fort.

— Ce serait tout aussi désastreux.

— Il faudrait qu'il fasse un petit somme, le temps que miss Barrow disparaisse…

À peine eut-elle prononcé ces mots qu'elle s'immobilisa. Elle croisa le regard effaré d'Hubert, et ils se comprirent.

— Je pourrais te donner quelque chose, proposa Hubert, tout excité. C'est un extrait de plantes que j'ai mis au point, à la suite de mes études sur les tribus sud-américaines. Cela permet d'endormir des animaux, afin de les examiner sans risquer d'être mordu ou de leur faire mal.

— Ça ne peut pas être mauvais pour lui ?

— Il dormira, c'est tout. Pendant une heure ou deux.

— Mais comment le lui faire avaler ? Je ne peux pas lui tendre un verre et lui dire : « Buvez. »

— Tu as une épingle à chapeau ?

— Une épingle à chapeau ? Pourquoi veux-tu…

— J'enduirai l'épingle de la substance. Et tu n'auras qu'à le piquer avec.

— Tu ne crois pas qu'il le remarquera ? demanda-t-elle, incrédule.

— Lorsqu'il comprendra que ce n'était pas une piqûre d'abeille, il sera déjà endormi.

— Tu es vraiment un génie, Hubert.

— Tu en doutais ? répliqua-t-il, les joues rouges de plaisir.

— Pas un instant, assura-t-elle en lui ébouriffant les cheveux. Bon, je crois que nous avons pensé à tout.

— Oui… sauf que je vais me faire un souci d'encre pour toi. J'aimerais que tu me laisses t'accompagner…

— Pas question. J'ai besoin que tu restes ici pour t'occuper de maman, au cas où elle découvrirait mon absence.

En réalité, elle ne souhaitait pas le mêler à une opération qui pouvait se révéler dangereuse.

— Je te remercie de vouloir me protéger, ajouta-t-elle en lui étreignant les mains, mais tout se passera bien. Je vais simplement donner à miss Barrow l'argent, les instructions et le billet, et si le Voleur de Fiancées apparaît, ce ne sera même pas nécessaire.

— Ce n'est pas juste, marmonna Hubert. Tu as déjà vu le Voleur de Fiancées.

— Si je le revois ce soir, ce sera de loin. Nous n'allons pas prendre le thé en grignotant des biscuits !

— Je sais bien, rétorqua son frère en grattant le sol avec le bout de sa chaussure, mais j'aimerais tout de même venir.

— Tu ne peux pas. Maintenant que tout est organisé, je vais rédiger les instructions. On se voit au dîner.

Elle quitta la pièce et referma la porte doucement derrière elle.

Hubert appuya les mains sur la table de bois. Il savait pourquoi Sammie refusait qu'il l'accompagne – elle ne voulait pas qu'il lui arrive quelque chose. Mais quelle sorte d'homme serait-il, s'il laissait sa sœur traîner dans les bois, la nuit, sans être accompagnée ? Il ne serait tout simplement pas un homme. Si un malheur survenait, il ne se le pardonnerait pas.

Il ne lui restait qu'à l'accompagner sans qu'elle le sût. Ainsi, il pourrait non seulement la protéger, mais aussi vivre une grande aventure. Et connaître la réponse à la question qui le hantait depuis l'enlèvement de Sammie…

Son regard s'arrêta sur l'expérience à laquelle il travaillait depuis des semaines. Il ne savait pas si cela marcherait, mais ce soir, il le saurait.

Et il découvrirait peut-être l'identité du Voleur de Fiancées.

13

Cachée derrière un gros buisson, au bord de la route, Sammie caressait l'encolure de Sugarcane pour qu'elle ne fasse pas de bruit. Jusqu'à présent, tout s'était passé comme prévu. Son cœur battait si fort qu'elle craignait qu'il ne bondisse de sa poitrine pour atterrir à ses pieds ! La lune était dissimulée derrière des nuages, ce qui l'arrangeait. Des grillons faisaient entendre leurs stridulations, et une brise caressait son visage.

D'une façon ou d'une autre, dans les prochaines minutes, miss Barrow recouvrirait la liberté. Elle respira profondément pour calmer son impatience. Son action était juste. La vie d'une jeune femme était en jeu. Attachée à un arbre, à plusieurs mètres d'elle, Dancer était complètement cachée. De sa position derrière les buissons, Sammie distinguait la route, mais elle-même était invisible. Serrant son réticule, qui contenait l'épingle à chapeau et tout ce dont aurait besoin miss Barrow, elle scruta les environs.

Le Voleur de Fiancées allait-il apparaître ? Un frisson la parcourut à la pensée de le revoir. Pour le bien de miss Barrow, elle priait qu'il apparût. Dans le cas contraire, elle ferait son possible pour aider la jeune femme.

Il ne lui restait qu'à attendre.

Et à espérer que tout se déroulerait bien.

Déguisé en Voleur de Fiancées avec masque, cape et gants, et monté sur Champion, Éric se tenait derrière une épaisse haie, tous ses sens en éveil. Ce soir, il devait procéder à un sauvetage. D'après les informations réunies par Arthur, l'histoire de miss Barrow le justifiait.

Il étudia les environs, à l'affût de bruits ou de mouvements et, bien qu'il ne remarquât rien d'anormal, son instinct lui disait que quelque chose clochait. Avant qu'il ne pût décider quoi, il entendit le grincement de roues d'une voiture.

Oubliant son malaise, il fit avancer Champion, prêt à bondir devant la voiture quand elle sortirait du tournant – si toutefois elle portait les armoiries de la famille Barrow. Le grincement se fit plus proche, et Éric caressa l'encolure de son cheval.

— Prépare-toi, mon ami, chuchota-t-il.

L'animal coucha les oreilles pour montrer qu'il avait compris.

Éric se pencha en avant, tous les muscles tendus, les yeux fixés sur le tournant. Une voiture tirée par une paire de chevaux bais apparut. Il étudia le blason sur la portière. Celui-ci correspondait à la description d'Arthur. Lorsque la voiture passa à côté de lui, il arracha les rênes des mains du cocher et fit stopper les chevaux.

Sortant de dessous sa cape le bouquet qui était sa signature avec la note qui y était attachée, il le posa sur le siège de cuir près du cocher.

— Qu'on me pende si vous n'êtes pas ce maudit Voleur de Fiancées ! s'exclama l'homme.

— Silence ! ordonna Éric avec son accent de Voleur. Soyez coopératif, et il ne vous sera fait aucun mal. Maintenant je...

Un mouvement de l'autre côté de la route attira son attention, et il s'interrompit au milieu de sa phrase. Se retournant, il promena le regard alentour. Des arbres. Des fourrés. Encore des arbres. Des haies...

Et Samantha Briggeham, qui le regardait par-dessus un buisson.

Il serra les poings. Sacrebleu, elle était mêlée à cette affaire ! Mais comment ? Il le saurait. Avant tout, il fallait s'occuper du cocher.

Reportant son attention sur le bonhomme, il se reprocha aussitôt sa distraction. Ces quelques secondes avaient permis au cocher de réagir. Il brandissait, l'air féroce, un gros gourdin. Éric essaya de dévier le coup. Trop tard.

Le gourdin l'atteignit sur le côté de la tête, le désarçonnant, et il atterrit sur la route avec un bruit sourd.

— Je t'ai eu, démon ! entendit-il prononcer comme de très loin, avant de perdre conscience.

Derrière les buissons, Sammie assistait, horrifiée, à la scène.

— Je t'ai eu, démon ! lança le cocher. Tu essayais de voler la fille de mon patron, hein ?

La porte de la voiture émit un bruit de ferraille, et une voix de femme retentit.

— Ne vous inquiétez pas, miss Barrow ! cria le cocher. Vous êtes enfermée. Ordre de votre papa.

Il tira une corde de dessous son siège, sauta à terre et s'approcha du Voleur de Fiancées.

— Je me doutais bien que tu allais essayer de t'enfuir avec miss Barrow, sale gredin, et j'étais prêt. Maintenant je vais te ligoter, te livrer au juge, et à moi la belle récompense !

Sammie se mordit la lèvre pour ne pas crier. Si elle n'agissait pas, cet horrible individu livrerait le Voleur aux autorités !

Elle ne pouvait permettre une chose pareille.

Ouvrant son réticule, elle en retira avec précaution l'épingle à chapeau que Hubert avait préparée, et remonta son capuchon de façon à se cacher le visage. Puis, la longue épingle à la main telle une épée, elle s'avança, accroupie. Tout occupé à lier les mains et les pieds du Voleur, le cocher se parlait à lui-même.

Priant que la potion d'Hubert fût efficace, elle se glissa sans bruit derrière lui et la lui planta dans les fesses.

— Ouille ! grogna le bonhomme.

Lâchant la corde, il porta la main à la partie atteinte de son anatomie et se retourna. Sammie se redressa vivement et recula, jusqu'à ce que son dos heurte la portière de la voiture.

— Qui diable êtes-vous ? fit l'homme en avançant vers elle, menaçant.

Le cœur battant, elle cacha l'épingle à chapeau dans les plis de sa robe. Endors-toi ! criait-elle en son for intérieur.

Comme s'il l'avait entendue, ses yeux roulèrent dans leurs orbites, ses genoux ployèrent, et il s'effondra à côté du Voleur de Fiancées. Sammie resta plusieurs minutes à le regarder, puis elle se pencha sur lui. De doux ronflements s'échappaient de ses lèvres… Hubert était vraiment un génie !

S'agenouillant près du Voleur, elle pressa les doigts contre son cou. Lorsqu'elle perçut les puissants battements de son pouls, elle faillit s'évanouir de soulagement.

La portière de la voiture trembla de nouveau.

— S'il vous plaît, laissez-moi sortir ! criait une voix à l'intérieur.

S'approchant du cocher, Sammie glissa les doigts dans la poche de son gilet. Elle sentit le froid du métal et en retira ce qu'elle espérait être la bonne clé. Quelques secondes plus tard, elle ouvrait la portière et une jeune femme échevelée sortit.

— Qui êtes… ?

— Samantha Briggeham. Votre cocher a blessé le Voleur de Fiancées. Je l'ai momentanément mis hors de combat, mais nous devons faire vite.

— Seigneur ! s'exclama-t-elle à la vue des deux formes allongées. Que pouvons-nous faire ?

Sammie désigna le Voleur de Fiancées.

— Détachez-le pendant que j'essaye de le ramener à lui.

Sans un mot de plus, miss Barrow s'agenouilla à côté du Voleur et entreprit de dénouer les cordes qui lui liaient les poignets.

Passant les mains sur le masque de soie qui lui recouvrait la tête, Sammie sentit une bosse de la taille d'un œuf, juste au-dessus de l'oreille.

— Vous m'entendez, monsieur ? demanda-t-elle en le secouant. Réveillez-vous...

Éric entendit une voix à travers un épais brouillard. Des mains lui caressaient le visage. Lui touchaient la tête. Les épaules. Il respira comme une odeur de miel...

— Vous m'entendez, monsieur ?

Il se tourna lentement. Il avait la tête douloureuse. Ouvrant les yeux, il cligna plusieurs fois des paupières, pour essayer de distinguer la triple silhouette qui oscillait devant lui. Lorsqu'il y parvint, il reconnut le visage angoissé de Samantha Briggeham.

— Grâce au Ciel, vous êtes en vie, dit-elle. Vous n'avez rien à craindre, monsieur, ajouta-t-elle avec un sourire timide. Je suis votre amie, Samantha Briggeham.

Il voulut lever la tête, mais un bataillon de diablotins armés de marteaux se mirent à lui tambouriner les tempes. Et il laissa échapper un gémissement.

— N'essayez pas de bouger, ordonna-t-elle, posant les mains sur sa póitrine. Reposez-vous encore un moment.

— Je l'ai détaché, annonça une voix féminine. Comment est-il ?

— Il revient à lui. Vous devriez vous servir de ces cordes pour ligoter le cocher, au cas où il se réveillerait.

— Tout de suite.

Un cocher ? songea Éric. Étaient-ils partis en promenade ?

— Qu'est-il arrivé ? murmura-t-il.

— Le cocher de miss Barrow vous a frappé. Vous ne vous souvenez pas ? Vous étiez sur le point de la sauver.

La sauver ? Il porta la main à sa tête douloureuse. Ses gants de cuir rencontrèrent la soie de son masque, et la mémoire lui revint d'un coup. Masque. Voleur de Fiancées. Sauvetage… Samantha, de l'autre côté de la route. Un instant de distraction. Le cocher brandissant un gourdin… Et maintenant, cette douleur au crâne.

— Je me rappelle, dit-il sans oublier de prendre son accent écossais. Où est le cocher ?

— Il est inconscient. Miss Barrow est en train de le ligoter.

Pris de nausée, il ferma les yeux et respira lentement. Serrant sa main gantée dans la sienne, Sammie continua à caresser ses épaules, son visage masqué. Au bout d'un moment, les vertiges disparurent et il retrouva ses esprits.

Dans quel pétrin s'était-il mis ? Il lui fallait disparaître au plus vite – tout comme miss Briggeham et miss Barrow – avant que le cocher ne reprenne conscience et ne le livre au juge. Ou avant que quelqu'un ne surgisse sur la route et décide de faire la même chose !

À moins que son identité n'ait déjà été découverte.

— Le cocher a-t-il retiré mon masque ? demanda-t-il en la regardant droit dans les yeux.

— Non.

— Et vous ?

— Non plus.

Elle ne savait pas qui il était. Grâce au Ciel !

Elle lui étreignit la main et il répondit par une douce pression.

— Ne craignez rien, monsieur, chuchota-t-elle. Je veillerai à ce qu'il ne vous arrive rien.

Elle manifestait un grand empressement pour le Voleur de Fiancées. Sacrebleu, elle était même un peu trop familière...

— Vous avez mal quelque part ? s'enquit-elle avec une tendre sollicitude qui l'ulcéra.

Il avait mal partout, mais plutôt mourir que le lui avouer. Pour apaiser les douleurs du Voleur de Fiancées, elle proposerait sans doute de le masser !

— Ça va, dit-il. Je veux m'asseoir.

Une fois qu'il se fut hissé sur les coudes, elle l'aida à se mettre en position assise. Comme le sol tournait autour de lui, il se prit la tête dans les mains et fit la grimace au contact de sa bosse. Au bout d'un moment, les vertiges cessèrent et il abaissa les bras.

— Pourquoi êtes-vous ici ? demanda-t-il avec son accent écossais.

— Pour la même raison que vous. Pour aider miss Barrow.

— Vous ne me faisiez pas confiance ?

— J'ai toute confiance en vous, monsieur, assura-t-elle en remontant ses lunettes. Mais miss Barrow a réclamé mon aide. Comme je n'avais aucun moyen de savoir si vous étiez au courant de sa situation désespérée, j'ai pris mes dispositions pour l'aider.

— Et comment comptiez-vous faire ?

D'un ton laconique, elle exposa un plan qui l'emplit à la fois d'admiration et de fureur. Son regard se porta vers le cocher, que miss Barrow était toujours occupée à trousser comme une oie. Morbleu, que n'aurait-il donné pour voir Samantha lui enfoncer l'épingle dans les fesses !

— Vous êtes folle ou quoi ! Vous avez conscience des risques que vous avez pris ?

— Ils ne sont pas plus grands, monsieur, que ceux que vous avez pris, vous-même. Je peux vous assurer que je ne me suis pas lancée dans cette aventure sans y avoir réfléchi, et en avoir pesé les dangers. Mais vous devez le comprendre, je ne pouvais ignorer l'appel au secours de miss Barrow.

— Et s'il vous était arrivé quelque chose ?

L'imaginant étendue, blessée, dans les bois, à la merci de ce cocher et son gourdin, il serra les dents.

— Je connaissais les risques, bien sûr. Mais comme vous me l'accorderez certainement, le jeu en valait la chandelle. Maintenant, debout, ajouta-t-elle en se levant et lui tendant les mains. Doucement...

Saisissant ses mains tendues, il se mit d'abord à genoux et y resta, le temps que les vertiges s'atténuent. Puis, avec son aide, il se mit sur ses pieds. Il vacilla. Prenant appui sur ses épaules, il ferma les yeux et respira profondément, jusqu'à ce qu'il ait retrouvé son équilibre.

— Ça va ? demanda-t-elle.

— Oui, ma jeune amie, dit-il en ouvrant les yeux.

— Je suis tellement soulagée. J'ai cru mourir, quand cet horrible bonhomme vous a frappé. Il était de mon devoir de vous aider, monsieur, expliqua-t-elle d'une voix timide. Je... je le referais volontiers.

À ces mots, son sang se glaça. Seigneur, s'il ne prenait pas des mesures draconiennes, elle ne tarderait pas à revêtir un masque et une cape, et à courir la forêt avec un sac plein d'épingles à chapeau !

— Votre loyauté me confond, ma jeune amie, répliqua-t-il en lui étreignant les épaules. Et je vous serai éternellement reconnaissant de m'avoir sauvé, cette nuit. Mais à la vérité, si vous n'aviez pas été là, le sauvetage se serait déroulé sans problème.

À son expression, il devina avoir frappé juste.

— Je ne voulais pas... commença-t-elle.

— Votre présence m'a distrait, laissant au cocher le temps de me frapper. C'est une erreur qui aurait pu me coûter la vie...

D'horreur, elle écarquilla les yeux, et il y vit briller quelque chose qui ressemblait à des larmes. Regrettant aussitôt sa dureté, il lui caressa la joue de ses doigts gantés.

— Cela aurait pu aussi vous coûter la vie, ma jeune amie. S'il vous était arrivé quelque chose, jamais je ne me le serais pardonné. Je veux votre promesse que vous n'essaierez plus de m'aider dans ma mission. C'est trop dangereux.

— Mais...

— Votre promesse, miss Briggeham. Je ne partirai pas d'ici avant que vous ne me l'ayez donnée.

Elle hésita, puis hocha la tête avec raideur.

— Très bien, je promets. Mais je veux que vous le sachiez...

Levant lentement la main, elle la posa sur sa joue masquée et ajouta :

— J'ai la plus grande admiration pour vous.

Une douce chaleur l'envahit, il lui fallut rassembler toute sa volonté pour ne pas tourner la tête et presser ses lèvres sur sa paume.

— Et la plus profonde affection, acheva-t-elle tout bas.

Il crut recevoir un seau d'eau glacé. De l'affection ? Et pas juste de l'affection, mais *la plus profonde* affection ? Sacrebleu, il ne tenait pas du tout à ce qu'elle voue la plus profonde affection à un autre homme – même si cet homme était *lui* !

Comme miss Barrow les rejoignait, il écarta sa stupide jalousie.

— Votre cocher est bien ligoté ? demanda-t-il à la jeune fille.

— Oui, monsieur.

— Vous voulez toujours que je vous aide à vous enfuir, miss Barrow ?

— Plus que jamais, monsieur.

— Alors, il nous faut partir. Rassemblez les affaires que vous désirez emporter. Et, continua-t-il en se tournant vers Samantha, détachez votre monture et le cheval que vous destiniez à miss Barrow.

Tandis qu'elle s'exécutait, il alla s'assurer que Champion n'était pas blessé, puis retourna auprès du cocher.

Grimaçant de douleur, il se pencha pour vérifier ses liens. Miss Barrow l'avait ligoté de belle façon.

La jeune fille émergeait de la voiture avec une petite valise.

— Attendez là, lui dit-il. Miss Barrow montera avec moi, ajouta-t-il à l'adresse de Samantha qui sortait des bois avec ses deux chevaux. Vous mènerez la deuxième monture, et je vous reconduirai chez vous.

— Non, protesta-t-elle, acceptant sa main pour grimper en selle. Vous devez partir.

— C'est ce que je vais faire. Dès que je vous saurai en sécurité chez vous. C'est à plus d'une heure d'ici, et je ne peux vous laisser faire ce chemin seule, à cette heure de la nuit. Inutile de discuter, ma jeune amie.

— Alors, prenez au moins ceci, dit-elle, manifestement contrariée, en lui mettant son réticule dans la main. Il contient de l'argent et le billet du *Lady Seafarer* pour miss Barrow.

Il ouvrit la bouche pour protester, mais elle insista.

— Je vous en prie, prenez-le. Je tiens absolument à l'aider.

Il dut fournir un énorme effort pour ne pas l'embrasser.

— J'ai moi aussi pris des dispositions pour miss Barrow, répliqua-t-il. Puisque vous le souhaitez, je lui donnerai l'argent, mais je détruirai le billet. Je ne veux pas la moindre preuve qui puisse conduire jusqu'à vous. Et en rentrant chez vous, détruisez tout ce qui pourrait vous compromettre. Compris ?

— Oui.

— Alors partons.

Après avoir aidé miss Barrow à se mettre en selle, il sauta derrière elle, tourna bride et entra dans la forêt.

Hubert remonta ses lunettes sur son nez et, de dépit, donna un coup de pied dans un tronc d'arbre. Ce qui avait commencé comme une grande aventure s'était achevé en fiasco. D'après les informations contenues dans la lettre de miss Barrow, il savait où aller, mais ignorait la façon de s'y rendre...

Comment s'était-il débrouillé pour perdre Sammie de vue ? Un instant, elle ne se trouvait qu'à quelques mètres devant lui, et l'instant d'après elle avait disparu. Comme évaporée.

Comment pourrait-il la protéger, s'il ne la trouvait pas ? Et comment tester son expérience et découvrir l'identité du Voleur de Fiancées ?

Il s'enfonça dans les bois dans la direction où il l'avait vue en dernier, s'arrêtant de temps en temps pour écouter. Au bout d'un quart d'heure, il entendit des voix dans le lointain et descendit de cheval. Il s'approcha en rampant, et son cœur bondit de soulagement quand il aperçut Sammie sur Sugarcane. Son soulagement se transforma en excitation lorsqu'il discerna celui qui lui parlait – un homme masqué, qui ne pouvait être que le célèbre Voleur de Fiancées.

Il était donc venu ! Son regard balaya les alentours. Une femme – sûrement miss Barrow – se tenait près de la voiture, une valise à la main. Un gigantesque cheval noir attendait sur le bord de la route. D'après les descriptions de Sammie, ce devait être la monture du Voleur. Sa joie se changea en consternation quand il comprit que le groupe s'apprêtait à partir. S'il voulait faire son expérience, il devait agir vite.

Sans lâcher des yeux le Voleur, il se dirigea vers le cheval noir. Le cœur battant, il ouvrit la bourse de cuir qu'il tenait à la main et en répandit le contenu sur la selle, les rênes et les étriers, puis il alla se cacher derrière un épais buisson.

Si seulement il avait disposé de plus de temps ! Il aurait vidé sa poudre dans la sacoche du Voleur de Fiancées et pratiqué un petit trou dans le cuir, de façon à laisser une traînée qu'il aurait pu suivre. Il regrettait que son plan initial n'ait pas marché, mais en répandant la poudre comme il venait de le faire, il vérifierait ses propriétés phosphorescentes. Peut-être le Voleur le conduirait-il à la chaumière où il avait emmené Sammie !

Quelques secondes plus tard, le Voleur aidait miss Barrow à se mettre en selle et sautait derrière elle, puis ils pénétrèrent dans les bois.

Hubert les suivit. Sa déception fut grande quand il s'aperçut, au bout d'un moment, qu'ils se dirigeaient vers Briggeham Manor. Zut ! Tout allait de travers ! Juste avant d'arriver à la clairière proche de chez lui, le groupe s'arrêta. Il s'approcha à pas de loup.

— C'est ici que nous nous séparons, miss Briggeham, annonça le Voleur de Fiancées avec un accent écossais. Je vous remercie une nouvelle fois pour votre aide et vous rappelle votre promesse.

— Je vous remercie moi aussi, miss Briggeham, dit miss Barrow.

— Que Dieu vous garde tous les deux, répondit Sammie.

Le Voleur tourna bride et s'élança à travers bois avec miss Barrow. Quelques secondes plus tard, l'obscurité les engloutissait.

Hubert vit sa sœur sourire, puis fermer les yeux et laisser échapper un long soupir. Elle se dirigea alors vers l'écurie.

Dès qu'elle fut hors de vue, il se rua vers la maison. Bien que son expérience ne se fût pas déroulée comme prévu, il avait du mal à contenir son excitation. Il avait vu le Voleur de Fiancées ! Entendu sa voix !

Réussirait-il à découvrir son identité ?

14

Article paru dans le *London Times* :

Le Voleur de Fiancées a encore frappé ! Le dernier enlèvement a été perpétré avant-hier dans la nuit. La victime est miss Anne Barrow, du Kent, fiancée à M. Lucien Fowler. Le cocher de miss Barrow, Nigel Grenway, a rapporté au juge qu'avant de tomber victime d'un mal inexplicable, une silhouette encapuchonnée est apparue derrière lui, laissant supposer que le brigand a un complice. L'enquête suit son cours, et le magistrat a juré de traîner en justice le ravisseur, ainsi que toute autre personne impliquée.

Par ailleurs, les Traqueurs du Voleur de Fiancées ayant invité tout père d'une fille en âge de se marier à rejoindre leurs rangs, le nombre de leurs membres – deux cents – augmente de jour en jour. Le dernier membre inscrit est le père de la victime, M. Walter Barrow. La récompense atteint à présent neuf mille livres.

L'estomac noué, Éric s'arrêta sur les mots : *laissant supposer que le brigand a un complice...* Jetant le journal sur son bureau, il se pinça le nez.

Un complice... Le cocher a-t-il vu, malgré l'obscurité, que la silhouette encapuchonnée était une femme ? A-t-il donné au magistrat une description de Samantha ?

Il se leva et arpenta son bureau. Si ce Grenway avait identifié Samantha...

Envahi par une peur qui dépassait tout ce qu'il avait pu éprouver pour sa propre sécurité, il serra les poings. Il devait protéger la jeune femme. Pour cela, il lui fallait savoir ce que Grenway avait raconté au juge. Une nouvelle conversation avec Adam Straton s'imposait.

À la suite de quoi, il déciderait s'il était nécessaire de fournir à Adam une nouvelle « information ».

En attendant, il devait mettre Samantha en garde, au cas où le magistrat se présenterait à elle. Fermant les yeux, il revit son visage sérieux, inquiet, penché sur lui dans les bois. Il était alors à sa merci, et elle aurait pu facilement le livrer. La récompense promise pour sa capture en aurait fait une femme riche. Elle aurait au moins pu satisfaire sa curiosité et soulever son masque…

Au lieu de quoi, elle avait risqué sa réputation, sa liberté, sa vie pour l'aider. Pour aider miss Barrow. Il était furieux contre elle. Il avait peur pour elle.

Et il était fier d'elle.

Mais elle avait fourré son nez dans une affaire qui ne la regardait pas. Quelle femme incroyable, se répétait-il.

Il poussa un soupir et passa les mains dans ses cheveux, évitant la zone douloureuse au-dessus de l'oreille. Oui, elle était incroyable. Mais si le magistrat découvrait qu'elle avait aidé le Voleur de Fiancées, elle serait inculpée…

S'approchant de son bureau, il sortit une feuille du tiroir supérieur et se disposa à écrire la lettre la plus importante de sa vie.

Debout dans le salon, Sammie était hypnotisée par son nom griffonné sur l'épais vélin ivoire. Elle savait que c'était une lettre du Voleur de Fiancées. L'écriture hardie. La façon dont elle était mystérieusement apparue sur le perron, comme déposée par un fantôme.

Le cœur battant, elle en brisa le sceau.

Ma chère miss Briggeham,

Je vous écris pour vous mettre en garde. Le cocher a informé le juge que le Voleur de Fiancées a peut-être un complice. Je ne sais pas s'il a pu vous décrire, mais vous devez vous préparer à une éventuelle visite du magistrat, soit pour l'autre soir, soit pour vous interroger une nouvelle fois sur notre première rencontre.

Pour votre sécurité, je vous rappelle votre promesse de ne plus chercher à m'aider. Je vous recommande également de détruire tout ce qui pourrait avoir un rapport avec l'autre soir (inutile de dire que vous devez brûler cette lettre, dès que vous l'aurez lue). Vous serez heureuse de savoir que notre amie est en route pour une vie de liberté. Je vous en supplie, prenez soin de vous.

Elle ferma les yeux et pressa la feuille contre son cœur.

Miss Barrow était saine et sauve. Et libre. Embarquée vers une nouvelle vie, pleine d'aventures. Si elle était heureuse pour la jeune femme, son bonheur était teinté d'une pointe de jalousie.

Le Voleur de Fiancées était manifestement en sécurité, mais pour combien de temps ? Elle le revoyait étendu sur le sol, impuissant, et fut prise de frissons. Il aurait pu être tué. Ou capturé. Grâce au Ciel, ce sauvetage avait été un succès, et elle murmura une prière de remerciement. Mais qu'en serait-il du prochain ? D'après le *Times*, la bande des Traqueurs du Voleur grossissait de jour en jour, en même temps que la récompense promise. Sa chance durerait-elle encore longtemps ? À la pensée de cet homme merveilleux se balançant au bout d'une corde, son estomac se retourna.

Au souvenir de ses solides épaules et de ses bras musclés, un soupir lui échappa. Pour la deuxième fois, il lui avait procuré une grande aventure, dont elle chérirait toujours le souvenir. Elle se rappela sa main gantée sur son visage et rougit. Il était tendre et attentionné. Héroïque. Bon et doux. Exactement comme…

Exactement comme lord Wesley.

Mais, à l'image du Voleur de Fiancées, lord Wesley était perdu pour elle – quoique pour des raisons différentes. Le Voleur ne voulait pas de son aide, et lord Wesley ne voulait tout simplement pas d'elle.

Elle se rappela leurs baisers passionnés, le contact de son corps contre le sien, ses mains sur ses seins… Manifestement il me désire, songea-t-elle, mais il refuse les risques que cela implique. Si seulement lord Wesley était aussi audacieux que le Voleur !

Bien sûr, lord Wesley lui avait offert son amitié, ce qui était plus que ne lui avait offert aucun autre homme. Toutefois, si elle acceptait et chérissait cette amitié, une part de son cœur en demandait plus. Ses baisers. Ses étreintes.

Pour l'instant, elle devait cesser de penser à lord Wesley et au Voleur de Fiancées, et brûler cette lettre compromettante. Le vélin se froissa contre son corselet et elle en éprouva de la tristesse. Comment détruire son seul souvenir de cet homme ? Par sécurité, elle devait le faire. Elle avait promis de ne jamais le revoir, promesse qui lui était pénible, mais à laquelle elle ne manquerait pas. Elle devait veiller à leur sécurité à tous deux.

Ouvrant les yeux, elle pivota vers la cheminée… et se figea.

Lord Wesley se tenait dans l'embrasure de la porte et la regardait avec une expression intense. Fourrant la lettre du Voleur derrière son dos, elle recula vers le bureau.

— Que faites-vous ici, milord ?

Il ferma la porte. Puis, le regard rivé sur elle, il s'avança lentement, tel un chat vers sa proie.

— Je voulais vous parler. Votre majordome m'a dit que vous étiez dans le salon, et j'ai proposé de m'annoncer moi-même.

Elle heurta le bureau et, se retournant vivement, fourra la lettre dans le tiroir qu'elle referma brusquement. Le claquement résonna dans la pièce.

Éric vint se planter devant elle. Il était resté au moins deux minutes dans l'embrasure de la porte à l'observer, avant qu'elle ne remarque sa présence. À la regarder serrer en soupirant la lettre du Voleur contre son cœur. Les yeux clos et les joues empourprées. Brûlant de désir. Pour un fantôme…

Il était venu la voir afin de s'assurer que son aventure n'avait pas eu de conséquences néfastes, et pour savoir si Adam Straton lui avait rendu visite. Mais quand il l'avait vue tenant cette maudite lettre, toute pensée l'avait déserté. Sauf celle qui scandait : Elle sera *mienne. Mienne. Mienne.*

Il posa les mains sur le bureau, de part et d'autre d'elle. Ainsi enfermée entre ses bras, elle se pencha en arrière, mais n'essaya pas de se sauver. Bien. Elle était coincée.

— Qu'avez-vous jeté si hâtivement dans ce tiroir, miss Briggeham ? s'enquit-il d'une voix doucereuse.

— Oh, une simple lettre.

— Une lettre importante, semble-t-il.

— C'est une lettre de… d'un ami.

— Ah bon ? *D'un* ami ?

— Pourquoi voulez-vous le savoir ?

Parce que je ne veux pas que vous pensiez à un autre homme, même si cet homme est moi – car vous ignorez que c'est moi…

— Vous rougissez, constata-t-il en lui caressant la joue. Je me demande si cette lettre en est la cause.

— Si je rougis, c'est uniquement parce qu'il fait chaud ici. Et parce que vous êtes… si près.

Baissant les yeux, il évalua les quelques centimètres qui les séparaient encore, puis son regard s'arrêta sur le renflement généreux de ses seins, que son modeste décolleté ne parvenait pas à cacher. Il inspira profondément et fut pénétré de sa suave odeur de miel.

— Et si je m'approchais encore plus ?

Elle passa la langue sur ses lèvres, ce qui ne fit que l'exciter davantage.

— J'imagine que j'aurais encore plus chaud…

Sans la quitter des yeux, il s'approcha. Son parfum l'enveloppa tout entier, et il lui fallut rassembler ce qui lui restait de maîtrise de soi pour ne pas la prendre dans ses bras et la dévorer de baisers. Baissant la tête, il lui effleura la mâchoire de ses lèvres.

— Vous avez plus chaud ? murmura-t-il à son oreille.

Il lui lécha le lobe, puis le mordilla, se délectant de ses gémissements de plaisir.

— Beaucoup plus, haleta-t-elle.

Se penchant en arrière pour la dévisager, il vit le désir dilater ses yeux, et sa bouche pulpeuse implorer un baiser.

Il la voulait avec une intensité qu'il n'avait jamais connue. Tout son corps brûlait de désir. Un désir qu'elle seule pouvait satisfaire. Toutes les raisons pour lesquelles il ne devait pas lui faire l'amour lui traversèrent l'esprit, mais il les écrasa comme de vils insectes. Il la protégerait. Il observerait la discrétion qui présidait à toutes les autres facettes de sa vie. Et elle serait à lui.

Lui soulevant le menton, il la regarda dans les yeux.

— Je vous veux plus que chaude, dit-il tout bas. Je vous veux brûlante. Fondante. Pour moi. Avec moi.

Elle s'empourpra davantage.

— Vous êtes consentante ? s'enquit-il.

— Je n'ai jamais refusé.

— Malheureusement, dit-il en mêlant ses doigts aux siens, ce n'est ni l'heure ni le lieu.

Il souhaitait avoir tout son temps pour emporter Samantha Briggeham dans la plus grande aventure de sa vie. Et lui faire oublier tout autre homme.

Portant sa main à ses lèvres, il baisa sa paume parfumée.

— Retrouvez-moi ce soir, dit-il. À minuit. Au lac.

Ils échangèrent un long regard, et il attendit sa réponse, le cœur battant.

— D'accord, murmura-t-elle. Comment proposez-vous de faire pour... *vous savez quoi* ? ajouta-t-elle plus bas encore.

— Je ne suis pas certain de savoir ce que vous entendez par *vous savez quoi*.

Elle parut prendre son élan :

— Quelle méthode emploierons-nous pour empêcher une grossesse ?

Il la dévisagea, interloqué. Jamais une femme ne lui avait fait une telle demande.

— J'ai recensé les différents moyens... précisa-t-elle.

— Recensé ? Et comment vous y êtes-vous prise ?

— J'en ai parlé avec mes sœurs.

— Vos *sœurs ?* répéta-t-il, horrifié.

C'en était fait de toute discrétion. Elle était déjà compromise !

Avant qu'il ne retrouve sa voix, elle poursuivit :

— Elles connaissent parfaitement le sujet, bien qu'elles ne m'aient pas dit où je pourrais me procurer une éponge de mer... Vous ne sauriez pas ? demanda-t-elle, pleine d'espoir.

Sacrebleu, pouvait-on imaginer conversation plus scabreuse ? Comme il continuait à la regarder avec des yeux ronds, elle expliqua d'un ton de conspirateur :

— Le genre d'éponge qui empêche le *vous savez quoi* d'aller *vous savez où*.

— Samantha, soupira-t-il en lui lâchant les mains, pourquoi avez-vous parlé d'un sujet aussi intime avec vos sœurs ?

— Je n'allais tout de même pas interroger ma mère. J'avais besoin d'informations... informations que vous ne vouliez pas me donner.

— Parce que vous n'en aviez pas besoin. Elles ont dû être choquées par votre question.

— Elles ont été quelque peu surprises, mais je leur ai assuré que c'était pour une recherche d'ordre purement scientifique.

— Une recherche scientifique ?

— Oui. Quand j'ai expliqué que je voulais faire une étude comparative des cycles reproducteurs de plusieurs espèces, dont les grenouilles, les serpents et les souris, comparées aux humains, elles ont accepté d'en discuter. Croyez-moi, elles n'iront pas soupçonner la vraie raison de mon enquête.

— Mais elles ont dû trouver vos questions… étranges !

— Elles sont habituées. Il n'y a rien à craindre de leur part. Vous pouvez donc abandonner cet air horrifié.

Contrarié d'avoir montré ses sentiments, il grimaça un sourire. Les sœurs de Samantha pouvaient-elles réellement gober cela ? Pouvaient-elles croire que leur aînée ne les interrogeait qu'à des fins scientifiques ? Venant de toute autre femme, une telle requête aurait fait rire. Mais de Samantha… oui, il devait admettre que cela n'avait rien d'anormal. Il se détendit quelque peu. Grenouilles, serpents, souris ? Oui, c'était plausible.

Mais une pensée lui vint à l'esprit, et il plissa les yeux. Bon sang, avait-elle songé à prendre pour amant un autre homme ? Le Voleur de Fiancées ?

— Puisque nous avions décidé de ne pas devenir amants, pourquoi désiriez-vous savoir cela ?

— En fait, milord, répliqua-t-elle en le regardant dans les yeux, c'est vous qui avez décidé que nous ne deviendrions pas amants. J'espérais que vous changeriez d'avis, et dans ce cas je souhaitais être prête.

C'était donc pour lui, et non pour un autre qu'elle avait cherché à se renseigner. Elle espérait qu'il changerait d'avis… et il avait bel et bien changé d'avis. Soulagé, il mêla de nouveau ses doigts aux siens.

— Dans ce cas, reprit-il, je suis content que vous sachiez quoi faire.

— En fait, je ne sais pas vraiment. Quelle méthode proposez-vous ?

— Je me retirerai avant de répandre ma semence, dit-il en s'approchant.

Il se vit enfoui en elle, ses jambes autour de lui, leurs corps nus et enlacés… Ému au plus haut point par cette vision, il ne put retenir un gémissement. S'il ne la quittait pas tout de suite, il risquait de l'embrasser à nouveau… et de ne plus pouvoir s'arrêter.

— Je vous donne ma parole de vous protéger, Samantha, déclara-t-il en lui étreignant les doigts avant de la relâcher. Minuit, donc.

Elle hocha la tête en signe d'acquiescement, et il se dirigea vers la porte.

Douze heures à attendre, et elle serait à lui. Sa conscience essaya de se faire entendre, mais il la fit taire impitoyablement. Il la désirait. Elle le désirait. Ils seraient l'un à l'autre.

Refermant la porte derrière lui, il se dirigea à grands pas vers le vestibule, où il croisa Hubert.

— Bonjour, milord, fit le garçon avec un large sourire.

— Bonjour, Hubert. Vous vous rendez dans votre laboratoire ?

— Oui. Je termine une nouvelle invention. Une machine à découper pour la cuisine. Vous voulez la voir ?

— Ça m'intéresse beaucoup, mais malheureusement, j'ai un rendez-vous. Puis-je venir demain ?

— Bien sûr, milord, répondit Hubert, le visage rouge de plaisir.

— Parfait. Deux heures vous iraient ?

— Je vous attendrai dans le laboratoire. Peut-être aimeriez-vous également voir… commença le garçon en baissant timidement la tête.

Son regard se posa sur les bottes d'Éric, et il s'interrompit au milieu de sa phrase. Les sourcils froncés, il remonta ses lunettes sur son nez et, après avoir cligné plusieurs fois des yeux, releva la tête et dévisagea Éric, l'air profondément troublé.

— Quelque chose ne va pas ?

— Je... Non.

Hubert secoua si énergiquement la tête que ses lunettes lui glissèrent sur le bout du nez. Il fixa de nouveau les pieds d'Éric, comme s'il n'avait jamais vu de bottes.

Celui-ci suivit son regard, mais ne remarqua rien d'anormal, sinon que ses bottes étaient poussiéreuses.

— On dirait que mon valet les a cirées dans l'obscurité, plaisanta-t-il.

Ouvrant la porte, il sortit dans le chaud soleil de l'après-midi, suivi d'Hubert. Empereur était attaché à un arbre, et Éric l'enfourcha. Comme il enfilait ses gants, Hubert s'approcha du cheval, son regard allant de la selle aux rênes, puis aux étriers. Il était pâle et semblait préoccupé.

— Vous êtes sûr que vous allez bien, Hubert ? s'inquiéta Éric. On dirait que vous avez vu un fantôme.

Le garçon releva lentement les yeux et déglutit.

— Je vais très bien, milord. Je suis seulement... intrigué.

— Et je peux vous aider ?

— Je ne crois pas.

— Mais vous êtes certain que vous n'êtes pas malade ?

— Tout à fait, milord.

— Si je peux vous aider, faites-le-moi savoir. Toutefois, intelligent comme vous êtes, je suis persuadé que vous résoudrez votre énigme. À demain.

Sur ces mots, il tourna bride et partit au trot.

Hubert le regarda s'éloigner, en proie à un tourbillon de questions troublantes. Mais une question dominait toutes les autres.

Pourquoi les bottes, la selle, les étriers et les rênes de lord Wesley portaient-ils des traces de la poudre phosphorescente, dont il avait saupoudré ceux du Voleur de Fiancées ?

Il chercha une explication plausible. Or son esprit logique lui criait qu'il n'y en avait qu'une.

Lord Wesley *était* le Voleur de Fiancées.

Tandis que cette idée s'imposait à son esprit, une part de lui-même cherchait à la nier. Comment était-ce possible ? Lord Wesley était un gentilhomme ! Pas un sauveteur de demoiselles en détresse. Il était riche et titré. Quelle raison aurait-il de se lancer dans une entreprise aussi dangereuse ?

Profondément troublé, il se dirigea vers le laboratoire. Puis il se figea. Sammie était-elle au courant ? Savait-elle que l'homme à qui elle avait donné son amitié était le ravisseur le plus célèbre d'Angleterre ?

Non. Impossible. Elle se serait confiée à son frère. Et puis, elle n'avait pas su comment joindre le Voleur de Fiancées, après avoir reçu la lettre de miss Barrow... Il lui en toucherait un mot. Peut-être pourrait-elle lui expliquer comment la poudre avait atterri sur les affaires de lord Wesley ?

Tournant les talons, il se dirigea vers la maison et trouva sa sœur dans le salon. Elle lui fit signe de fermer la porte derrière lui. Lorsqu'il se fut exécuté, elle lui saisit la main et le tira vers le canapé.

— J'ai reçu un mot du Voleur de Fiancées, chuchota-t-elle, une fois qu'ils furent assis. Le sauvetage de miss Barrow a réussi. Je t'aurais fait lire son message, mais je viens de le brûler.

— Sage décision. Je suis content que tout se soit bien passé.

Il essuya ses mains moites et s'éclaircit la voix :

— Euh... Sammie, t'es-tu déjà demandé qui est le Voleur de Fiancées ?

— Je dois admettre que je me suis souvent demandé à quoi il ressemblait, mais ce n'est pas important. C'est son œuvre, sa mission qui importe. Je sais, ajouta-t-elle en lui étreignant la main, que tu hais le mystère, mais tu dois chasser cette question de ton esprit. Si on découvrait son identité, ce serait un homme mort.

— J'ai vu lord Wesley sortir de la maison, tout à l'heure, annonça Hubert, l'estomac en déroute.

— Vraiment ? fit Sammie en tripotant la dentelle de sa robe.

— Oui. Tu l'apprécies ? s'enquit-il en l'observant.

— Bien sûr, répondit-elle, rougissant de plus belle. C'est un homme bien.

— Non, je voulais dire, est-ce que tu as… des sentiments pour lui ? Je suis désolé de te poser une question aussi personnelle. Mais c'est que, enfin, je… je ne veux que ton bonheur.

— Je suis très heureuse, Hubert, assura-t-elle en posant la main sur la joue de son frère. Mon travail dans le laboratoire me comble, et j'ai beaucoup de plaisir à t'assister. Cela me rend heureuse.

— Et lord Wesley… est-ce qu'il te rend heureuse ?

— Oui, admit-elle avec cet air rêveur qu'il était plus habitué à voir chez ses autres sœurs. Notre amitié m'apporte beaucoup.

Hubert pinça les lèvres. Il ne fallait pas être grand clerc pour conclure. Et d'après ce qu'il avait vu, lord Wesley avait de l'affection pour Sammie. Mais comment lui parler de la poudre ? Et s'il se trompait ? Ou pire… s'il avait raison ?

Peut-être lord Wesley avait-il l'intention de le dire lui-même à sa sœur. Ou peut-être comptait-il abandonner ses activités de Voleur de Fiancées. Ou peut-être n'y avait-il rien à dire et rien à abandonner… S'il faisait part à Sammie de ses soupçons, il risquait de compromettre leurs chances de bonheur.

Mais si lord Wesley était *réellement* le Voleur de Fiancées ?

— Sammie, que ferais-tu si tu découvrais que la

personne qui t'intéresse ne dit pas... toute la vérité? demanda-t-il d'un ton qu'il espérait désinvolte.

— Comment cela? Il y a une jeune fille qui t'intéresse?

Hubert faillit en avaler sa langue. Avant qu'il ne retrouve sa voix pour répondre, elle lui prit les mains.

— Tu veux m'en parler? insista-t-elle.

Il secoua la tête.

— Je comprends. Mais rappelle-toi, Hubert, l'honnêteté est cruciale. Je sais que tu ne mentirais jamais à une jeune fille, et j'espère qu'elle agirait de même avec toi. Les mensonges détruisent la confiance, et sans confiance il n'y a rien. Je ne pourrais jamais envisager de construire quelque chose avec quelqu'un qui m'a trompée.

Le garçon était de plus en plus mal à l'aise. Non, il ne pouvait parler à Sammie de la poudre. En tout cas, pas sans avoir vérifié ses soupçons. Et il n'y avait qu'un moyen de le faire.

S'en ouvrir à lord Wesley.

15

Sammie arriva au lac vers dix heures et demie, ce soir-là. Elle n'avait pas prévu d'arriver si tôt, mais il lui avait été impossible de rester plus longtemps chez elle. L'air frais du soir l'attirait, de même que les bruits nocturnes et les odeurs de la forêt.

Il la rejoindrait dans moins de deux heures. Celui qui serait son amant. Et elle s'embarquerait dans l'aventure la plus passionnante de sa vie. Avec un homme qu'elle aimait profondément.

Elle ferma les yeux, et son cœur se mit à battre à un rythme affolant. Comment serait-ce ?

Merveilleux. Comme tout ce que tu as déjà partagé avec lui. Encore plus merveilleux...

Elle se rappela ses caresses, ses baisers, la façon dont il la regardait. Un long soupir lui échappa. Il lui avait déjà fait éprouver des choses dont elle ignorait jusqu'à l'existence, et ce faisant avait éveillé son désir. Elle espérait seulement que son inexpérience ne gâterait pas leurs étreintes.

Elle gagna son coin favori, une petite crique protégée par un affleurement rocheux et d'épais buissons. Elle s'assit sur le rocher plat et laissa sa main traîner à la surface du lac. La fraîcheur de l'eau était comme un baume sur sa peau brûlante.

Elle retira ses chaussures et abaissa ses bas. Rien ne la calmait comme une baignade. Elle avait tout le temps de se sécher et de se rhabiller avant l'arrivée de lord Wesley.

Ôtant sa robe, elle la plia soigneusement sur le rocher, enleva ses lunettes et les glissa dans l'une de ses chaussures. Vêtue de sa seule chemise, elle s'enfonça dans l'eau jusqu'à la taille. Respirant l'odeur de terre mouillée, elle poussa un soupir de satisfaction. Puis elle ferma les yeux et tourna lentement sur elle-même, laissant la paix du soir détendre ses muscles et apaiser ses nerfs.

Une brindille craqua. Elle rouvrit les yeux et grimaça. Une tache indistincte se tenait sur le rivage. Son cœur bondit, et avant qu'elle pût prononcer un mot, sa voix douce et profonde lui parvint :

— Il semble que nous soyons tous les deux en avance...

En l'apercevant dans la crique protégée sous le clair de lune, vêtue de sa seule chemise, de l'eau jusqu'à la taille, Éric fut comme paralysé. Incapable de rester dans sa maison vide à penser à elle, à la désirer, il était venu tôt. Il espérait bien qu'elle arriverait en avance, mais n'en espérait pas tant. C'était comme si les dieux avaient exaucé ses caprices les plus fous.

Sans la quitter des yeux, il retira son veston, qu'il laissa tomber par terre, dénoua et enleva sa cravate, puis entra sans hésitation dans le lac, s'arrêtant devant elle. Elle le regarda avec une expression ahurie.

Prenant ses mains, il mêla ses doigts aux siens, baissa la tête jusqu'à ce que leurs fronts se touchent.

— Je pense que je ne suis plus flou.

Elle secoua la tête, et leurs nez se heurtèrent.

— Non, mais vous avez abîmé vos vêtements. Vos bottes.

— J'en ai d'autres.

Il s'écarta pour la contempler. Un simple ruban retenait ses cheveux. Ses yeux semblaient énormes, ses lèvres tremblaient, et il fut pris d'un besoin irrépressible de la toucher, de l'embrasser.

— On m'a raconté que vous nagiez dans ce lac, chuchota-t-il.

— On ne se prive pas de souligner la bizarrerie de mon comportement, dit-elle, manifestement gênée. Je suis sûre que vous avez été scandalisé.

— Non : fasciné, corrigea-t-il, promenant le regard sur ses seins, visibles sous le fin tissu de la chemise. Vous ne pouvez savoir combien de fois je vous ai imaginée ainsi. Mouillée. Prête. Pour moi.

— C'est vrai ?

— Oui.

D'un doigt, il lui effleura la joue, la mâchoire, le cou, en observant le jeu d'émotions qui passaient dans ses yeux. Il n'avait pas besoin de lui demander si elle souhaitait aller jusqu'au bout de leur plan.

Poursuivant sa route paresseuse, il caressa sa clavicule, le renflement de ses seins. Il prit ensuite de l'eau dans le creux de ses mains et la laissa couler sur son épaule. Un mince filet serpenta le long de sa poitrine. Il recommença, laissant les rubans d'eau dégouliner sur sa peau.

— Où que l'eau vous touche, murmura-t-il, votre peau brille comme de l'argent.

— Loi de Newton, haleta-t-elle. Pour chaque action, il y a une réaction égale et opposée.

— Ah bon ? Et quand je vous touche comme ça… fit-il en cueillant ses seins dans ses paumes. Quelle est votre réaction ?

— Je… frissonne.

— Et si je fais ça…

Il taquina ses mamelons à travers la chemise trempée.

— Oooh… gémit-elle en rejetant la tête en arrière. Je tremble. De partout.

— Et ça ?

Il abaissa les fines bretelles de la chemise, exposant ses seins ronds aux rayons de lune.

— Je… j'en oublie de respirer.

Taraudé par le désir, il abaissa la tête et se mit à en contourner alternativement les pointes avec sa langue. S'agrippant à lui comme à une bouée de sauvetage, elle se contorsionna. Un bras autour de ses hanches, l'autre sous sa tête, il la bascula en arrière et prit un mamelon dans sa bouche, se délectant de sa peau satinée parfumée au miel, de ses gémissements qui exacerbaient son désir. Glissant la main sur ses fesses, il l'attira à lui, sa douceur féminine pressée contre sa dureté.

Emporté par la sensualité, il perdit toute notion de temps et de lieu. *Mienne, mienne, mienne*, se répétait-il en abaissant sa chemise avec les dents. Il lui couvrit le cou de baisers, remonta jusqu'à sa bouche.

Aucune femme n'était aussi exquise. Si douce. Si chaude et soyeuse. Si délicieuse qu'il aurait pu l'embrasser pendant des jours, sans satisfaire la soif qu'il avait d'elle. Tout en lui caressant le dos, il explorait les secrets de sa bouche satinée.

Il devait aller lentement, savourer ses gémissements, mais elle lui faisait oublier toute délicatesse. Il n'avait pas prévu de lui faire l'amour, pour la première fois, debout dans un lac, mais il était incapable de mettre un frein à son désir.

Il avait besoin de sentir ses mains sur lui.

— Touche-moi, Samantha, dit-il, interrompant leur baiser. N'aie pas peur.

— Je ne sais pas quoi faire. Je ne veux pas vous déplaire…

Il rit.

— Ça ne risque pas.

D'une main, il dénoua sa propre chemise et fit glisser la paume de la jeune femme sur sa poitrine.

— Recommence, ordonna-t-il dans un grognement.

Comme elle le caressait, ses muscles se contractèrent sous ses doigts.

— Vous aimez ? s'enquit-elle.

— Oh oui.

Prenant de l'assurance, elle lui caressa la poitrine avec l'autre main.

— Cela vous provoque quelle réaction ? demanda-t-elle.

— Mon cœur bat.

— Et ça ? fit-elle en lui caressant les mamelons.

— Ça m'excite.

Il prit l'une de ses mains, la fit glisser sur son ventre, sous l'eau, puis la pressa contre son membre dressé.

— Tu vois, tu m'excites. Indéniablement. Inexorablement. De manière insupportable. Que de mots en « i » pour décrire l'effet que tu me fais !

Elle referma les doigts autour de lui, et il serra les dents pour ne pas crier. Tandis qu'elle le caressait, les yeux dans les siens, il la regardait assimiler cette sensation nouvelle.

Sans lâcher son regard, il défit son pantalon, libérant son érection. Elle referma aussitôt la main sur lui, et il retint son souffle. L'eau froide ne calma en rien son ardeur. Chacune de ses caresses menaçait de le tuer de plaisir. Lorsqu'elle l'étreignit plus fort, il lui saisit le poignet.

— Je vous ai fait mal ? s'inquiéta-t-elle.

— Non, mais quand tu fais ça…

— Comment réagissez-vous ? demanda-t-elle d'une voix brumeuse.

— J'en oublie d'aller lentement. J'en oublie ton innocence.

— Je ne me sens pas innocente, chuchota-t-elle. Je me sens… décadente. Et perverse. Je veux vous toucher encore…

Elle le parcourut de sa main, l'enflammant jusqu'à lui faire perdre toute maîtrise. Il avait les mains tremblantes, les genoux en coton. Rien n'existait plus qu'elle. Le contact de ses mains, le satiné de sa peau. Le besoin d'être en elle. Tout de suite.

Plongeant une main dans l'eau, il lui remonta sa chemise.

— Tiens-moi par les épaules et entoure mes hanches de tes jambes, dit-il d'une voix méconnaissable.

Elle obéit et s'ouvrit à lui. Glissant la main sous sa chemise, il la caressa, et elle ferma les yeux.

— Regarde-moi, gronda-t-il.

Elle leva vers lui un regard langoureux qui l'emplit de satisfaction.

— Dis mon nom.

— Lord Wesley.

— Non. Mon prénom. Éric, insista-t-il en ouvrant les plis de son intimité. Dis-le.

— Éric…

Elle était si chaude. Si prête qu'il ne pouvait attendre plus longtemps.

Lorsqu'il retira le doigt, elle protesta, mais il la saisit par les hanches et entra dans sa douceur veloutée. Arrêté par son hymen, il prit soudain conscience de ce qu'il s'apprêtait à faire et se figea. Il était sur le point de prendre son innocence, de la compromettre irrévocablement. Mais, à moins qu'elle ne le supplie d'arrêter, il ne pouvait plus reculer.

— Nous n'avons pas… fini, si ? s'enquit-elle d'un ton si consterné qu'il en aurait ri, s'il en avait été capable.

— Non, chérie. Nous n'avons pas fini. Mais quand je percerai ton hymen, cela te fera probablement mal.

— Ça ne peut faire plus mal que l'idée de ne pas partager cela avec toi, répliqua-t-elle en lui caressant le visage de ses doigts mouillés. Continue. Je veux tout savoir… tout ressentir.

Espérant l'épargner, il lui étreignit les hanches et plongea d'un coup en elle. Elle poussa un cri.

— Oh, je suis désolé, dit-il. Ça va ?

— Ça va… très bien.

Son soulagement se changea en supplice. Sa douceur féminine l'enveloppait comme un gant de soie, et il se demanda s'il pourrait se retirer à temps. Serrant les dents, il s'immobilisa pour lui permettre de s'habituer à sa présence. Il pouvait lire sur son visage les émotions qui la traversaient... Surprise, émerveillement, plaisir, désir.

— En fait, je suis... commença-t-elle. Oooh !

Il s'enfonça en elle avec une affolante lenteur, se retira, puis recommença, accélérant le mouvement. Il craignit, un moment, de l'effrayer par la violence de sa passion, mais elle se mouvait avec lui, son souffle saccadé.

— Éric, gémit-elle.

Les jambes cramponnées autour de ses hanches, elle agrippa son cou, pressant ses seins contre son torse. Il la serrait si fort qu'il ne savait plus où était la limite de leurs peaux. Emportés dans un tourbillon de plaisir, leurs corps tremblaient à l'unisson.

À l'instant où elle s'effondra contre lui, il se retira, incapable de se retenir davantage, et enfouit le visage dans son cou parfumé.

Il n'aurait su dire combien de minutes s'écoulèrent, avant qu'il ne retrouvât son souffle. Lorsqu'il put enfin relever la tête, elle s'écarta et leurs regards se nouèrent.

— Seigneur, chuchota-t-elle. C'était...

— Incroyable.

— Indescriptible.

— Irrésistible.

— Que de mots en « i » pour décrire ce que tu m'as fait, plaisanta-t-elle en passant un doigt sur ses lèvres.

Il lui baisa le doigt, puis l'aspira dans sa bouche.

— Que de mots en « i » pour te décrire, *toi,* Samantha.

— Je ne savais pas qu'on pouvait faire... *ça* dans l'eau, murmura-t-elle en baissant pudiquement les yeux.

— Moi non plus.

— Tu veux dire que tu n'as jamais... ?

— Dans un lac ? Non. C'est une première pour moi.

Elle eut un sourire de pur bonheur.

— Je suis contente que ce soit, pour toi aussi, une aventure. Je craignais que mon manque d'expérience ne t'ennuie.

Comment pouvait-elle ignorer combien elle était séduisante ? se demanda-t-il, le cœur gonflé de tendresse.

— Je t'assure, dit-il en écartant de son visage une mèche mouillée, que je n'ai jamais éprouvé de l'ennui avec toi. Et ton manque d'expérience ne se fait pas sentir. Pas le moins du monde.

— J'ai remarqué que tu t'es retiré avant de…

— Je te l'avais promis.

Et l'effort a failli me tuer, ajouta-t-il en pensée.

— Je ne savais pas que la semence d'un homme était si… chaude.

Chaude ? Brûlante serait plus proche de la vérité. Il se sentait capable de réchauffer tout ce fichu lac ! Au souvenir de sa chair enfouie en elle, il fut transpercé de désir.

— Nous ferions mieux de sortir du lac.

Avant que je ne te fasse à nouveau l'amour…

— Je n'avais pas prévu de faire cela pour la première fois dans l'eau, précisa-t-il.

— Ah bon ? Qu'avais-tu prévu ?

— De t'emmener dans une petite chaumière qui se trouve sur ma propriété. Voudrais-tu m'y accompagner, maintenant ?

Elle ne prononça qu'un mot, mais c'était le seul qu'il souhaitât entendre :

— Oui.

16

Article paru dans le *London Times* :

La bande des Traqueurs du Voleur de Fiancées compte à présent cinq cents membres, et la récompense s'élève à dix mille livres. Il n'y a plus un endroit en Angleterre où le Voleur puisse se cacher. Ses jours sont comptés !

Le lendemain matin, avant de rejoindre ses parents et Hubert dans la salle à manger, Sammie se regarda dans la psyché de sa chambre.

Comment se pouvait-il qu'elle n'ait pas changé, alors que tout était complètement, irrévocablement différent ? Comment se pouvait-il que toutes les choses extraordinaires qu'elle ressentait intérieurement, n'apparaissaient pas à l'extérieur, à part peut-être la couleur de ses joues ?

Fermant les yeux, elle s'abandonna aux souvenirs de la veille. Jamais, dans ses rêves les plus fous, elle n'aurait pu imaginer les ébats qui avaient eu lieu, au lac d'abord, puis dans la chaumière. Être nue devant un homme qui l'explorait de ses mains et ses lèvres, avait éveillé en elle une passion dont elle se serait crue incapable.

Et la pure beauté de ce corps d'homme, nu devant l'âtre, le feu faisant ressortir le jeu fascinant de ses muscles… Caresses et chuchotements tandis qu'il lui apprenait comment le satisfaire et découvrait ce qui lui procurait du plaisir... Longs baisers qui l'atteignaient jusqu'à l'âme...

C'était vraiment l'aventure de sa vie... et davantage encore.

Ouvrant les yeux, elle contempla la femme sans beauté qui se reflétait dans le miroir. Que voyait-il en elle ? La nuit dernière, il l'avait vénérée comme une reine ; impossible pourtant de nier qu'un tel homme pouvait avoir toutes les femmes qu'il voulait. Pour l'instant, aussi incroyable que cela paraisse, c'était elle qu'il désirait.

Mais pour combien de temps ?

N'y songe pas, lui disait son cœur. Mais son esprit refusait d'écouter. Elle serait folle de penser pouvoir le retenir. Combien de temps s'écoulerait avant qu'il ne se fatigue d'elle ? Une semaine ? Un mois ? À l'idée d'en être séparée, de ne jamais le revoir ou, pire, de le revoir en faisant comme si rien ne s'était passé entre eux, elle reçut comme un coup de couteau.

Elle fut submergée par une vague de jalousie à la pensée qu'il pût caresser une autre femme... ou qu'une autre le touche. L'excite. Lui donne du plaisir. Elle refoula les larmes qui menaçaient de couler.

Imbécile, se gronda-t-elle, ce ne devait être qu'une aventure. Et regarde ce que tu as fait : tu es tombée amoureuse !

Pourquoi ne s'était-elle pas gardée d'un tel désastre ? Pourquoi ne s'y était-elle pas au moins préparée ? Pourquoi ne lui était-il pas venu à l'esprit qu'elle pourrait perdre son cœur ? Non seulement il possédait toutes les qualités qu'elle admirait chez un être, mais il suscitait en elle des rêves romantiques qu'elle aurait dû chasser comme ridicules et illogiques, mais qui l'emplissaient... d'amour. Un sanglot étranglé lui échappa.

Elle se dirigea en titubant vers son secrétaire et se laissa tomber sur la chaise. Elle l'aimait. Désespérément.

Une fois leur liaison terminée, il passerait à une autre femme, et elle ne garderait plus que des souvenirs. Elle ne pouvait en effet envisager de prendre un autre amant, car son cœur appartenait désormais à Éric…

Elle se leva et arpenta la chambre. Plus longtemps durerait leur liaison, plus grand serait son chagrin, d'autant que son amour pour lui ne pouvait qu'augmenter.

Elle serait en outre incapable de cacher ses sentiments, car elle n'était pas une bonne actrice. Elle se prit le visage dans les mains. S'il savait, comme ce serait humiliant… Et s'il la prenait en pitié… Mais que pourrait-il faire d'autre ? Il n'y avait aucune chance qu'il réponde à son amour. Il la traiterait avec gentillesse, lui témoignerait de l'affection, mais jamais il ne tomberait amoureux d'elle. Jamais il ne l'épouserait. Ses propos lui revinrent à l'esprit : *Je n'ai aucune intention de me marier*.

Elle n'avait pas non plus l'intention de se marier, décision qui jusqu'à aujourd'hui avait été facile : pourquoi souhaiterait-elle passer sa vie avec quelqu'un qui ne respecterait pas ses recherches scientifiques ? Avec sa pommade au miel, elle espérait apporter, un jour, sa contribution à la médecine. Éric, lui, était respectueux de son travail. Avec lui, elle n'aurait pas à abandonner ses rêves…

Mais il avait clairement exprimé son aversion pour le mariage. Pourquoi était-il si catégorique ? Peu importaient ses raisons. Il ne voulait pas se marier, un point c'est tout. Et même s'il changeait un jour d'avis, il choisirait une femme de la noblesse, jeune et ravissante.

Le bon sens lui conseillait de mettre un terme à leur liaison. Immédiatement. Mais son cœur se rebellait, l'invitant à prendre ce qui se présentait, en jouir le temps que cela durerait. Elle aurait ensuite toute la vie pour soigner ses blessures.

Peut-être. Mais ce cœur guérirait-il jamais ?

Non, décidément, il fallait en finir…

Cependant, elle ne pouvait supporter l'idée de ne pas le revoir, au moins une fois. Elle devait le tenir, le toucher. Une fois seulement. Pour emmagasiner les souvenirs en vue des nuits solitaires qui l'attendaient. Ils avaient convenu de se retrouver devant la grille du jardin, à onze heures cette nuit, et de rejoindre la chaumière. Ils s'aimeraient une dernière fois… puis elle espérait avoir la force de le quitter.

Debout devant la fenêtre de son bureau, Éric buvait son café du matin. Son regard s'arrêta sur la pendule de la cheminée et il grimaça un sourire. Il s'était écoulé trois minutes depuis la dernière fois qu'il avait regardé l'heure.

Encore quatorze heures avant de la revoir. Non, quatorze heures et trente-sept minutes… Comment allait-il occuper ce temps ? Il jeta un coup d'œil sur son bureau. Un courrier abondant l'attendait, de même que les comptes de son domaine du Norfolk.

Il poussa un soupir. Quelque effort ferait-il pour se plonger dans son travail, rien ne pourrait chasser les souvenirs de la nuit dernière. Elle sous lui. Sur lui. Prononçant son nom. Découvrant tous les secrets de son corps. Explorant le sien. L'intensité de leurs étreintes tempérées par leurs rires…

Aucune de ses précédentes rencontres amoureuses ne l'avait préparé à ce qu'il avait connu avec Samantha. Jamais il n'avait éprouvé un tel sentiment protecteur, une si poignante tendresse, un tel désir de tout savoir sur elle… sur son esprit aussi bien que sur son corps.

Il vida sa tasse et la posa sur le bureau, puis il se pressa les tempes pour essayer de se calmer. Comment cette jeune fille, ignorant les arcanes de l'amour, avait-elle réussi à l'exciter et à l'enchanter comme aucune femme expérimentée n'était parvenue à le faire ? Pourquoi la nuit dernière avait-elle été si différente des nuits passées dans les bras d'une maîtresse – délicieuses sur le moment, mais vite oubliées ?

Comment s'était-il laissé piéger à ce point ?

Parce que tu n'es qu'un sale égoïste et que tu n'as pas pu t'empêcher de la séduire... Il devait le reconnaître, à sa grande honte. Et il n'y avait qu'un moyen de réparer les dégâts de son égoïsme.

Mettre un point final à cette liaison.

Ces douces et tendres émotions qu'elle faisait naître en lui le perturbaient. L'effrayaient. Il ne pouvait pas lui offrir l'avenir qu'elle méritait. Et une liaison prolongée risquait de la mettre en danger.

Tôt ou tard, leur histoire devrait se terminer. Pour l'un comme pour l'autre, le plus tôt serait le mieux.

Mais pas tout de suite, par pitié...

Il devait la revoir. Une dernière fois. Pour graver dans sa mémoire son regard, chaque centimètre carré de son corps, chacune de ses caresses. Car il savait, au fond de lui-même, qu'il ne rencontrerait jamais une autre femme comme Samantha Briggeham.

Ses pensées furent interrompues par un coup frappé à la porte.

— Entrez.

Eversley apparut. Son visage généralement impassible trahissait une vive agitation.

— Vous avez une visite, monsieur le comte.

Son cœur bondit. Samantha ?

— Qui est-ce ? demanda-t-il.

— Lady Darvin, monsieur le comte.

Margaret entra derrière Eversley. Ses cheveux bruns parfaitement coiffés encadraient un visage qui, malgré des signes de fatigue, était encore ravissant. Des larmes brillaient dans ses yeux noirs – les mêmes que les siens. Il scruta son regard, soulagé de n'y déceler aucune trace de souffrance, bien qu'elle manquât d'assurance.

— Bonjour, Éric. Merci pour... commença-t-elle, la lèvre tremblante.

En trois enjambées, il la rejoignit et la serra si fort dans ses bras qu'elle en avala la fin de sa phrase. Le visage contre la chemise de son frère, elle sanglota tout son soûl, et il la tint ainsi un long moment.

Elle était petite et fragile dans ses bras, mais sa délicate apparence, il le savait, dissimulait une force intérieure. Il fit signe à Eversley, qui se retira aussitôt. Dès que la porte se fut refermée derrière le majordome, Éric posa la joue sur les cheveux soyeux de Margaret.

Un sourire lui effleura les lèvres. Elle sentait la rose... Elle avait toujours senti la rose, même petite fille. Quand, à dix ans, elle était rentrée à la maison, sale et dépenaillée, après avoir échappé à la surveillance de sa gouvernante pour jouer dans la boue, elle sentait encore la rose...

Au bout de quelques minutes, ses tremblements se calmèrent. Levant la tête, elle regarda son frère à travers ses cils mouillés. Le vide de ses yeux lui fendit le cœur. C'était un regard qu'il se jurait d'effacer à jamais.

— Ça va ? murmura-t-il.

— Je suis désolée. C'est que... je suis si contente de te voir. Et d'être ici.

— Tu ne peux imaginer comme il est bon de te savoir ici. Tu es chez toi, Margaret. Tu peux y demeurer aussi longtemps que tu voudras. Sans toi, je me sentais bien seul, ajouta-t-il avec un sourire.

Comme elle ne lui rendait pas son sourire, il maudit intérieurement leur père et l'homme qu'il lui avait fait épouser, de lui avoir volé son rire et sa joie.

— C'est ta maison, Éric, répliqua-t-elle. Je te suis reconnaissante de ta générosité.

— Il n'y a aucune générosité à recevoir ma sœur préférée.

— Je suis ton unique sœur, protesta-t-elle avec, crut-il détecter, une minuscule lueur d'amusement.

— En aurais-je une douzaine que tu resterais ma préférée.

Au lieu du rire qu'il espérait, elle s'écarta et s'approcha de la fenêtre.

— J'avais oublié combien c'est beau... dit-elle en admirant le jardin.

Il serra les poings. Son ton lui brisait le cœur.

— Et si nous allions faire un tour dehors, proposa-t-il d'une voix enjouée. Je te mettrai au courant de toutes les nouvelles locales. Et puis, cet après-midi, tu pourrais m'accompagner chez des voisins.

— Chez qui ?

— Les Briggeham. Tu t'en souviens ?

Elle réfléchit quelques secondes, puis hocha la tête.

— Oui. Il y a plusieurs filles et un jeune garçon, si je me rappelle bien...

— Quatre filles, toutes mariées sauf l'aînée. En fait, c'est le fils, Hubert, à qui je vais rendre visite. Il est incroyablement intelligent. Il a installé dans l'ancienne grange un laboratoire. J'ai promis d'aller voir une expérience sur laquelle il travaille... Viens avec moi, insista-t-il en la rejoignant à la fenêtre. Tu seras contente de faire la connaissance d'Hubert, et de sa sœur et de ses parents, s'ils sont là. Tu aimerais miss Briggeham. Vous avez le même âge et...

— Merci, Éric, mais je ne me vois pas répondre à des questions sur...

Elle n'acheva pas et baissa les yeux.

Éric lui souleva le menton, l'obligeant à le regarder dans les yeux.

— Je n'ai pas l'intention de te faire souffrir, Margaret. Samantha... je veux dire, miss Briggeham n'est pas du genre à potiner. Elle est gentille, et comme toi, elle est en manque d'amie.

Comprenant soudain ce qu'il venait de faire, il se figea. Il avait proposé de présenter sa sœur à sa maîtresse. Suggéré qu'elles puissent devenir amies...

Sacrebleu ! Jamais, auparavant, il n'aurait envisagé une telle incorrection vis-à-vis de Margaret, mais il ne considérait tout simplement pas Samantha en ces termes. Elle était sa... son amie.

L'énormité de ce qu'il avait fait à Samantha l'étourdit. Il en avait fait sa *maîtresse*. Aux yeux de la société, elle ne serait plus qu'une traînée. À l'idée qu'on pût la traiter ainsi, il fut pris de fureur. C'était une jeune femme aimante, intelligente, généreuse, qui méritait beaucoup plus que ce qu'il lui avait donné.

Raison de plus pour mettre un terme à leur liaison. Ce soir... Mais, se dit-il, il devrait rompre sans lui faire à nouveau l'amour. À l'idée de ne plus la toucher, son estomac se noua. Le pire, comprit-il – et il en eut le cœur transpercé –, c'est qu'il avait détruit, en la prenant comme maîtresse, tout espoir de s'en faire une amie. Jamais ils ne pourraient retrouver la camaraderie qu'ils avaient connue.

— D'accord, je t'accompagnerai chez les Briggeham, déclara Margaret, l'arrachant à ses pensées. Éric, ajouta-t-elle, je sais que tu ne veux pas de ma gratitude, mais je dois te remercier. Non seulement de me recevoir chez toi, mais de ne pas... me demander de détails.

— Je ne te poserai pas de question, mais sache que je suis disposé à t'écouter, si tu souhaites me parler.

— Merci, dit-elle, une larme roulant le long de sa joue. Cela fait si longtemps que... Mais je ne veux pas parler de... lui. Il est parti. Je ne peux pas le pleurer. Sa mort m'a libérée.

Ses mots, son émotion, le mirent en fureur.

— J'aurais dû le tuer, lâcha-t-il. Si seulement...

— Non, le coupa-t-elle. Tu aurais été pendu pour meurtre, et te perdre aurait été pire. J'étais marié devant Dieu, et il était de mon devoir d'honorer mes vœux.

— Il s'en est bien gardé, *lui*. J'aurais dû...

— Mais tu ne l'as pas fait. Parce que je t'ai demandé de ne pas le faire. Tu as respecté mon désir, et je t'en suis reconnaissante. J'ai passé ces cinq années dans l'obscurité, Éric. Je veux désormais jouir du soleil.

— Eh bien, sortons tout de suite et allons folâtrer au soleil !

Une ébauche de sourire effleura les lèvres de la jeune femme, et il en eut le cœur retourné.

— C'est la plus merveilleuse invitation que j'aie reçue depuis longtemps.

Dans le laboratoire, Éric et Margaret écoutaient avec intérêt Hubert expliquer sa dernière invention, une machine à découper qu'il appelait la Guillotine.

— Il y a quelques semaines, notre cuisinière Sarah s'est blessée en coupant des pommes de terre. Le couteau lui a échappé et a failli lui trancher le pied en tombant par terre. Avec ma machine à découper, il n'y a plus de danger. Regardez...

Il plaça un disque entouré d'une douzaine de pointes dans une pomme de terre. Glissant ensuite la main à travers la courroie de cuir attachée au disque, il fixa le tubercule sur son invention, qui ressemblait effectivement à une guillotine horizontale, posée sur de solides pieds de bois de quinze centimètres de haut.

— La lame est en place, dit Hubert. Je tiens le disque de manière à ne pas me couper les doigts, puis je passe la pomme de terre sur la lame.

Tenant la machine de sa main libre, il fit la démonstration. Quelques secondes plus tard, un tas de tranches de pomme de terre recouvrit l'assiette sous la machine.

— J'étudie la possibilité de régler l'épaisseur des tranches à l'aide de ce bouton, précisa-t-il. Une fois que j'y serai parvenu, j'espère mettre au point une version plus grande, basée sur le même principe, pour découper la viande.

— Très impressionnant, commenta Éric en examinant une tranche.

Hubert rougit de plaisir. Posant une main sur l'épaule du garçon, Éric ajouta :

— J'aimerais en acheter une, pour ma cuisinière.

— Oh, je vous la donnerai volontiers, milord…

— Merci, mon garçon, mais je tiens à la payer. En fait, si cette machine était en vente, il y a des tas de gens qui seraient ravis de l'acheter… Qu'en penses-tu ? fit-il en se tournant vers Margaret.

— Je… je… balbutia-t-elle, stupéfaite qu'on lui demande son opinion. Je pense que c'est une invention ingénieuse, qui aurait sa place dans toute maison.

Éric lui sourit, puis reporta son attention sur l'adolescent.

— Je crois que cette machine a un grand avenir. Si vous décidiez d'en vendre…

— Vous voulez dire, en faire une *affaire* ?

— Précisément. J'ai plusieurs contacts à Londres que je pourrais vous présenter. Et je serais moi-même disposé à investir, avec la permission de votre père, bien sûr.

— C'est très gentil à vous, milord, mais j'estime qu'elle n'est pas encore au point. En outre, je suis un scientifique, pas un commerçant.

— Vous pourriez vendre votre idée. De toute façon, mon offre tient. Pensez-y, discutez-en avec votre père, et faites-moi savoir ce que vous décidez. Si vous voulez, je lui en parlerai moi-même.

— D'accord, je vous remercie… En fait, murmura le garçon en remontant ses lunettes sur son nez, il y a autre chose dont je souhaiterais discuter avec vous, milord.

Il jeta un regard gêné en direction de Margaret, qui comprit qu'elle était de trop.

— Je vous remercie de m'avoir montré votre machine, Hubert, dit-elle. À présent, j'aimerais faire un tour dans votre jardin et jouir du soleil… si vous n'y voyez pas d'inconvénient.

— Pas du tout, milady. J'espère ne pas vous avoir ennuyée. Maman me recommande toujours de ne pas harceler nos invités.

— Au contraire, cette visite m'a fait un grand plaisir, assura-t-elle.

Puis, comme si elle en retrouvait soudain le mode d'emploi, elle offrit à Hubert un grand et vrai sourire, qui fut un baume sur le cœur d'Éric.

La jeune femme se glissa dehors et referma la porte sans bruit derrière elle. Éric se tourna vers Hubert, étonné de son air troublé.

— Quelque chose ne va pas, mon ami ?

— Il faut que je vous demande quelque chose, milord…

Éric l'étudia longuement. Le garçon semblait porter le poids du monde sur ses frêles épaules. Il se sentit soudain mal à l'aise. S'agissait-il de Samantha ? Les avait-il surpris, la nuit dernière au lac ?

— Vous pouvez me demander tout ce que vous voudrez, déclara Éric, s'attendant au pire.

Hubert ouvrit un tiroir et en sortit une bourse en cuir. Écartant les cordons, il versa un peu de poudre dans sa main.

— Cette poudre, que j'ai moi-même mise au point, possède des propriétés phosphorescentes. À ce que je sais, personne d'autre n'en possède.

— Et à quoi sert-elle ? s'enquit Éric, à la fois soulagé et intrigué.

— Elle est adhésive et dégage une faible lueur.

Posant la bourse sur la table, il s'essuya la main sur son pantalon noir, puis essaya de le brosser, sans y parvenir totalement.

— La poudre ne part pas entièrement du tissu, expliqua-t-il.

Éric considéra le pantalon d'Hubert et se rappela avoir observé la même lueur sur ses bottes.

— L'autre nuit, poursuivit le garçon en le regardant dans les yeux, j'ai répandu cette poudre sur la selle, les rênes et les étriers du cheval d'un gentilhomme.

— Le cheval de quel gentilhomme ? demanda Éric, saisi d'un mauvais pressentiment.

— Celui du Voleur de Fiancées.

Il y eut un silence, puis Éric demanda, impassible :

— Qu'est-ce qui vous fait croire que ce cheval appartenait au Voleur de Fiancées ?

— Je l'ai vu. Dans les bois. Vêtu de noir, avec un masque sur la tête. Il a sauvé miss Barrow.

L'espace d'un instant, tout en Éric se figea. Sa respiration. Son sang. Son cœur… Puis il leva les sourcils :

— Vous devez vous tromper…

— Je ne me trompe pas, le coupa Hubert en secouant la tête. Je l'ai vu avec ma sœur et miss Barrow. Avant qu'il ne remonte sur son cheval et disparaisse, j'ai répandu de la poudre sur sa selle, ses rênes et ses étriers. Et le lendemain… hier… vous êtes venu rendre visite à Sammie. Il y avait des traces de ma poudre sur vos bottes. De même que sur votre selle, vos rênes et vos étriers.

— Mes bottes et le harnachement de mon cheval ont dû ramasser la poussière du chemin.

— Ce n'était pas de la poussière, milord. C'était ma poudre. Je la reconnaîtrais n'importe où. Mais, pour confirmer mes observations, j'en ai retiré un peu de votre selle. Elle correspondait exactement à la mienne.

Éric faillit éclater de rire. Tous les fonctionnaires anglais, les Traqueurs du Voleur de Fiancées et des centaines d'autres personnes avides de toucher la récompense, cherchaient à identifier le Voleur – et un garçon de seize ans avait réussi, là où tous les autres avaient échoué ! S'il n'avait été à la fois estomaqué et alarmé, il aurait félicité Hubert. Malheureusement, l'intelligence du garçon pouvait lui coûter la vie.

— En un mot, vous me demandez si je suis le Voleur de Fiancées ?

Hubert acquiesça de la tête.

— Vous comptez empocher la récompense promise pour sa capture ? ajouta Éric.

— Certainement pas, milord. J'ai le plus grand respect pour votre... sa... votre mission. Vous êtes le courage et l'héroïsme personnifiés. Je veux dire, lui. Euh, vous... Enfin, vous deux...

— Vous savez que si le Voleur de Fiancées est pris, il sera pendu.

— Je jure, sur mon âme, de ne le dire à personne. Jamais. Je ne ferai rien pour vous nuire, milord. Vous vous êtes montré amical envers moi. Et envers Sammie.

— Vous lui en avez parlé ?

— Non, milord, fit-il en secouant si énergiquement la tête qu'il faillit en faire tomber ses lunettes. Et vous avez ma parole d'honneur que je ne le ferai pas. Je vous suggère, continua-t-il après s'être éclairci la voix, de ne pas lui en parler non plus.

— Vous comprenez que si le juge découvre que Samantha a aidé le Voleur de Fiancées à sauver miss Barrow, elle sera arrêtée ?

— Le juge n'apprendra rien par moi, assura Hubert en blêmissant. Et je ne pense pas qu'il faille le révéler à Sammie, elle en serait fortement contrariée. Voyez-vous, elle m'a dit...

Il fronça les sourcils et s'interrompit au milieu de sa phrase.

— Que vous a-t-elle dit ?

— Elle a dit que l'honnêteté est primordiale, et que les mensonges détruisent la confiance. Elle a dit que sans confiance, il n'y a rien.

Bouleversé par ces mots, Éric serra les dents. Ses activités de Voleur de Fiancées lui interdisaient tout avenir avec Samantha. Et il n'irait pas la mettre en danger en lui dévoilant la vérité. Même si, dans un instant de folie, il avait songé à le faire, il la perdrait pour l'avoir trompée. *Sans confiance, il n'y a rien...*

— Je ne veux pas que ma sœur souffre, milord, reprit le garçon en se redressant.

— Moi non plus, Hubert. Je vous donne ma parole que je veillerai à ce qu'elle ne souffre pas.

— Elle vous aime bien, vous savez. Ménagez ses sentiments...

Éric éprouva une vive admiration pour ce garçon, même si ses propos lui donnaient mauvaise conscience. *Elle vous aime bien*. Lui aussi l'aimait bien. Trop.

— Je ne la ferai pas souffrir, Hubert. Je comprends et respecte votre inquiétude. Moi aussi, je souhaite protéger ma sœur. C'est à cause d'elle que je fais... ce que je fais.

— Je me posais justement la question...

— Notre père l'a forcée à se marier. Je n'ai pas pu la sauver, c'est pourquoi j'en sauve d'autres.

Ils échangèrent un long regard, puis Éric tendit la main.

— Je crois que nous nous comprenons, conclut-il.

— Oui. Et puis-je ajouter que c'est un honneur pour moi de vous connaître ? déclara Hubert en serrant la main qui lui était offerte.

— Bizarre. J'allais vous dire la même chose.

Lâchant la main du garçon, Éric tourna la tête vers la porte.

— J'aimerais que nos sœurs se connaissent, murmura-t-il. Miss Briggeham est-elle chez elle ?

— Quand je suis venu ici, elle lisait dans le salon.

— Parfait.

Éric sortit le premier et plissa les yeux, le temps de s'habituer à la lumière du dehors. Apercevant Margaret assise sur un banc de pierre, il lui fit un signe de la main, auquel elle répondit avant de se lever. Elle avait parcouru la moitié de la distance qui les séparait quand elle s'immobilisa, le regard fixé sur quelque chose derrière lui. Se retournant, il se figea, comme paralysé. Il sentit Hubert venir se placer à son côté et l'entendit retenir son souffle.

Samantha se dirigeait vers eux, l'air sombre. Adam Straton, le juge, l'accompagnait.

17

Accompagnée du magistrat, elle approchait du laboratoire en essayant de masquer son agitation. La visite impromptue de M. Straton, désireux de l'interroger une nouvelle fois sur son enlèvement, l'avait perturbée au plus haut point. Bien qu'il ne parût pas la soupçonner, elle ne pouvait s'empêcher de se demander s'il avait découvert son rôle dans le sauvetage de miss Barrow.

Quand il avait annoncé son intention de partir, elle avait été soulagée, mais en le conduisant à l'écurie pour récupérer sa monture, elle avait vu lord Wesley et Hubert sortir du laboratoire.

À sa consternation, M. Straton s'était aussitôt dirigé vers eux, expliquant qu'il voulait dire un mot au comte…

Une femme, toute de noir vêtue, sortit du jardin et s'approcha d'Éric. À sa ressemblance avec le portrait de Wesley Manor, Sammie reconnut la sœur d'Éric et éprouva de la compassion pour elle. Le matin même, sa mère lui avait appris qu'elle venait de perdre son mari.

En se rejoignant près du laboratoire, les deux groupes s'immobilisèrent.

Samantha essayait tant bien que mal de cacher sa gêne. Hubert regardait M. Straton comme s'il avait devant lui un fantôme. Éric considérait le magistrat avec une expression vide. Sa sœur, le visage pâle, fixait elle aussi le juge. Sammie remarqua que M. Straton ne détachait pas les yeux de la jeune femme… L'atmosphère était tendue – ou était-ce un effet de son angoisse ?

Ce fut Éric qui brisa le silence. Inclinant la tête vers les nouveaux arrivants, il lança :

— Bonjour, mes amis. Puis-je vous présenter ma sœur, lady Darvin ? Margaret, je te présente Samantha Briggeham, et je pense que tu connais M. Straton…

— Enchantée de faire votre connaissance, dit Sammie avec une petite révérence.

— Tout le plaisir est pour moi, miss Briggeham, répliqua lady Darvin avec un sourire triste. Je pense que nous nous sommes rencontrées, il y a plusieurs années, lors d'une soirée…

— Mes hommages, milady, fit Straton en s'inclinant avec raideur.

— Je suis contente de vous revoir, monsieur, répondit lady Darvin en baissant les yeux.

— Mes condoléances pour la perte de votre mari.

— Merci.

Un silence gêné s'abattit à nouveau sur le groupe, et Sammie se demanda pourquoi Éric ne lui avait pas parlé de la mort de son beau-frère et de la visite de sa sœur.

— Qu'est-ce qui vous amène ici, Straton ? s'enquit-il enfin.

— Je souhaitais poser plusieurs questions à miss Briggeham sur sa rencontre avec le Voleur de Fiancées.

— Et où en sont vos pistes ?

— Des impasses. Mais j'ai reçu de nouvelles informations qui me paraissent intéressantes.

— Vraiment ? fit Éric en levant un sourcil. Vous pouvez nous en parler ?

— L'une des victimes, enlevée l'année dernière, a écrit à sa famille. Son père m'a apporté la lettre, ce matin. La jeune femme cherche à les rassurer. Elle va bien, mais ne donne pas de précision. Elle dit vivre en

Amérique et s'être récemment mariée. Le plus intéressant, c'est qu'elle prétend avoir gagné l'Amérique avec un billet et de l'argent offerts par le Voleur de Fiancées, la nuit de l'enlèvement. J'avoue être soulagé. Cela prouve au moins qu'il ne l'a pas assassinée.

— Enfin, monsieur Straton, s'impatienta Sammie, vous ne pensez tout de même pas que le Voleur fait du mal aux femmes qu'il aide ! Il laisse toujours une lettre assurant le contraire.

— C'est vrai, mais jusqu'à aujourd'hui, nous ne savions rien de ses victimes. En dehors d'une poignée de lettres provenant d'un criminel, je n'ai pas la preuve qu'elles sont toujours en vie.

— Et moi, monsieur, ne suis-je pas une preuve ? Comme vous pouvez le constater, le Voleur de Fiancées ne m'a fait aucun mal. Il a, au contraire, tout fait pour garantir ma sécurité.

— Il vous a tout de même enlevée.

Agacée, elle ouvrit la bouche pour rétorquer quelque chose, mais Éric prit les devants :

— Vous devez utiliser la lettre de cette femme pour la localiser et l'interroger.

Sammie le regarda, horrifiée.

— J'ai déjà pris des dispositions en ce sens, répliqua le juge. Jusqu'à présent, le Voleur de Fiancées a échappé à la justice, mais il ne tardera pas à être pris. Je passerai la campagne au peigne fin jusqu'à ce que je le trouve.

Un bruit à peine perceptible, mais familier, attira l'attention de Sammie qui tourna les yeux vers Hubert. Il était anormalement pâle et immobile – en dehors de ses doigts qu'il faisait craquer à intervalles réguliers. C'était une habitude à laquelle il s'adonnait, quand il était particulièrement troublé.

— La campagne ? répéta Éric. J'aurais pensé qu'un criminel comme lui se cacherait à Londres. Il y a des milliers d'édifices et de ruelles où se perdre. Le scélérat doit rôder dans les bas quartiers ou du côté des docks.

Pourquoi parlait-il du Voleur de Fiancées comme d'un criminel ? se demanda Sammie, déçue. Et pourquoi faisait-il des suggestions pouvant conduire à sa capture ? Bien qu'elle brûlât de donner son avis, elle garda le silence, par crainte d'en dire trop et d'aggraver la situation.

— Au départ, je pensais moi-même qu'il fallait chercher le Voleur à Londres, répondit M. Straton, mais je commence à croire que c'est un homme de la campagne. Un homme assez riche et puissant pour faire passer ces femmes à l'étranger, et leur donner de quoi commencer une nouvelle vie. D'après toutes les descriptions, sa monture – un magnifique étalon noir – vaut la rançon d'un roi, et malgré l'énorme récompense promise, personne n'a reconnu avoir l'animal en pension. Ce qui indiquerait qu'il a sa propre écurie.

— Intéressante théorie, dit Éric en se caressant le menton. Je ne vous envie pas de devoir fourrer votre nez dans toutes les écuries d'Angleterre…

— J'espère que cela ne sera pas nécessaire. Vu la situation géographique de la plupart des enlèvements, le brigand opère dans un rayon de quatre-vingts kilomètres. Avec l'aide des Traqueurs, il devrait être facile de fouiller la région.

Sammie en eut l'estomac noué. La chasse à l'homme semblait se resserrer. Si seulement elle pouvait prévenir le Voleur… mais elle ne voulait pas rompre la promesse qu'elle lui avait faite. Et il n'avait pas besoin d'elle pour connaître le danger auquel il faisait face.

— Je vais demander des volontaires pour m'aider dans mes investigations. Êtes-vous intéressé, milord ? s'enquit M. Straton en se tournant vers Éric.

— Je vous aiderai autant que je le pourrai, répliqua-t-il sans hésiter. J'ai des relations dans de nombreuses écuries de la région, entre ici et Brighton. Je serai heureux d'enquêter pour vous.

Voilà qu'Éric jouerait un rôle actif dans la capture du Voleur ! s'indigna Sammie. Il proposait de faire intervenir ses relations et était même prêt à donner de sa personne ! Grâce au Ciel, elle ne lui avait jamais parlé de ses rencontres avec le Voleur de Fiancées.

Elle avait commis une terrible erreur. Comment avait-elle pu tomber amoureuse d'un homme dont les convictions étaient à l'opposé des siennes ? Un homme prêt à anéantir le Voleur de Fiancées ? Et pourquoi l'aimait-elle toujours ?

Parce que, pour tout le reste, il est merveilleux, lui répondit une voix intérieure. Et puis, il n'a jamais rencontré le Voleur. Il ne le connaît pas comme tu le connais. Sinon, il verrait en lui un héros...

Mais un coup d'œil à son profil déterminé détruisit tout espoir.

Jamais elle ne s'était sentie si déchirée. L'étau se resserrait autour de son héros, et l'homme qu'elle aimait participerait à l'opération ! Elle imagina le Voleur de Fiancées s'approchant du gibet...

Hubert s'éclaircit la voix, l'arrachant à sa vision de cauchemar.

— Si vous voulez bien m'excuser, j'ai promis à mon père une partie d'échecs et je suis déjà en retard.

Tout le monde lui dit au revoir, et il se dirigea vers la maison d'un pas anormalement rapide. Sammie le regarda s'éloigner, soucieuse. Considérant le Voleur de Fiancées comme un homme de cœur se battant pour une cause juste, il souhaitait échapper à la conversation. Elle ne pouvait l'en blâmer et brûlait de l'imiter. Mais elle avait plusieurs choses à dire à Éric.

Elle se tourna vers lui. Il la regardait avec une expression qui lui coupa le souffle – l'intensité brûlante avec laquelle il avait exploré son corps. Elle le revit aussitôt, nu, agenouillé entre ses cuisses offertes. Enflammée par ce souvenir, elle jeta un regard furtif vers lady Darvin et M. Straton. À son grand soulagement, ils étaient occupés à admirer les rosiers de sa mère.

Se penchant vers Éric, elle murmura :

— J'ai besoin de vous parler. En privé.

Bien qu'elle souhaitât lui parler sur-le-champ, l'hospitalité l'obligeait à offrir des rafraîchissements. Il lui suffirait de l'entraîner à l'écart avant qu'il ne parte.

— Que diriez-vous d'une tasse de thé ? lança-t-elle à la cantonade.

— Merci, mademoiselle, répliqua lady Darvin, mais la fatigue du voyage commence à se faire sentir, et je crois préférable de rentrer à la maison. Je serais toutefois heureuse de revenir un autre jour.

Devant l'air inquiet de son frère, elle posa une main gantée sur sa manche :

— Ne t'inquiète pas, je vais bien. Je suis seulement fatiguée. Je connais le chemin de Wesley Manor. Profite de ta visite... J'ai eu beaucoup de plaisir à vous revoir, mademoiselle, ajouta-t-elle en pivotant vers Sammie, et aussi de faire la connaissance de votre frère.

— Merci, milady. À bientôt.

— Je ne veux pas que tu rentres seule, Margaret, protesta Éric, son regard allant de Sammie à sa sœur.

— Je serais honoré d'accompagner lady Darvin dans mon cabriolet, proposa M. Straton.

— Ce n'est pas nécessaire, déclara-t-elle.

— Peut-être, admit son frère, mais je serais soulagé de te savoir raccompagnée jusqu'à ta porte. Je ramènerai ta monture.

Lady Darvin parut sur le point de refuser, mais releva la tête en signe d'acquiescement. Après avoir dit au revoir, M. Straton lui offrit son bras. Elle posa deux doigts sur la manche du juge, et le couple se dirigea vers l'écurie.

Dès qu'ils furent hors de vue, Éric saisit la main de Sammie et l'entraîna dans le laboratoire. Parfait, songea-t-elle. Justement, elle ne voulait pas risquer d'être entendue. Il referma la porte derrière eux puis, s'appuyant contre le panneau de bois, la regarda, paupières mi-closes. Comment pouvait-il la troubler de son seul regard ? Ce n'était pas logique !

S'écartant de la porte, il s'approcha lentement.

— Vous souhaitiez me parler ?

— Oui. Concernant ce que vous avez dit à M. Straton, à propos du Voleur de Fiancées.

— Je vois. Et c'est du Voleur dont vous parliez avec Straton ?

— Il m'a posé à peu près les mêmes questions que la nuit où j'ai été enlevée. Je n'ai évidemment pas pu lui apporter d'autres lumières... Mais à propos de votre proposition de l'aider à capturer le Voleur, et d'enquêter pour lui...

— Oui ?

— Je vous en supplie, ne le faites pas, dit-elle en posant la main sur sa poitrine. Je ne vous le demanderais pas, si ce n'était pas important pour moi. La plupart des gens, je le sais, considèrent le Voleur de Fiancées comme un criminel...

— C'est un criminel, Samantha. La loi interdit les enlèvements.

— Mais il n'y a pas enlèvement ! Il n'oblige pas les femmes à aller avec lui. Il ne leur fait aucun mal et n'exige pas de rançon. Lorsqu'il s'est aperçu de son erreur, il m'a ramenée chez moi, au risque d'être capturé.

Consternée par son expression glaciale, elle chercha son regard.

— Croyez-moi quand je vous dis qu'il n'est pas le brigand que l'on prétend, insista-t-elle. C'est un homme d'honneur, qui ne cherche qu'à aider ces femmes. Pour leur offrir un choix. Je sais que je n'ai pas le droit de vous demander de ne pas participer à sa capture, mais je le demande tout de même. Je vous en supplie, ne le faites pas.

Elle affichait un air si sérieux qu'il eut peur. Sacrebleu, ne voyait-elle pas dans quel danger la mettait cette requête ? Et si Adam Straton l'entendait ? Et s'il découvrait qu'elle avait participé au dernier enlèvement ? Qu'elle avait acheté un billet pour l'Amérique ?

Il n'osait songer aux conséquences. Sa famille serait anéantie. Elle serait anéantie. Et il le serait également.

Il la prit par les épaules et la regarda dans les yeux.

— Samantha, écoutez-moi. Vous ne devez plus vous occuper du Voleur de Fiancées. Cet homme est dangereux.

— Non, il ne l'est pas.

— Si ! Sa vie est dangereuse. Une somme énorme est promise pour sa capture, et tous ceux qui l'approchent, tous ceux qui essaieraient de l'aider seraient, eux aussi, en danger. Je veux que vous me promettiez de ne rien faire pour l'aider.

— Je n'essaie pas de l'aider. Je vous demande seulement de ne pas participer à sa capture.

— Promettez-moi, insista-t-il en resserrant son étreinte, de ne plus vous occuper de ça.

Elle le scruta plusieurs secondes.

— D'accord. Si vous me promettez de ne plus aider le juge.

— Je ne peux pas vous faire une telle promesse.

— Alors moi non plus.

Elle tenta de se dégager, mais il la retint. Il ne pouvait la laisser partir. Pas ainsi.

— Ne voyez-vous pas que je suis inquiet pour votre sécurité ? L'idée que vous soyez en danger m'insupporte !

Avant qu'elle ne pût répondre, on entendit appeler :

— Samantha !... Où es-tu ?

— Seigneur, c'est maman... Venez vite !

Elle se précipita. Il sortit à sa suite et referma la porte du laboratoire. La jeune femme le conduisit vers le jardin. À peine furent-ils engagés sur le chemin qu'ils tombèrent sur Cordelia Briggeham.

— Te voilà, ma chérie ! Et lord Wesley ! s'exclama-t-elle avec une révérence. Hubert m'a dit que vous étiez ici avec votre sœur, et je tenais à vous inviter à prendre le thé avec nous, surtout que la dernière fois, vous vous êtes défilé... Où est lady Darvin ? s'enquit-elle en tournant la tête de tous côtés.

— Malheureusement, vous l'avez ratée, répondit-il. Elle était fatiguée par son long voyage et elle est rentrée se reposer. Cependant, je serai ravi de prendre le thé avec vous, ajouta-t-il en lui offrant son bras.

— Vous m'en voyez ravie, roucoula Mme Briggeham, son regard aigu allant d'Éric à Samantha.

La voiture d'Adam avançait lentement sur le chemin bordé d'arbres. Le soleil jouait à travers les feuillages. On n'entendait que le gazouillis des oiseaux et le faible grincement du siège de cuir.

Le magistrat regarda du coin de l'œil sa passagère, essayant désespérément de trouver quelque chose à dire, n'importe quoi... Dieu, qu'elle était belle. Il ne l'avait pas vue depuis cinq ans. Cinq ans, deux mois et seize jours... Il ne pensait pas possible qu'elle fût plus belle que l'image qu'il gardait dans son cœur, pourtant elle l'était. Toutefois, ce n'était plus la jeune fille insouciante dont il était tombé amoureux. La mort de son mari l'avait manifestement éprouvée.

Il inspira à fond. Elle sentait la rose, comme autrefois. Dans sa folle jeunesse, quand il s'était torturé pour des chimères, imaginant qu'un homme sans titre comme lui pouvait courtiser la fille d'un comte, il avait planté une douzaine de rosiers dans un coin du jardin de sa mère. Chaque année, il attendait avec impatience qu'ils fleurissent, puis il s'asseyait sur le banc de pierre, respirant, les yeux clos, leur parfum délicat, et se représentant le visage souriant de lady Margaret... Après avoir appris qu'elle devait épouser lord Darvin, il n'était plus jamais revenu dans cette partie du jardin.

— C'est bon d'être de retour, dit-elle, l'arrachant à ses pensées.

Soulagé qu'elle ait entamé la conversation, il en profita pour demander :

— Combien de temps comptez-vous rester ?

— Je reste ici définitivement.

En entendant ces quatre mots, son cœur bondit dans sa poitrine. Puis sa joie se changea aussitôt en crainte. Il se tourna vers elle et leurs regards se croisèrent. Des sentiments qu'il avait crus enfouis à jamais l'envahirent comme un feu de broussailles. Il n'avait pas réussi à l'oublier, même après qu'elle fut partie en Cornouailles avec son mari... Comment pouvait-il espérer vivre normalement, quand elle était ici ? Qu'il pouvait la voir. La toucher. Sans jamais la posséder.

Détournant le regard, il ramena son attention sur la route. Le retour de Margaret à Tunbridge Wells lui serait une torture. Les années n'avaient rien changé. Il était toujours roturier, elle était toujours une lady. Une vicomtesse.

Sentant combien le silence était pesant, il lança :

— Vous avez aimé la Cornouailles ?

— J'ai détesté, répondit-elle d'un ton si catégorique qu'il la dévisagea, surpris.

Elle regardait droit devant elle, les joues pâles, les mains gantées serrées sur ses genoux.

— Je passais des heures sur les falaises, reprit-elle, à regarder la mer. À me demander…

— À vous demander quoi ?

Elle le fixa avec une expression qui lui donna froid dans le dos.

— L'effet que cela ferait de sauter, dit-elle. De tomber dans cette eau glaciale et bouillonnante.

Bouleversé, il arrêta les chevaux et la scruta pour déterminer si elle plaisantait, mais on ne pouvait se tromper sur sa sincérité.

— Pardonnez-moi, murmura-t-il. Je ne savais pas. Toutes ces années… je vous croyais heureuse.

— La seule chose qui m'apportait un peu de bonheur, c'étaient les pensées qui me ramenaient à la maison. Me dire que j'y retournerais peut-être un jour.

Que s'était-il donc passé en Cornouailles pour qu'elle fût si malheureuse ? Quitter sa maison et son frère l'avait manifestement beaucoup affectée. Il s'en voulait de ne pas y avoir songé, mais avait cru qu'elle s'épanouirait dans son nouveau cadre. Il l'imaginait présidant d'élégantes soirées, admirée de toute la société locale. Et même s'il avait envisagé qu'elle n'était pas heureuse, qu'aurait-il pu faire ? Rien.

Son mariage lui avait brisé le cœur, mais elle avait été obligée d'épouser celui que son père avait choisi. Il ne pouvait en être autrement. Persuadé qu'elle serait choyée et vénérée par un riche aristocrate, il lui avait alors souhaité tout le bonheur possible…

Pourtant, elle avait été malheureuse. Lord Darvin ne lui avait-il donc pas manifesté d'affection ? Cela paraissait impossible. Quel l'homme ne l'aimerait pas à la folie ? Non, il devait s'agir d'autre chose…

La réponse le frappa comme la foudre. Son malheur était de ne pas avoir eu d'enfant. Il se rappelait l'avoir entendue dire qu'elle aimerait en avoir beaucoup, et il s'était contenté de sourire, malgré sa tristesse, car il savait qu'il ne serait pas le père.

Pris de pitié, il posa, sans réfléchir, une main sur ses poings crispés. Elle parut surprise, mais n'esquissa aucun mouvement pour fuir ce contact.

— J'espère, dit-il, que votre retour ici vous apportera le bonheur que vous méritez, milady.

Elle le regarda quelques secondes avec une expression indéchiffrable, puis murmura :

— Merci. Maintenant, j'aimerais rentrer à la maison.

— Bien sûr…

Il retira sa main à contrecœur, sachant qu'il n'aurait plus l'occasion d'un contact aussi intime. En proie à un tourbillon d'émotions contradictoires, il saisit les rênes et se remit en route.

L'heure passée à boire le thé avec Éric et ses parents s'était, de l'avis de Sammie, écoulée le plus innocemment du monde. Mais à peine fut-il parti qu'elle comprit sa naïveté.

— Tu as vu cela, Charles ? s'enquit sa mère, haletante.

— J'ai vu quoi ? demanda celui-ci en la regardant par-dessus ses binocles.

— Enfin ! Lord Wesley fait la cour à notre fille !

Sammie faillit s'étrangler. Pendant qu'elle tentait de reprendre sa respiration, son père fronça les sourcils :

— Bien sûr que j'ai vu lord Wesley. Je ne pouvais pas le rater : il était en face de moi. Mais tout ce que je l'ai vu faire, c'est boire du thé et se délecter de ces biscuits... Au fait, ils sont très bons.

— Lord Wesley ne prendrait pas le thé avec nous s'il n'y avait anguille sous roche. Il lui faisait la cour, je te dis ! Oh, je ne peux pas attendre pour l'annoncer à Lydia...

— Maman, suffoqua Sammie au milieu d'une quinte de toux. Lord Wesley ne me fait pas la cour.

— Bien sûr que si. Oh, oh, Charles, notre Samantha sera comtesse !

La jeune femme grimaça. Comment n'avait-elle pas prévu la réaction de sa mère ? Mais qui irait croire qu'Éric la courtisait ? C'était inimaginable. Décidément, son esprit logique allait à la dérive, ces derniers temps.

En tout cas, il fallait agir avant que sa mère ne prépare un mariage qui n'aurait jamais lieu. Elle se leva, traversa le salon et prit ses mains dans les siennes.

— Maman, commença-t-elle, lord Wesley est venu aujourd'hui à l'invitation d'*Hubert*. Pour voir *Hubert*. Pour observer la dernière invention d'*Hubert*. Vous comprenez ?

— Je comprends très bien, Samantha. Mais il est évident que ce n'était qu'une ruse pour te voir, toi. Je l'ai observé attentivement, et je l'ai surpris te regardant avec une expression, disons... intéressée.

— Il devait avoir une poussière dans l'œil.

— Pas du tout, répliqua Mme Briggeham en caressant la joue de sa fille. Crois-moi, ma chérie, une mère connaît ces choses.

— Maman, je vous assure que le comte ne songe *pas une seconde* à faire de moi une comtesse ! Je vous supplie de ne pas interpréter ce qui n'est que simple politesse. Sinon, il retirera à Hubert son amitié. Je sais que vos intentions sont bonnes, mais vous comprenez sûrement qu'il serait extrêmement embarrassant de faire courir le bruit que lord Wesley est mon soupirant.

— Je ne comprends rien de la sorte. Ce que je comprends, c'est qu'un des plus beaux partis d'Angleterre est épris de ma fille... Tu n'es pas d'accord, Charles ? Charles ! insista-t-elle comme celui-ci ne répondait pas.

— Euh ? Qu'est-ce que c'est ? fit le père de Sammie en s'éveillant.

— Tu ne trouves pas que Samantha ferait une admirable comtesse ?

— Maman, je ferais une *effroyable* comtesse !

— Ciel, j'ai fait un petit somme. J'aurais raté une demande en mariage ? s'enquit M. Briggeham en clignant des yeux derrière ses binocles.

— Non ! hurla Sammie.

Seigneur, elle avait totalement perdu le contrôle de la situation, ce qui la confortait dans son intention de rompre avec Éric, le soir même – avant que sa mère ne fasse publier les bans.

— Il n'y a rien entre lord Wesley et moi, affirma-t-elle.

En tout cas, corrigea-t-elle en pensée, il n'y aura rien après ce soir...

— Et n'allez pas répandre le bruit qu'il s'intéresse à moi ! Cette ingérence m'est très désagréable.

— Il n'y a aucune ingérence de ma part.

— Si. Et cela aura pour seul effet de me mettre dans l'embarras. C'est ce que vous cherchez ?

— Évidemment pas. Mais...

— Il n'y a pas de « mais », maman. Et pas de mariage en perspective… Maintenant, si vous voulez bien m'excuser, j'ai plusieurs lettres à écrire.

Sur ces mots, elle quitta le salon en claquant la porte derrière elle.

18

Levant les yeux de son livre, Margaret regarda Éric arpenter la bibliothèque. Un verre de cognac dans une main, il allait de la cheminée aux rayonnages, ses pas étouffés par l'épais tapis persan, s'arrêtait devant le foyer pour contempler les flammes, l'air sombre, avant de repartir dans l'autre sens.

Au bout d'un quart d'heure, elle posa son livre sur le canapé recouvert de chintz sur lequel elle était assise.

— Tu vas bien, Éric ?

Il se tourna vers elle, surpris. Il avait manifestement oublié sa présence.

— Pardonne-moi. Je suis vraiment très ennuyeux, dit-il avec un sourire penaud.

Elle se leva et s'approcha du feu. Elle avait toujours préféré le confort de la bibliothèque à la solennité du salon que dominait le portrait de son père, dont l'expression glaciale la faisait frissonner. Elle chassa impitoyablement l'image de son géniteur. Comme son mari, il était mort. Aucun des deux ne pouvait plus lui nuire…

— Il y a quelque chose qui t'ennuie, insista-t-elle en posant la main sur sa manche. Tu veux en parler ?

— Je vais très bien, Margaret.

Considérant que le sujet était clos, il reporta son regard vers le feu.

— J'étais contente de rencontrer tes amis, dit-elle d'un ton dégagé. Le jeune Hubert est vraiment très ingénieux, et miss Briggeham était…

— Était quoi ? fit-il, tournant si vivement la tête vers elle, qu'elle crut entendre ses muscles claquer.

Si elle avait quelques doutes sur ce qui le préoccupait, ils disparurent instantanément.

— Je l'ai trouvée… intéressante.

— Ah oui ? Et en quoi ?

— J'ai admiré ce qu'elle a dit à M. Straton sur le Voleur de Fiancées. J'ai vu également qu'elle est très attachée à son frère – sentiment que je peux comprendre.

— Hubert et elle sont très proches, confirma-t-il avec un sourire.

— Ce n'est pas le genre de femme auquel tu t'intéresses, d'habitude.

— Que veux-tu dire ? demanda-t-il d'un ton détaché qui aurait trompé n'importe qui, sauf elle.

— Inutile de nier, Éric. Je te connais trop bien. J'ai vu la façon dont tu la regardais.

— Et comment je la regardais ?

— D'une façon dont toute femme rêve de l'être, répondit-elle en lui étreignant doucement le bras.

Il ne répliqua rien, mais la considéra avec une expression indéchiffrable. L'avait-elle poussé trop loin ? Peut-être, mais elle ne pouvait supporter de le voir ainsi.

— Elle t'aime elle aussi, tu sais. Malgré le peu de temps que nous avons passé ensemble, je m'en suis rendu compte. Pourquoi n'es-tu pas heureux ? Tu devrais remercier le Ciel d'être libre. En tant qu'homme, tu peux suivre ton cœur. Épouser qui tu veux.

— Tu connais mes idées. Je n'ai pas l'intention de me marier. Jamais.

— Je pensais que le temps t'aurait fait changer d'avis, surtout si tu as des sentiments pour miss Brigeham.

Comme il demeurait silencieux, elle ajouta :

— C'est le genre de femme qu'on épouse, Éric…

— Je le pense aussi, admit-il en contractant la mâchoire.

— Tu tiens sûrement à avoir un fils, à qui transmettre ton titre.

— Je me fiche de perpétuer le titre. Il ne m'a pas apporté le bonheur.

— Mais tu serais heureux d'avoir une femme, une famille, non ?

— Je suis vraiment stupéfait de t'entendre, toi, me recommander le mariage ! dit-il avec un petit rire amer.

Il vida son cognac et posa le verre sur le manteau de la cheminée, le cristal tintant sur le marbre.

— Le mariage de nos parents, poursuivit-il, a été l'enfer, comme le tien avec ce salaud de Darvin. Pourquoi me souhaiter un tel malheur ?

— Je ne veux que ton bonheur. Et j'ai appris que le mariage peut être magnifique, quand deux personnes s'aiment comme miss Briggeham et toi semblez vous aimer. Je connaissais une femme en Cornouailles – elle s'appelait Sally. Elle vivait au village et travaillait dans les cuisines de Darvin Hall. Elle avait mon âge, et elle a épousé un commerçant du pays. Oh, Éric, ils étaient tellement amoureux… et tellement heureux ! J'étais contente pour eux, mais également un peu jalouse.

« J'ai été amoureuse, moi aussi, murmura-t-elle en croisant son regard. Si j'avais pu choisir l'homme que je voulais, j'aurais connu le bonheur de Sally.

— Je ne savais pas que tu avais aimé quelqu'un…

— C'était après ton départ pour l'armée.

— Pourquoi cet homme ne t'a-t-il pas demandée en mariage ?

Des larmes brûlantes emplirent les yeux de Margaret.

— Pour de multiples raisons. D'abord, il ne m'a jamais montré que de l'amitié. Et même s'il avait manifesté autre chose, père ne l'aurait jamais accepté.

Il n'était ni titré ni riche. Mais il possédait mon cœur. Et il le possède toujours...

Éric la regarda, stupéfait. Sacrebleu, elle avait été arrachée à l'homme qu'elle aimait ! Il vit une larme couler le long de sa joue et se reprocha une nouvelle fois d'avoir été absent à cette époque.

Si seulement j'avais su, songea-t-il. Si seulement je n'étais pas parti à la guerre...

Mais elle admettait aimer toujours cet homme.

Cette fois, je ne me déroberai pas, se promit-il. Elle aura l'homme qu'elle aime.

— Qui est-ce ? demanda-t-il en la prenant par les épaules.

— C'est sans importance.

— Dis-moi. S'il te plaît...

— M. Straton.

Il tressaillit.

— Adam Straton ? Le magistrat ?

Elle acquiesça d'un mouvement de tête et laissa échapper un sanglot. Il la serra dans ses bras et lui caressa gentiment le dos.

Le juge... S'il n'avait pas été si abasourdi, il aurait éclaté de rire. Quelle ironie ! Parmi tous les hommes d'Angleterre, il fallait que Margaret aimât celui qui s'était juré de le voir pendu !

Rejetant la tête en arrière, il ferma les yeux. Adam avait-il lui aussi aimé Margaret ? De toute façon, cela n'aurait rien changé. Leur père n'aurait jamais laissé un roturier la courtiser. Et Éric ne pouvait imaginer cet homme, si respectueux des lois de la société, déclarant sa flamme à la fille d'un comte...

Quel imbroglio ! Dieu sait qu'il voulait le bonheur de Margaret, mais comment encourager une union qui ferait de Straton son beau-frère ?

Les sanglots de la jeune femme s'apaisèrent et elle recula pour le dévisager, les yeux mouillés de larmes.

— Je t'en supplie, Éric. Pour moi, il est trop tard... mais pas pour toi. Tu as trouvé une femme que tu aimes et qui t'aime. Ne rejette pas cette chance. L'amour est tellement précieux. Et rare. Ne laisse pas la tristesse et l'amertume qui ont marqué la vie de nos parents détruire ton avenir.

« Malgré l'atmosphère délétère que créait notre père, toi et moi avons connu des joies. Imagine comme ce serait merveilleux si la maison était emplie d'amour, de rires et d'enfants. Tu ferais un père fantastique, Éric. Bon. Patient. Aimant. Rien à voir avec *lui*. Et je serais ravie et fière d'appeler « sœur » la femme que tu aimes, et d'être la tante de tes enfants.

Se dressant sur la pointe des pieds, elle déposa un baiser sur sa joue.

— Maintenant je vais me retirer, acheva-t-elle, car je suis exténuée. Je t'en prie, songe à ce que je t'ai dit.

Elle sortit de la pièce. Dès que la porte se fut refermée derrière elle, Éric passa les mains sur son visage.

Tu as trouvé une femme que tu aimes.

Oui, c'était vrai. Une femme qui le séduisait. Il aimait la regarder. La toucher. La sentir et la goûter. Il aimait son rire et son intelligence, son esprit et sa bonté. Il aimait sa loyauté et…

Il l'aimait.

Il se laissa tomber avec un gémissement dans un fauteuil. Il aimait Samantha…

Comment en était-il arrivé là ? Il avait toujours cadenassé son cœur, mais en vérité, aucune femme n'avait jamais été près de l'atteindre. Il n'était pas difficile de protéger une citadelle qui n'avait jamais été prise d'assaut. Mais Samantha avait pénétré en lui, elle avait franchi ses défenses et s'était emparée de son cœur…

Sapristi, il n'aurait jamais dû lui faire l'amour. Il aurait pu alors éviter cette débâcle… Faux. Il n'était pas tombé amoureux d'elle à cause de la nuit dernière. Il lui avait fait l'amour, la nuit dernière, parce qu'il l'aimait.

Mais comment avait-il pu tomber amoureux sans s'en rendre compte ? Quand cela était-il arrivé ? Il essaya, en vain, de déterminer le moment exact où il avait sombré dans ce gouffre. Depuis le début, il était fasciné par elle et avait été incapable de l'oublier, malgré tous ses efforts...

Et elle t'aime. Les mots de Margaret résonnaient dans sa tête et il se frotta les tempes. Il savait qu'elle l'aimait, mais elle aimait tout le monde. Pourtant elle n'a fait l'amour qu'avec toi, se dit-il. Se pouvait-il qu'elle l'aimât d'amour ?

Il tourna et retourna la question dans sa tête, et décida que non. Elle voulait vivre une aventure, rien de plus. Et il valait mieux qu'elle ne l'aimât pas. Il ne tenait pas à lui briser le cœur. Car il ne pouvait y avoir d'avenir pour eux.

Le mariage n'était nullement dans ses projets.

Cela dit, s'il fallait en croire Margaret, pour deux personnes qui s'aimaient, le mariage se révélait merveilleux. L'espace d'un instant, il s'autorisa à considérer l'impensable. Samantha, son épouse, partageant sa vie et sa couche. Portant ses enfants...

Il ressentit comme un grand vide et, pour la seconde fois ce soir-là, il fut frappé par l'ironie de la situation.

Sacrebleu, il désirait tout cela. L'amour. Les enfants. Il voulait l'épouser.

Mais la vie qu'il avait choisie comme Voleur de Fiancées ne le lui permettait pas. Même s'il cessait cette activité, il pourrait toujours être pendu pour les enlèvements passés. Sa femme et ses enfants subiraient la honte de son exécution.

Non, il ne pouvait pas se marier ! Plus il resterait éloigné de Samantha, mieux cela vaudrait. Mais, Seigneur, comment vivre sans elle ?

Levant la tête, il regarda le manteau de la cheminée. Dans deux heures, il était censé la retrouver devant la grille du jardin.

Dans deux heures, il lui annoncerait que leur aventure était terminée.

Dans deux heures, il serait anéanti.

En marchant sur le chemin qui menait à la grille, Sammie inspira l'air frais de la nuit, laissant les parfums du jardin calmer ses nerfs. Il restait dix minutes avant sa rencontre avec Éric, mais il lui fallait échapper à l'étouffement de sa chambre. Peu après dîner, Mme Nordfield était venue jouer aux cartes et papoter. Comme Sammie ne participait que rarement à ce genre de réunion, personne ne s'était étonné qu'elle se retire tôt.

Elle avait repéré, dans le regard de sa mère, une lueur laissant entendre qu'elle avait hâte de parler à Mme Nordfield de son invité de l'après-midi. Sammie espérait seulement que sa mère tiendrait compte de sa prière, et ne prétendrait pas que le comte lui faisait la cour.

Quelle humiliation en perspective ! Elle croyait déjà entendre les potins :

— *Oh, comment cette pauvre Samantha Briggeham et sa mère peuvent-elles s'imaginer que lord Wesley courtiserait une fille sans beauté !*

Éric en aurait vent, et la réponse qu'elle redoutait la mortifiait d'avance :

— *Courtiser miss Briggeham ? Vous plaisantez ?*

Peut-être formulerait-il son démenti en des termes plus aimables, mais le résultat serait le même...

Elle pressa le pas et parvint à la grille quelques minutes plus tard, hors d'haleine. Elle s'assit sur un banc de pierre, encadré de rosiers odorants, et ferma les yeux. Une série d'images de la nuit passée lui traversèrent l'esprit, et elle enfouit son visage dans ses mains.

Seigneur, qu'ai-je fait ?

Elle avait voulu connaître l'émerveillement de la passion avec le seul homme qui la lui ait inspirée. Un homme qu'elle respectait et admirait. Un homme qui était son ami.

Mais c'était aussi un homme qui, comme elle l'avait découvert, avait des opinions diamétralement opposées aux siennes. Raison de plus pour mettre un terme à leur histoire.

Elle se félicita que personne ne soupçonnât cette liaison. Éric avait simplement pris le thé avec sa famille, et sa mère espérait maintenant un mariage. S'il se présentait de nouveau chez elle, on ne pourrait plus la détromper. Évidemment, l'inévitable déception de sa mère résonnerait pendant des décennies entre les murs de Briggeham Manor…

Si seulement elle n'était pas tombée amoureuse ! Bien sûr, elle aurait ses souvenirs, mais surtout elle aurait le cœur brisé. Elle abaissa les mains et laissa échapper un sanglot. En tout cas, elle ne pouvait risquer une autre nuit avec Éric. Dès son arrivée, elle lui annoncerait que tout était terminé.

Il n'y aurait pas de dernière nuit de passion, se dit-elle en refoulant ses larmes. Elle ne le toucherait plus. Ne goûterait plus ses baisers. Ne lui montrerait pas combien elle l'aimait. Ils n'avaient aucun avenir. Il était impensable d'aller plus loin.

Son aventure était finie – et elle l'avait payée de son cœur et de son âme.

Face à une Lydia Nordfield totalement déstabilisée, Cordelia Briggeham cachait sa satisfaction derrière une tasse de thé. La soirée s'était encore mieux passée qu'elle ne l'avait espéré. Lydia était toute retournée par la visite de lord Wesley et l'intérêt qu'il semblait manifester envers Samantha. Cordelia lui jeta un regard furtif de dessous ses cils et but une gorgée de thé. Lydia ressemblait à un chat tombé dans l'eau !

Excitée par son triomphe, Cordelia se leva et se dirigea vers les portes-fenêtres. Une brise parfumée arrivait du jardin. Du coin de l'œil, elle perçut un éclair lumineux et se tourna vers le chemin de traverse qui y donnait accès. Sa tasse se figea avant d'atteindre ses lèvres, et elle fronça les sourcils. Que faisait Samantha dehors, à cette heure de la nuit ? Pourquoi ne dormait-elle pas, alors qu'elle s'était retirée plusieurs heures plus tôt ?

Cette fille aurait sa peau, avec ses étrangetés. Elle prendrait froid et serait malade pour la prochaine visite de lord Wesley...

Cette promenade nocturne était tout de même bizarre. Cordelia plissa les yeux, puis se reprocha aussitôt ses soupçons. Jamais Sammie ne... Et lord Wesley ne songerait pas à...

Non, un rendez-vous était inimaginable. Bien sûr, s'ils avaient convenu de se retrouver, ce serait absolument merveilleux – mais inquiétant, aussi.

Revenant à son siège, elle posa sa tasse sur la table d'acajou.

— Lydia, la soirée est superbe. Si nous allions nous promener ?

— Nous promener ? répéta son amie en la regardant avec des yeux ronds. Il est presque onze heures !

— Hubert a planté une nouvelle fleur dans mon jardin, quelque chose qu'il a mis au point dans son laboratoire. Je ne me rappelle pas le nom, mais elle ne fleurit que la nuit. J'ai hâte de voir ça...

— Une plante qui fleurit la nuit ?

— Oui. Si elle a fleuri, je vous donnerai des boutures.

Voilà qui devrait convaincre Lydia. Elle serait mortifiée que Cordelia possédât une fleur qu'elle n'avait pas.

— Bon, dit-elle, mais prenons une lanterne pour ne pas nous tourner la cheville...

— Nous ne pouvons absolument pas prendre de lanterne. Et nous devrons parler tout bas. La moindre lumière ou le plus petit bruit, et pfft ! fit Cordelia en claquant des doigts. Les fleurs se fermeront instantanément... Cela dit, soupira-t-elle en la voyant hésiter, si vous êtes fatiguée... ce qui est normal à votre âge...

— Je n'ai que deux ans de plus que vous, Cordelia, s'indigna Lydia en bondissant sur ses pieds comme si elle avait une aiguille sous les fesses. Je suis en pleine forme, je vous assure.

— Bien sûr, ma chère. Mais rasseyez-vous donc...

— Certainement pas. Votre proposition m'a simplement étonnée. Mais, à y réfléchir, une promenade silencieuse et sans lumière dans le jardin, à la recherche d'une plante qui fleurit la nuit, est une idée épatante.

— Si vous insistez, Lydia...

— J'insiste.

Lydia releva le menton et se dirigea vers la porte, telle une reine vers son trône. Cordelia la suivit, en se mordant l'intérieur des joues pour étouffer un rire.

À onze heures précises, Éric mit pied à terre et attacha Empereur à un arbre, non loin de la grille des Briggeham. En approchant, il aperçut Samantha assise sur un banc de pierre et s'arrêta. Elle paraissait perdue dans ses pensées. Songeait-elle à la nuit précédente ? Il contempla son profil en se laissant pénétrer par les souvenirs de leur nuit d'amour. Chaque caresse, chaque baiser l'emplissait de désir et de regret.

Il reprit sa marche et l'avait presque atteinte, quand une branche se brisa sous sa botte. Elle se leva vivement et se tourna vers lui. Elle était baignée par un rayon de lune, et son cœur chavira à la vue de son chignon en désordre et de sa modeste robe de mousseline. Elle le regardait à travers ses épaisses lunettes et passa la langue entre ses lèvres pour les humecter; involontairement, il fit de même, imaginant son goût de miel.

Il s'immobilisa à cinquante centimètres d'elle, le cœur battant, la dévorant du regard… elle, la femme qu'il aimait. Celle qu'il ne pouvait avoir. Celle qu'il ne reverrait probablement plus jamais.

Pourtant, il ne souhaitait qu'une chose: la prendre dans ses bras et l'enlever. Connaître à nouveau la passion et le plaisir qu'ils avaient partagés. Il la regarda dans les yeux et sentit sa résolution fondre. Il allait lui annoncer que tout était fini. Maintenant. Avant que le désir n'engloutisse tout.

— J'ai quelque chose à vous dire… commencèrent-ils en chœur.

Ils se dévisagèrent, étonnés. Puis, soulagé de repousser quelques instants l'inévitable, il inclina la tête:

— Honneur aux dames.

— D'accord.

Elle prit une profonde inspiration et le regarda, les yeux emplis d'émotion.

— J'ai essayé pendant des heures de trouver les paroles justes, mais je ne sais pas si elles existent, alors je dirai simplement: je désire mettre un terme à notre… liaison.

Éric crut suffoquer. Il était angoissé à l'idée de la blesser, et elle ne voulait plus de lui! S'il en avait été capable, il aurait ri de sa propre suffisance.

Ce coup de théâtre, qui le dispensait de rompre, aurait dû le soulager. Il n'avait qu'à accepter et partir. Il attendit de ressentir du soulagement. Rien ne vint.

— Puis-je vous demander pourquoi? s'enquit-il avec raideur.

Elle croisa les mains devant elle et pivota vers une haie parfaitement taillée, lui offrant la vision de son dos. Sa nuque. La courbe délicate de son cou qui, il le savait, avait la texture de la soie…

— Pour de multiples raisons, répondit-elle. Si nous prolongeons nos rapports, nous risquons d'être découverts, et comme il s'agissait d'un arrangement temporaire…

Elle s'interrompit et redressa les épaules.

— Votre visite aujourd'hui, poursuivit-elle, a donné de faux espoirs à ma mère. J'ai fait de mon mieux pour la convaincre que vous ne vous intéressiez pas à moi, mais elle est têtue. En outre, je néglige mon travail. Je tiens à poursuivre mes expériences, et peut-être me rendre sur le Continent. Il me paraît donc plus sage, et plus logique, de ne plus nous revoir. À quelque titre que ce soit.

— Regardez-moi, dit-il entre ses dents.

Elle se retourna lentement pour lui faire face. Elle semblait très calme, ce qui ne fit que le contrarier davantage.

— Si je comprends bien, vous souhaitez également mettre fin à notre amitié ? lança-t-il.

— Cela vaut mieux.

Le silence se fit. Elle avait tout à fait raison, bien sûr. La sagesse lui dictait de lui dire au revoir et de s'en aller, mais son corps refusait d'obéir.

— Que souhaitiez-vous me dire ? reprit-elle après ce qui parut une éternité.

Que je vous *aime*. Que je veux faire de vous ma femme. Mon amante. La mère de mes enfants. Je veux explorer le monde avec vous, et partager toutes ces aventures dont vous rêvez. Visiter les ruines de Pompéi. Le Colisée, les Offices, admirer les œuvres du Bernin et de Michel-Ange. Nager dans les eaux tièdes de l'Adriatique… Je veux vous dire que je refuse de passer un jour de ma vie sans voir votre sourire, sans entendre votre rire et toucher votre peau. Et je meurs à la pensée que cela ne sera pas.

— Bizarrement, répliqua-t-il avec un air embarrassé, je comptais proposer que nous mettions un terme à notre liaison… pour les mêmes raisons que les vôtres.

— Je… je vois.

Elle baissa brièvement la tête, puis releva le menton et lui adressa un petit sourire.

— Bon, dit-elle, il semble que nous soyons d'accord. Je vous souhaite une vie longue et prospère. J'ai eu… beaucoup de plaisir à vous connaître.

Elle s'apprêtait à le planter là, lorsque, sans réfléchir, il lui empoigna le bras. Comment pouvait-elle partir ainsi ?

Elle regarda la main qui la retenait, puis leva les yeux vers lui.

— Autre chose, milord ?

Son ton neutre et cette adresse solennelle l'exaspérèrent. Il voulait l'entendre prononcer son nom. Comme elle l'avait murmuré, la nuit passée, quand il était enfoui en elle. Avant que le monde et ses responsabilités ne conspirent pour la lui enlever.

— Oui, Samantha, il y a autre chose…

L'attirant à lui, il couvrit ses lèvres en un baiser fulgurant, explosif, furieux.

Elle resta plusieurs secondes sans réaction, puis elle gémit, se dressa sur la pointe des pieds et répondit à son baiser. Lorsqu'il l'enveloppa de ses bras, se délectant du contact de ses courbes souples, il perdit la raison et explora sa bouche avec brutalité et un manque de finesse qui, en toute autre circonstance, l'auraient consterné.

Il ne sut combien de temps s'écoula. Glissant une main dans ses cheveux, il éparpilla ses épingles qui tombèrent par terre. Ses boucles soyeuses et parfumées cascadèrent sur ses doigts, tandis que de l'autre main il lui caressait les fesses. Elle laissa échapper un gémissement de plaisir et se pressa contre lui.

— Samantha, chuchota-t-il. Je…

Il fut interrompu par une exclamation horrifiée. Tous deux se retournèrent.

Cordelia Briggeham et Lydia Nordfield, la bouche ouverte et les yeux exorbités, se tenaient à moins de trois mètres.

Samantha s'arracha à son étreinte. Mais le mal était fait.

Mme Briggeham émit une série de stridulations et, portant la main à son front en un geste théâtral, tituba vers le banc de pierre, sur lequel elle se laissa gracieusement choir.

19

Sammie regarda avec horreur sa mère évanouie. Écrasée d'humiliation et de honte, elle avait envie de nier l'évidence, de crier au malentendu. Mais, même s'ils n'avaient pas été surpris au milieu d'une étreinte passionnée, elle n'aurait pu cacher ses cheveux et ses vêtements en désordre…

— Charles, mes sels ! s'écria Cordelia en agitant faiblement la main.

— Je crains, madame, que votre mari ne soit pas à portée de voix, dit Éric en approchant, et je n'ai pas de sels sur moi. Puis-je vous aider ? Ou peut-être devrions-nous appeler un médecin ?

— Un médecin ? répéta Mme Briggeham en se redressant. Oh, non, c'est inutile… Ça va aller mieux dans un moment. J'ai seulement été *saisie* par la bonne nouvelle.

— Bonne nouvelle ? persifla Mme Nordfield en foudroyant Éric et Sammie du regard. C'est scandaleux, oui ! Choquant. Monstrueux !

Cordelia se leva avec une étonnante agilité pour quelqu'un qui venait de s'évanouir.

— Bonne nouvelle, confirma-t-elle en adressant à Éric un sourire angélique. Je ne pensais pas que vous feriez si vite votre demande, milord. Je suis tellement heureuse pour vous deux, ajouta-t-elle en se tamponnant les yeux avec le mouchoir de dentelle qu'elle avait sorti de sa poche.

Suivit un silence assourdissant. Mortifiée au plus haut point, Sammie ferma les yeux et pria que la terre s'entrouvre et l'engloutisse, que la foudre lui tombe dessus, qu'elle se réveille de cet affreux cauchemar !

— Je ne pense pas, Cordelia, que votre interprétation de la situation soit la bonne, lança Mme Nordfield avec un petit sourire.

— Elle l'est tout à fait, rétorqua Mme Briggeham en agitant son mouchoir. Le comte est un homme d'honneur, qui n'aurait jamais embrassé Samantha avec autant de… vigueur, s'il ne l'avait demandée en mariage. Évidemment, continua-t-elle en feignant de menacer Éric du doigt, c'est très vilain de votre part, milord, de ne pas avoir d'abord demandé sa main à mon mari. Mais vous avez, bien sûr, notre bénédiction.

— Je ne crois pas du tout que nous ayons interrompu une demande en mariage, insista Lydia. Non, il est manifeste qu'en cherchant les plantes qui fleurissent la nuit, nous sommes tombées par hasard sur un rendez-vous galant. Pourquoi le comte irait-il faire sa demande à cette heure de la nuit ? Les messieurs font cela en plein jour, dans un cadre convenable comme un salon… Mais n'ayez crainte, Cordelia, ajouta-t-elle avec un regard sournois, il n'est pas question que je dise un mot de ce scandale.

— Cela n'a rien d'un scandale, ma chère ! répliqua Mme Briggeham d'un air hautain. C'est une demande en mariage. Vous pouvez l'annoncer à tout le monde… Et vous, milord, fit-elle en se tournant vers lord Wesley, qu'avez-vous à dire ?

Sammie regarda Éric du coin de l'œil. Il se tenait droit comme un i et paraissait calme, mais elle vit frémir un muscle de sa mâchoire et remarqua sa pâleur.

— Miss Briggeham et moi allons nous marier, proféra-t-il d'une voix cassée.

Prise de nausée, Sammie faillit hurler : *Non !* Dans ses rêves les plus secrets, elle avait imaginé cette demande, mais pas comme ça ! Piégé. À contrecœur !

Le sourire de Mme Briggeham aurait pu illuminer tout le jardin.

— Mon mari et moi vous attendons demain pour tout mettre au point. Lydia, vous êtes la première à pouvoir féliciter les fiancés.

Mme Nordfield aurait certainement préféré se coucher sur un lit de braises. Elle ouvrit et referma plusieurs fois la bouche, avant de murmurer :

— Mes félicitations à vous deux…

Puis elle marmonna quelque chose entre ses dents, du genre : « Qu'ils aillent tous au diable… »

Rayonnante, Mme Briggeham prit Sammie par le bras.

— Maintenant, viens, Samantha.

Trop glacée d'effroi pour discuter, la jeune femme se laissa ramener à la maison, Mme Nordfield sur leurs talons.

En arrivant chez lui, Éric songea qu'il avait besoin d'un miracle et d'un solide cognac. Les miracles, il le savait d'expérience, étaient rares. Mais, heureusement, il avait du cognac en abondance…

Arthur sortit de l'écurie au moment où il mettait pied à terre.

— Il faut que nous parlions, dit Éric en lui tendant les rênes d'Empereur. Retrouve-moi dans mon bureau dans une demi-heure.

Lorsque Arthur le rejoignit, il entamait son deuxième cognac. Après que le palefrenier se fut installé dans son siège habituel avec un verre de whisky, il lui rapporta la conversation qu'il avait eue dans l'après-midi avec Adam Straton.

Arthur hocha la tête.

— Fini les sauvetages, alors. On savait qu'il faudrait s'arrêter un jour. C'est trop risqué de continuer. Même avec Champion caché dans l'écurie derrière une porte dérobée, un malin comme Straton peut le trouver.

Arthur se leva et s'approcha d'Éric qui était appuyé contre le bureau. Posant une main parcheminée sur l'épaule de son maître, il poursuivit :

— Lady Margaret n'a plus de mari. Vous avez sauvé beaucoup de femmes et vous pouvez être fier de vous, comme je suis fier de vous. Vous avez payé votre dette. Il faut arrêter, maintenant. Je n'ai pas envie de vous voir pendu.

— Je n'en ai pas envie non plus.

— Alors, c'est décidé… À votre retraite ! fit Arthur en levant son verre. Qu'elle soit prospère. Et longue.

— J'ai d'autres nouvelles, précisa Éric sans lever le sien. Bien qu'à la vitesse où vont les potins, tu le sais peut-être déjà. Samantha Briggeham se marie.

— Qu'est-ce que c'est que cette histoire ? fit Arthur en fronçant les sourcils. Miss Sammie se marie ? Bah, c'est encore une bêtise. Je le saurais.

— Crois-moi, ce n'est pas une erreur.

— Quel imbécile son papa lui a encore trouvé ?

— L'imbécile, c'est moi, rétorqua Éric en levant, cette fois, son verre.

Si la situation n'avait pas été si désespérée, il aurait ri de l'air abasourdi d'Arthur.

— Vous ! Mais… mais… comment ? Pourquoi ?

— Sa mère et Lydia Nordfield nous ont découverts dans une position compromettante.

— Vous avez *compromis* miss Sammie ?

— Bel et bien.

Arthur recula jusqu'à heurter son siège, dans lequel il se laissa tomber avec un bruit mat.

— Que le diable m'emporte, on en a pourtant parlé ! dit-il en regardant Éric avec colère. À quoi pensiez-vous ? Pourquoi vous n'êtes pas allé voir une actrice ou une veuve ?

— Je l'aime.

S'il croyait par cette déclaration s'attirer la sympathie d'Arthur, il se trompait.

— Dans ce cas, il fallait d'abord l'épouser.

— Et la condamner à une vie de danger avec un mari qui aurait pu d'un moment à l'autre être envoyé à la potence, et où elle aurait été soupçonnée de complicité ?

— Il ne fallait pas la toucher. Mais comme vous n'avez pas pu vous en empêcher, vous allez l'épouser.

— Je le souhaite, assura Éric en se passant les mains sur la figure. Plus que tout. Si ma situation était différente, je l'épouserais volontiers et lui ferais une ribambelle d'héritiers. Sauf que cela ne changerait rien, car la dame ne veut pas de moi.

— Et pourquoi ? N'importe quelle femme vendrait son âme pour devenir votre épouse.

— Samantha n'est pas « n'importe quelle femme ». Avant que sa mère ne nous surprenne, elle m'a annoncé qu'elle ne voulait plus me voir. À quelque titre que ce soit. Elle désire se consacrer à ses études scientifiques et voyager à l'étranger.

— Ce qu'elle veut ne compte pas. Ou elle se marie avec vous, ou elle est perdue.

— Ce qu'elle veut compte beaucoup. Plus que tout. On ne peut l'obliger à un mariage qui lui répugne, pas plus que n'importe quelle autre femme…

Il s'interrompit au milieu de sa phrase.

— Vous avez un regard qui me donne froid dans le dos, grommela Arthur en plissant les yeux. À quoi vous pensez ?

— Je pense qu'il y aura un dernier sauvetage avant ma retraite, murmura Éric.

— Un autre sauvetage ?… Malheur ! Avec Straton et cette maudite bande qui fourre son nez partout, c'est trop dangereux. Pourquoi ce risque ?

— Parce que Samantha Briggeham en vaut la peine.

— Vous êtes fou ! s'exclama Arthur, comprenant où il voulait en venir. Épousez-la, un point c'est tout !

S'écartant du bureau, Éric se mit à marcher de long en large.

— Réfléchis. Ce serait tout à fait égoïste de ma part, mais le plus facile serait de l'épouser. De la contraindre à un mariage qu'elle refuse. De l'aimer jusqu'à ce que mon passé me rattrape, puis d'aller à la potence et la condamner avec des enfants, peut-être, à subir le mépris de la société.

Il s'arrêta devant la fenêtre, appuya le front contre la vitre et ferma les yeux, essayant de ne pas songer aux jours sombres qui l'attendaient.

— Je l'aime assez pour ne pas la retenir. Le Voleur de Fiancées la sauvera. Elle sera libérée d'un mariage dont elle ne veut pas. Et elle pourra alors vivre l'aventure à laquelle elle aspire.

Tournant le dos à la fenêtre, il fit face à Arthur.

— Je refuse de la contraindre, ajouta-t-il. Et je ne peux supporter l'idée qu'elle soit en danger. Si Straton découvrait qu'elle m'a aidé dans mon dernier sauvetage, elle serait accusée de complicité.

— Comme mari, vous la protégeriez.

— Tu veux dire que je la détruirais !

— Quelle ironie, soupira Arthur.

La gorge nouée, Éric se contenta de hocher la tête. Il savait ce qu'il avait à faire. Pour elle. Il lui organiserait une visite de toute l'Italie, de toute l'Europe, si elle le souhaitait. Elle connaîtrait l'aventure dont elle avait toujours rêvé, et il veillerait à ce qu'elle ne manque de rien.

Restait à lui fournir le billet et l'argent. C'était aussi simple que cela. Mais, Seigneur, où trouverait-il la force de la laisser partir ?

Sammie descendit l'escalier à dix heures le lendemain matin, fatiguée mais déterminée. Après une nuit d'insomnie ponctuée par plusieurs crises de larmes, elle avait pris sa décision. Elle se dirigea vers la salle à manger, sachant qu'il lui faudrait toutes ses forces pour affronter ses parents.

— Bonjour, Sammie, fit Hubert à son entrée dans la pièce. Tu vas bien ? Tu as l'air bizarre...

— Je vais très bien, répliqua-t-elle avec un sourire forcé. Tu as vu papa et maman ?

— Oui. Ils sont dans le salon avec lord Wesley.

— Lord Wesley est ici ? Si tôt ?

— Il est là depuis une heure. Je l'ai vu arriver par la fenêtre de ma chambre.

Depuis une heure ? Catastrophe ! Elle sortit en courant, et s'arrêta net lorsque s'ouvrit la porte du salon. M. Briggeham apparut, l'air satisfait, puis Mme Briggeham, l'air d'une chatte à qui l'on vient d'offrir un bol de crème.

Éric les suivait. Il croisa le regard de Sammie et elle crut défaillir. Il était superbe. Pris au piège. Très malheureux.

— Samantha, ma chérie, roucoula Mme Briggeham en lui prenant le bras. Je suis contente que tu sois réveillée. Nous avons tellement de choses à faire, et si peu de temps. Je ne sais pas comment je pourrai organiser un mariage en moins d'une semaine, mais...

— Il faut que j'en parle avec vous et papa, mais d'abord, j'aimerais dire un mot à lord Wesley.

— Eh bien...

— Un mot seule à seul, maman.

Mme Briggeham battit des paupières, puis inclina gracieusement la tête.

— Bon, je suppose qu'il ne serait pas inconvenant que tu passes quelques instants seule avec ton fiancé... Charles, venez, ajouta-t-elle en se tournant vers son mari. Nous allons prendre une tasse de thé, pendant que le comte et sa future comtesse discutent.

Sur ces mots, elle s'éloigna comme si elle flottait dans l'air, M. Briggeham sur ses talons.

Sammie pénétra dans le salon et alla se planter au milieu de la pièce. Les mains jointes, elle regarda par la fenêtre en attendant qu'Éric ait refermé la porte.

Puis elle prit une profonde inspiration et pivota pour lui faire face.

Il paraissait si fatigué qu'elle en fut peinée. Le soleil entrait par la fenêtre, le baignant d'une lumière dorée qui soulignait les rides de ses yeux et de sa bouche.

Sortant de la colonne de lumière, il s'approcha et lui caressa la joue, geste tendre qui faillit la faire pleurer.

— Ça va ? demanda-t-il.

— Pas vraiment. Je suis désolée de ne pas avoir été là quand vous êtes arrivé, mais je ne vous attendais pas avant cet après-midi.

— Il n'y avait aucune raison de retarder cette rencontre avec votre père. J'ai déjà fait le nécessaire pour obtenir une autorisation spéciale.

— C'est justement ce dont je voulais vous parler, dit-elle d'une voix ferme. Je souhaite que vous annuliez tout.

— C'est malheureusement impossible, répliqua-t-il avec un sourire las. Pour se marier dans un délai aussi bref, il faut une autorisation spéciale.

— Je suis désolée, murmura-t-elle devant son expression abattue et résignée. Vraiment désolée…

— Vous n'avez pas à vous excuser, Samantha.

— Mais vous êtes contrarié, et à juste titre.

— Pas à cause de vous, dit-il, la prenant par les épaules. Jamais à cause de vous.

— Pourtant, c'est entièrement de ma faute.

— Pas du tout. C'est de la mienne. Je n'aurais pas dû vous voler votre innocence.

— Vous n'avez rien pris que je n'aie volontiers donné. Et c'est pourquoi je ne peux accepter votre offre.

— Pardon ?

— Je vous libère de votre obligation de m'épouser.

— Je vois, murmura-t-il en la lâchant. Même face à la ruine, vous ne voulez pas de moi.

Le cœur en déroute, elle faillit lui dire qu'elle l'aimait et souhaitait plus que tout être sa femme, mais elle refoula les mots qui lui brûlaient la langue.

— Avant notre liaison, vous n'avez pas caché votre position sur le mariage, milord.

— Vous non plus.

— Et mon point de vue n'a pas changé. Aucun de nous ne souhaite se marier, surtout dans ces circonstances.

— Je crois que nous n'avons pas le choix.

— C'est pourquoi je vous libère de votre obligation. Je refuse de vous forcer.

— Vos parents et moi sommes parvenus à un accord.

— Eh bien, il vous suffit de le rompre.

— Avez-vous songé que votre réputation serait irrévocablement ruinée ?

— Je voyagerai sur le Continent... Le genre de voyage que j'ai toujours désiré. Quand je reviendrai, les ragots se seront tus.

— Les ragots ne se taisent jamais. Le scandale obscurcira toute votre vie, et celle de chaque membre de votre famille. Vous n'y avez pas songé ? Ni au déshonneur qui me frappera, si je ne vous épouse pas ?

— Si c'est moi qui me rétracte, votre honneur sera sauf.

Il fit un pas en avant, et elle ne recula pas.

— Et combien de personnes, à votre avis, croiront que vous avez refusé d'être ma femme ? demanda-t-il d'une voix douce, en contradiction avec les émotions qui assombrissaient son regard. Personne. Malgré tout ce que vous pourrez dire, le monde pensera que je vous ai compromise, puisque j'ai refusé de vous épouser.

— Je... Vous avez raison. Personne ne croirait qu'une femme comme moi refuserait un homme comme vous...

Sacrebleu, songea-t-il, un homme comme moi donnerait tout ce qu'il possède pour une femme comme vous. Y compris son cœur.

Il savait ce qu'elle essayait de faire pour lui, et il l'en aimait d'autant plus, mais sa solution était impossible.

— Samantha, dit-il en lui prenant les mains, nous n'avons pas le choix, nous devons nous marier. Les ragots vont déjà bon train. On parle de notre conduite scandaleuse et d'un mariage imminent.

— Quoi ?

— Ce matin, mon maître d'hôtel m'a félicité pour mon prochain mariage.

— Oh, mon Dieu, fit-elle en baissant les yeux. Je suis navrée... Je ne voulais pas ça pour vous. Pour moi... Pour nous.

Lui soulevant le menton, il la regarda dans les yeux. La tristesse qu'il y lut faillit le jeter à genoux. Écartant une boucle de sa joue pâle, il saisit son visage entre ses mains.

— Samantha... tout se passera bien, vous avez ma parole. Me faites-vous confiance ?

— Oui, je vous fais confiance.

— Et acceptez-vous d'être ma femme ?

La répugnance qu'il distingua dans ses yeux blessa son amour-propre, et il eut envie de rire de sa propre suffisance. Jamais il n'aurait cru qu'une femme rechignerait à devenir comtesse de Wesley.

— J'accepte, dit-elle enfin.

Il l'enlaça avec un soupir de soulagement et déposa un baiser sur son crâne.

— Je vous promets, murmura-t-il contre ses cheveux parfumés au miel, que tous vos rêves deviendront réalité.

Éric avait presque atteint l'écurie des Briggeham, pour retrouver Empereur et rentrer chez lui, quand il fut arrêté par la voix essoufflée d'Hubert.

— Puis-je vous parler, milord ?

Il pivota et attendit que le garçon le rejoigne.

— Qu'y a-t-il, Hubert ?

— Maman vient de m'annoncer que vous et Samantha allez vous marier. C'est vrai ?

— Votre sœur a accepté d'être ma femme, oui.

— Elle… sait ?

Il évoquait le Voleur de Fiancées.

— Non.

— Vous devez le lui dire, milord. Avant de vous marier. Elle doit savoir la vérité.

— Et si, une fois au courant, elle refuse d'être ma femme ?

— Je ne pense pas que ce sera le cas, assura Hubert. Au début, elle en sera troublée, mais après y avoir réfléchi, elle comprendra pourquoi vous ne le lui avez pas dit plus tôt, et elle vous saura gré de lui faire suffisamment confiance pour lui confier votre secret *avant* le mariage.

À la pensée que Sammie veuille l'aider, partager son aventure, Éric fut parcouru d'un frisson. Elle réclamerait sûrement un masque et une cape !

— Je serais heureux, milord, reprit Hubert en remontant ses lunettes, de dire, si besoin est, un mot en votre faveur. Vous feriez un mari admirable pour Sammie, ajouta-t-il en battant l'herbe du bout de sa botte, et je serais honoré de vous avoir comme beau-frère. Mais vous devez le lui dire.

— Ne vous inquiétez pas, Hubert, répliqua Éric, la gorge serrée par l'émotion, en tapotant l'épaule du garçon. Je vous promets de m'occuper de tout.

20

Article paru dans le *London Times* :

Les recherches pour retrouver le Voleur de Fiancées s'intensifient, et la récompense pour sa capture s'élève maintenant à onze mille livres. La bande des Traqueurs du Voleur compte près de six cents membres. La certitude que le brigand sera appréhendé avant la fin de la semaine, et même plus tôt s'il tente un nouveau sauvetage, fait s'envoler les paris.

Deux jours plus tard, Sammie se tenait raide comme la justice dans sa chambre ensoleillée, tandis que la couturière faisait les dernières retouches à sa robe de mariée. Un bourdonnement de voix féminines lui parvenait du lit, sur lequel sa mère et ses sœurs étaient assises. Elles parlaient du mariage, indiquaient les endroits où l'ourlet remontait – ce qui leur valait de la part de la couturière des regards réprobateurs – et adressaient à Sammie des sourires radieux.

Celle-ci ne prêtait pas attention à leurs bavardages. La gorge serrée, elle se contemplait dans la psyché. La robe en soie crème, aux manches bouffantes et au décolleté souligné par un ruban ivoire, était ravissante dans sa simplicité. Mme Briggeham aurait voulu un modèle plus compliqué, couvert de dentelle et de volants, mais Sammie avait refusé catégoriquement.

Plairait-elle à Éric ? se demandait-elle. Dans deux jours, elle serait sa femme. En songeant à la joie qui aurait été la sienne s'il l'avait aimée et avait souhaité l'épouser, elle était triste. Mais, depuis leur conversation dans le salon, elle se disait que si la situation n'était pas idyllique, elle n'était pas non plus dramatique. Elle l'aimait. Ils étaient amis et partageaient les mêmes intérêts. Il était bon et généreux, patient et intelligent. La plupart des mariages n'avaient pas ces bases. Et la façon dont il l'embrassait, la touchait…

En tout cas, partager son lit ne serait pas une épreuve. Elle poussa un soupir. Il ne l'aimait pas, mais elle ferait de son mieux pour être une bonne épouse. Pour tenir son rang.

À la pensée de toutes les gaffes qui l'attendaient, elle frémit et espéra ne pas lui faire honte. Heureusement, sa mère et ses sœurs l'aideraient à les éviter. Éric méritait d'être heureux et d'avoir une femme dont il pût être fier, mais elle craignait de ne pas être à la hauteur. Elle ferait de son mieux. Pour lui. Et peut-être qu'avec le temps, l'amitié qu'il avait pour elle se transformerait en quelque chose de plus profond.

Elle posa le regard sur le tiroir de son secrétaire, où elle avait glissé son message. Il était arrivé ce matin et contenait une seule ligne d'une écriture élégante : *Retrouvez-moi au lac à minuit.*

Son cœur bondit à l'idée de voir Éric, et elle consulta la pendule de la cheminée. Dix heures à attendre. Se tournant vers le lit, elle vit quatre sourires radieux. Ces dix heures seraient longues…

Dans l'après-midi, lady Darvin vint rendre visite à Sammie. Pourquoi cette visite ? se demandait-elle en essayant de cacher sa gêne. Allait-elle l'accuser d'avoir mis le grappin sur Éric ?

Une fois qu'elles furent assises sur le canapé du salon, lady Darvin lui prit la main.

— Je sais que vous êtes très occupée à préparer le mariage, aussi serai-je brève. Je suis simplement venue vous souhaiter tous mes vœux. Nous nous connaissons à peine, mais j'espère que cela changera. J'ai toujours voulu avoir une sœur.

— Merci, milady, murmura Sammie, soulagée.

— Je vous en prie, appelez-moi Margaret. Et puis-je vous appeler Samantha ?

— Bien sûr. Je suis honorée d'être bientôt votre sœur.

— Merci. J'ignore ce que c'est qu'être une sœur, mais comme vous en avez déjà trois, vous m'apprendrez tout ce que j'ai besoin de savoir.

— C'est promis. Et sachez que je ferai mon possible pour être une bonne épouse, afin qu'Éric soit heureux et fier de moi.

— Vous avez déjà réussi à le rendre heureux, et je sais qu'il est fier de vous. Il m'a parlé avec admiration de vos expériences et de votre espoir de mettre au point une pommade contre les douleurs. Je trouve cela fascinant. Si seulement j'avais eu quelque chose d'utile à faire, en Cornouailles… Oh, je m'occupais bien de mon jardin et j'ai brodé d'innombrables mouchoirs, mais ce n'était pas grand-chose.

— Aimeriez-vous apprendre à faire la pommade au miel ? proposa Sammie en étreignant sa main.

— Vous croyez que je pourrais ?

— Bien sûr. Si vous avez la patience de broder, vous apprendrez en un rien de temps à fabriquer de la pommade. Pour moi, c'est moins compliqué que de manier une aiguille et du fil.

— J'attends notre première leçon avec impatience, déclara Margaret avec un sourire reconnaissant. Je ne peux pas vous dire, ajouta-t-elle après avoir étudié Sammie quelques secondes, combien je suis heureuse qu'Éric ait suivi mon conseil…

— Quel conseil ?

Margaret hésita. Puis, au lieu de répondre, elle demanda :

— Vous a-t-il parlé de nos parents ?

— Non. Je sais seulement que votre mère est morte quand Éric avait quinze ans.

— Oui. Elle était très belle. Et très malheureuse. Notre père était un homme avide et égoïste. Il humiliait notre mère par ses liaisons et ses dettes de jeu. Il exigeait beaucoup de son fils, mais se mettait en fureur quand il dépassait ses attentes. Quant à moi, fille inutile, mon père m'ignorait... jusqu'à ce qu'il m'oblige à épouser le vicomte Darvin, un homme tout aussi avide et égoïste que lui.

— Je suis vraiment désolée, fit Sammie en lui pressant la main.

— À cause de ces deux mariages ratés – celui de nos parents et le mien —, Éric s'est promis de ne jamais se marier. Même enfant, l'idée du mariage lui faisait horreur. Mais quand j'ai vu la manière dont il vous regardait, quand j'ai compris qu'il vous aimait, je lui ai conseillé de ne pas se laisser détruire par ces deux mariages désastreux. Il m'a écoutée, et j'en suis très heureuse. Il a été un frère merveilleux. Je suis certaine qu'il sera un époux et un père tout aussi merveilleux.

Margaret pensait donc qu'Éric l'avait demandée en mariage parce qu'il l'aimait. Quelle erreur, songea Sammie, bourrelée de remords.

L'idée du mariage lui avait toujours fait horreur. Et seul son sens de l'honneur l'entraînait devant l'autel !

Elle répugnait d'autant plus à le prendre au piège.

Mais elle n'avait pas les moyens de lui rendre sa liberté.

Vêtu pour son dernier sauvetage de sa cape et de son masque noirs, Éric attendait, monté sur Champion, derrière un épais bosquet. Autour de lui, les criquets faisaient entendre leurs stridulations et le hululement occasionnel d'une chouette déchirait la nuit. Les yeux résolument fixés sur le chemin, il refusait de regarder le lac, pour ne pas faire remonter les souvenirs qui y étaient attachés. Il aurait toute la vie pour les revivre... après qu'elle serait partie.

Une silhouette apparut au tournant. Il ne pouvait distinguer ses traits, mais il aurait reconnu cette démarche décidée n'importe où. Lorsqu'elle s'approcha, il remarqua sa robe de couleur indéfinissable. Seule Samantha s'habillerait si modestement pour un rendez-vous galant.

Sa Samantha, pensa-t-il, le cœur serré. Après cette nuit, il ne la reverrait plus jamais. Le fait qu'elle fût libre et en sécurité ne lui offrirait guère de consolation.

Elle s'arrêta à côté de l'énorme saule, le regard fixé sur l'eau, et il se rappela leur rencontre sous cet arbre. Il brûlait alors de l'embrasser, pensant satisfaire son désir. Quelle erreur !

Il l'observa un moment, et son cœur se serra quand elle enfouit le visage dans ses mains. Il ne pouvait supporter de la voir malheureuse. Mais il allait la libérer.

Mettant pied à terre, il s'approcha sans bruit. Perdue dans ses pensées, elle ne s'aperçut de sa présence que lorsqu'il fut juste derrière elle. Elle se raidit et prit une profonde inspiration.

— Vous êtes en avance, milord, dit-elle en se retournant.

Elle poussa une exclamation et recula en titubant. Il lui saisit le bras pour l'empêcher de tomber.

— N'ayez pas peur, ma jeune amie, chuchota-t-il avec son accent écossais.

— Je... je n'ai pas peur, monsieur. Vous m'avez surprise.

— Pardonnez-moi. Vous étiez plongée dans vos pensées ?

— Oui.

Même l'obscurité ne pouvait dissimuler la tristesse qui assombrissait ses traits. Soudain, elle le saisit par la main et le tira sous le saule, où ils se retrouvèrent cachés derrière l'épais feuillage.

— Pourquoi êtes-vous ici, monsieur ? C'est dangereux. Le magistrat a de nouvelles informations…

— Je suis au courant, ma jeune amie, répliqua-t-il en posant un doigt sur ses lèvres. N'ayez crainte… Dites-moi, pensiez-vous à votre prochain mariage ?

— Vous êtes au courant ?

Avant qu'il n'ait le temps de répondre, une chouette hulula. Elle sursauta et regarda nerveusement autour d'elle.

— J'ai rendez-vous avec mon fiancé, et il est décidé à vous capturer. Vous devez partir tout de suite.

— C'est moi qui ai écrit le mot. Votre mariage… c'est pour cela que je suis ici. Pour vous en libérer.

— M'en… libérer ? Oh… Vous êtes ici pour m'aider à y échapper ?

— Je vous offre le cadeau que j'ai offert aux autres femmes, miss Briggeham. Je vous libère d'un mariage qui vous répugne. Vous pourrez vivre toutes ces aventures dont vous m'avez parlé.

— Je… je ne sais que vous dire. Je dois y réfléchir. Logiquement.

Elle se mit à marcher de long en large en se tenant les tempes.

— Je n'aurais jamais imaginé avoir l'occasion de lui rendre sa liberté, murmura-t-elle. L'idée de quitter ma famille m'est horriblement pénible… mais disparaître serait la meilleure chose que je puisse faire pour lui. Le plus beau cadeau que je puisse lui donner.

— C'est vous que je cherche à libérer, ma jeune amie.

— Je comprends, dit-elle en s'arrêtant devant lui. Mais en fait, c'est lord Wesley que vous libérez.

— Qu'est-ce que vous racontez ?

— Il m'épouse parce que la société l'y oblige, expliqua-t-elle en baissant les yeux.

— Il vous a compromise.

— Il n'a rien fait que je n'aie pas souhaité, rétorqua-t-elle en levant la tête. Et il en assume les conséquences, en offrant un mariage dont il ne veut pas.

— Et dont vous ne voulez pas non plus, dit-il, attendant qu'elle confirme.

Au lieu de quoi, il vit des larmes briller derrière ses lunettes.

— Qu'est-ce qui vous fait croire cela, monsieur ? s'enquit-elle en détournant le regard. D'ailleurs, je me demande pourquoi vous êtes ici. Pourquoi désirez-vous me sauver, puisque vous n'aidez que celles qui refusent de se marier ?

— Cette première nuit, vous m'avez révélé que vous ne voudriez jamais vous marier. Avez-vous changé d'avis ?

— Je le crains, admit-elle, une larme roulant le long de sa joue.

— Vous voulez dire que vous souhaitez épouser le comte ?

— Plus que tout.

— Mais… pourquoi ?

— Parce que je l'aime.

Le temps sembla suspendu. Les mots qu'elle venait de prononcer résonnaient dans le cerveau d'Éric. *Je l'aime. Je l'aime…*

Foudroyé par cette déclaration, il eut du mal à retrouver sa voix.

— Vous aimez le comte, dit-il, se rappelant de prendre son accent de Voleur de Fiancées.

— Absolument.

— Vous voulez l'épouser.

— Désespérément.

Il fut comme illuminé par cette révélation.

— Mais, ajouta-t-elle, lui ne veut pas m'épouser. Il ne le fait que parce qu'il y est obligé. Pour sauver ma réputation. Il est bon, honnête et loyal… Ce sont quelques-unes des raisons qui font que je l'aime tant, conclut-elle avec un sourire triste.

Elle prit une profonde inspiration et poursuivit :

— J'aurais fait de mon mieux pour le rendre heureux, pour être une bonne épouse, mais vous me donnez l'occasion de le libérer... Cela me brise le cœur, mais je l'aime suffisamment pour le laisser partir.

Submergé par l'émotion, il la regarda sans un mot. Elle était prête à sacrifier pour lui sa famille, toute son existence... Il en était abasourdi, mortifié.

— Samantha, murmura-t-il, la gorge serrée. Samantha...

Son nom s'acheva dans un gémissement et, la prenant dans ses bras, il l'embrassa avec toute la passion qui l'habitait. Elle écarta les lèvres et, prenant possession de sa bouche, il la serra contre lui comme dans un étau. Elle s'abandonna, répondant à son baiser.

Elle sera *mienne. Mienne. Mienne*.

Rien n'existait qu'elle... Cette femme qu'il aimait tellement qu'il en tremblait.

Cette femme qui l'aimait.

Il cueillit dans ses mains son visage... ce visage unique, imparfait, qui l'avait séduit, fasciné, dès le premier instant.

Elle ouvrit lentement les paupières et leurs regards se nouèrent. Elle cligna plusieurs fois des yeux, puis fronça les sourcils et, levant très lentement une main, elle toucha son visage. Son visage *masqué*.

À cet instant, il retrouva ses esprits et se rappela où il se trouvait. Qui il était censé être.

Sacrebleu ! À quoi pensait-il ? Il ne pensait manifestement pas... Mais elle, à quoi pensait-elle ? Embrasser un autre homme, quelques secondes après avoir déclaré qu'elle l'aimait, *lui* !

Il la lâcha, comme si elle s'était transformée en colonne de feu, et recula de deux pas.

— Pardonnez-moi, ma jeune amie, dit-il. Je ne sais pas ce qui m'a pris...

Elle fixait sur lui des yeux ébahis, tandis qu'il attendait une réaction de colère. Mais elle continuait à le regarder, des larmes coulant sur ses joues. Enfin, elle murmura un mot :

— Éric.

21

Sammie avait du mal à respirer. Sa vision était brouillée, et elle crut s'évanouir.

Cet homme masqué, le Voleur de Fiancées, n'était autre qu'Éric…

Fermant les yeux, elle essaya de comprendre, mais son cerveau était comme paralysé. Comment était-ce possible ? Pourquoi ? Elle devait le lui demander, mais elle était incapable de formuler une pensée cohérente.

Rouvrant les paupières, elle le contempla, couvert de noir de la tête aux pieds, à l'exception de la bouche et des yeux. Maintenant qu'elle savait, elle le reconnaissait. Sa taille, sa largeur d'épaules, son air impérieux. Comment n'avait-elle pas découvert plus tôt la vérité ?

Parce que tu n'avais pas de raison d'imaginer qu'il te *mentait*.

Cette réflexion s'imposa dans le chaos de son cerveau. Tremblante de colère, elle serra les poings.

— Enlevez ce masque, ordonna-t-elle.

Comme il hésitait, elle faillit le frapper. Au lieu de quoi, elle lui planta l'index au milieu de la poitrine.

— Je sais que c'est vous, Éric, derrière ce masque. J'ai reconnu votre baiser. Enlevez-le, répéta-t-elle.

Ils se regardèrent pendant ce qui parut à Sammie une éternité. Finalement, il retira la soie noire qui lui recouvrait la tête.

Ses cheveux noirs décoiffés par le masque, il posa sur elle un regard impénétrable. Le silence s'éternisa.

— Pouvez-vous m'expliquer ? dit-elle, lorsqu'elle eut réussi à maîtriser ses émotions.

— Que voulez-vous savoir de plus ?

— *De plus ?* Je ne sais rien ! Sauf que vous m'avez trompée.

Il avança vers elle, et elle recula. Il fronça les sourcils, mais n'insista pas.

— Vous ne pouvez pas manquer de comprendre, Samantha, la nécessité de protéger mon identité.

— Quelqu'un d'autre est au courant ?

— Arthur Timstone. Et votre frère.

Elle crut que le sol cédait sous ses pieds.

— *Hubert ?*

— Il vous a suivie, la nuit où j'ai secouru miss Barrow, et il a répandu une poudre de sa fabrication sur la selle et les étriers du Voleur de Fiancées. Quand je suis venu vous voir le lendemain, mes bottes et ma selle portaient encore des traces de sa poudre. Devant l'évidence, je n'ai pu nier.

— Je ne peux pas croire qu'il ne me l'ait pas dit.

— Je lui ai fait jurer de ne pas divulguer mon identité. Si je suis découvert…

— Vous serez pendu, acheva-t-elle, l'estomac retourné à cette idée. Vous savez que je crois à votre cause, mais qu'est-ce qui vous a fait… ? C'est votre sœur, comprit-elle soudain. Vous m'avez dit que quelqu'un que vous aimiez a été obligé de se marier…

— Oui. Et elle, je n'ai pas pu la sauver. Mais il y en avait tant d'autres que je pouvais aider… Maintenant, ajouta-t-il en se passant les mains dans les cheveux, l'enquête du magistrat se resserrant, je vais devoir prendre ma retraite.

— Et malgré le danger, vous êtes venu ce soir.

— Oui.

Ce « oui » pénétra lentement dans son esprit, prenant toute sa signification, et elle eut du mal à retenir le cri qui montait dans sa gorge. Elle savait qu'il ne voulait pas l'épouser, mais ne pensait qu'il irait aussi loin ! En dépit de la menace qui pesait sur lui, il avait risqué sa vie pour lui offrir la liberté.

Et se libérer lui-même, en la libérant.

Éric la dévisageait, tentant de mettre de l'ordre dans ses émotions Elle l'aimait. Il ferma brièvement les yeux, et une série d'images sur ce qu'aurait pu être leur vie lui traversa l'esprit… l'amour partagé, la réalisation de leurs rêves, l'éducation de leurs enfants…

Il brûlait d'avouer que lui aussi l'aimait, qu'il l'aimait au point d'en avoir mal, mais il se l'interdit. Le danger auquel il était exposé était encore trop réel, et à présent qu'elle connaissait son identité, elle était davantage menacée. S'il lui disait qu'il l'aimait, sa loyauté l'empêcherait de le quitter. Pour lui, il le savait, elle traverserait du feu – ce qui le ravissait, le mortifiait et le terrifiait à la fois. Il n'avait pas le droit de l'aimer, ni de l'épouser. Mais en ne l'épousant pas, il la condamnait à la déchéance. Que diable devait-il faire ?

Sammie voyait son expression torturée et en était bouleversée. Il ne voulait manifestement pas l'épouser, mais ne pouvait l'abandonner. Il ne voulait pas d'elle, mais ne voulait pas non plus la faire souffrir. Et maintenant qu'elle avait révélé ses sentiments…

À la pensée d'avoir mis à nu son cœur et son âme, de lui avoir avoué son amour, elle se sentait écrasée par la honte.

Il tendit la main, mais elle recula.

— Ne me touchez pas, chuchota-t-elle.

Il abaissa la main, stupéfié. Que pouvait-elle dire pour le réconforter ? Rien. D'autant qu'elle devait rassembler ce qui lui restait d'énergie pour ne pas se désagréger devant lui.

Un faible hennissement attira son attention, et elle tourna la tête.

— Ne vous inquiétez pas, dit-il. Ce n'est que mon cheval, Champion.

— Champion… votre cheval… Vous avez proposé d'aider M. Straton à trouver *votre propre cheval* ! Tout ce que vous avez dit, tout ce que vous avez proposé pour aider à capturer le Voleur de Fiancées, ce n'étaient que des mensonges... Chaque mot qui sort de votre bouche n'est que mensonge.

— Je fais ce que je peux pour rester libre, Samantha.

Ces paroles prononcées d'une voix douce lui transpercèrent le cœur.

— Oui, acquiesça-t-elle. C'est évident.

— Je suis venu cette nuit pour vous rendre votre liberté.

— Ce qui en retour vous rendra la vôtre...

Il plongea le regard dans la nuit, puis se mit à marcher de long en large devant elle. Lorsque le silence devint insupportable, il reprit :

— Il m'est venu une idée... Il y a peut-être une autre solution. Nous pouvons nous marier, et partir à l'étranger tout de suite après la cérémonie. Nous vivrons sur le Continent ou en Amérique – là où le magistrat ne pourra pas nous trouver. Quelque part où personne n'a jamais entendu parler du Voleur de Fiancées.

Seigneur, songea-t-elle au désespoir, à présent qu'il se savait aimé, il proposait de tout abandonner – sa maison, ses droits de naissance, sa place dans la société, son mode de vie – pour l'honneur. Pour une femme qu'il n'aimait pas.

— C'est beaucoup vous demander, je sais, dit-il. Vous devriez abandonner votre famille, votre maison...

— Comme vous.

— Oui. Mais notre mariage et notre départ résoudraient le problème.

Le problème. Voilà ce qu'elle était pour lui. Elle en aurait presque ri. Si elle admirait son courage et croyait à sa cause, elle ne le connaissait pas vraiment. Toute sa vie était fondée sur le mensonge ; depuis le début, il la trompait. Comment pouvait-elle aimer un tel homme ? Pourtant, son cœur lui appartenait.

— Ça peut marcher, Samantha, insista-t-il, l'arrachant à ses pensées.

— Il faut que je réfléchisse. Je ne sais pas qui vous êtes. Et vous n'aviez manifestement pas l'intention de me le dire, si ? M'auriez-vous avoué la vérité ?

Il la regarda intensément un long moment, puis secoua la tête.

— Je ne sais pas, mais pour votre sécurité… probablement pas.

— Je… vois, murmura-t-elle.

Levant la tête, elle s'éclaircit la voix :

— J'ai dit au Voleur de Fiancées des choses que je n'aurais pas dites, si j'avais su à qui je m'adressais. Je ne sais vraiment pas qui vous êtes, mais vous n'êtes pas l'homme que je croyais. Ni l'un, ni l'autre. Je ne sais même pas à qui je parle à présent, acheva-t-elle avec un petit rire amer. En tout cas, je dois partir…

— Samantha, attendez, dit-il en la saisissant par le bras. Je ne peux pas vous laisser partir comme ça. Nous devons parler.

Elle essaya de s'arracher à son emprise. Sans succès.

— Je n'ai rien à vous dire. Pas maintenant. Je veux… j'ai besoin d'être seule. Loin de vous. Il faut que je réfléchisse. Que je décide ce que je dois faire. Je vous ai tout donné, poursuivit-elle, la voix vibrante d'émotion. Ma respectabilité, mon innocence… Laissez-moi partir sans que j'abandonne aussi ma dignité. Je vous en supplie.

— Après-demain, je serai à l'église, déclara-t-il en la lâchant.

— Je crains de ne pouvoir vous promettre la même chose, rétorqua-t-elle en étouffant un sanglot.

Puis, sans un mot de plus, elle souleva ses jupes et s'éloigna, accélérant le pas jusqu'à courir, comme si elle avait le diable aux trousses.

Éric regarda la nuit l'engloutir.

Je vous ai tout donné, avait-elle dit.

Non, Samantha, c'est moi qui vous ai tout pris…

Anéanti, il tomba à genoux sur le sol mouillé et, fermant les yeux, posa le front sur ses poings serrés.

Sans qu'il le cherche, un trésor lui avait été miraculeusement donné. Une femme qui touchait une partie de son cœur dont il ignorait jusqu'à l'existence.

Mais, telle une poignée de sable, il avait laissé filer ce trésor entre ses doigts. Quel égoïste il était ! Sachant qu'il ne pouvait lui offrir l'avenir qu'elle méritait, il n'aurait pas dû la désirer, l'aimer. S'il l'avait laissée tranquille, un autre homme aurait pu la courtiser. Tomber amoureux d'elle. L'épouser.

À la pensée qu'un autre la touche, il fut submergé par une vague de jalousie. Elle était à lui, bon sang !

Mais c'était à elle de choisir. Viendrait-elle à l'église ? Il eut un rire amer. Tu es fou ? se gronda-t-il. Pourquoi épouserait-elle un homme qu'elle considère comme un menteur ? Un homme voué à la potence et qui l'entraînerait dans un scandale ? Si j'étais à sa place, je souhaiterais entamer une nouvelle vie, aussi loin de moi que possible…

Eh bien, si c'était ce qu'elle voulait, il ferait tout ce qui était en son pouvoir pour l'y aider.

Sammie n'arrêta sa course qu'une fois dans sa chambre. La porte refermée, elle gagna son lit en titubant, se mit en boule sous les couvertures et laissa libre cours à ses larmes. Jamais elle n'aurait cru souffrir autant. Comme si on lui avait arraché le cœur…

Le visage enfoui dans son oreiller pour étouffer ses sanglots, elle pleura tout son soûl, revivant chaque minute passée avec Éric et le traitant tout bas de menteur.

Mais, lorsque l'aube pointa et que les rayons du soleil filtrèrent à travers sa fenêtre, elle prit une profonde inspiration. Après mûre réflexion, elle décida qu'elle ne pouvait lui reprocher ses mensonges. Il avait fait ce qu'il fallait pour se protéger. Ses sentiments envers le Voleur de Fiancées, l'admiration qu'elle avait pour son courage et son engagement demeuraient inchangés. Et, pour être honnête, il était plutôt excitant de découvrir en l'homme qu'elle aimait le héros masqué.

L'homme qu'elle aimait…

L'homme qu'elle aimait avait risqué sa vie pour lui offrir la liberté. Ou n'était-ce pas plutôt pour se libérer lui-même ? Qu'importait, d'ailleurs. Il détestait le mariage. Et le fait qu'il n'ait jamais souhaité épouser aucune femme était une piètre consolation.

Si Éric avait voulu d'elle, elle aurait tout sacrifié pour l'épouser. Mais ce qu'il voulait, c'était la liberté, et elle était la seule à pouvoir la lui donner…

Et c'était exactement ce qu'elle comptait faire.

Après le petit déjeuner, elle prendrait ses dispositions. Elle s'achèterait un billet pour l'étranger, et se préparerait à partir pour toujours.

Inutile qu'il l'attende demain à l'église.

22

Article paru dans le *London Times* :

La bande des Traqueurs du Voleur ne cesse de grossir et les recherches s'intensifient ; la récompense offerte pour sa capture, qui atteint quinze mille livres, en fait un homme mort !

Adam Straton marchait à grands pas sur le sentier qui contournait le village par l'ouest, menant dans l'épaisse forêt qui bordait le domaine de lord Wesley. Il aurait aimé savourer l'air frais du matin, mais était trop nerveux à la perspective de sa visite. Il s'arrêta avant d'entrer dans la forêt, afin de calmer sa conscience.

Il ne devrait pas traverser la propriété de lord Wesley…

Il considéra le bouquet de roses qu'il tenait à la main et fit une grimace. S'il ne prenait pas ce raccourci, les fleurs qu'il avait achetées pour lady Darvin seraient fanées. Inspirant profondément, il s'engagea dans la forêt.

Il n'avait aucune raison d'aller voir lady Darvin. Mais pourquoi pas, après tout ? Ils étaient amis. De longue date. Il n'avait aucune raison de *ne pas* lui rendre visite. Surtout après cette conversation où elle lui avait révélé son malheur. Il n'était qu'un ami attentionné, souhaitant s'assurer de son moral.

Rien qu'un ami attentionné ? Alors pourquoi avait-il le cœur battant et l'estomac noué, à la perspective de la voir ? Pourquoi avait-il dépensé en roses son budget de blanchissage ? Et pourquoi éprouvait-il le besoin de faire naître un sourire sur son visage adorable ?

Parce que tu es désespérément amoureux, espèce de gros bêta !

Adam s'immobilisa au milieu du chemin et se passa la main dans les cheveux. Oui, il était de son devoir de lui rendre visite. En fait…

Un léger mouvement sur le côté suspendit le cours de ses pensées. À travers le feuillage, il aperçut un homme menant un cheval noir vers l'écurie de lord Wesley. S'approchant pour mieux voir, il reconnut Arthur Timstone, le palefrenier du comte.

Toutefois, il ne reconnut pas le cheval. Étant donné sa taille et sa nervosité, ce devait être un étalon…

Adam fronça les sourcils. À sa connaissance, lord Wesley ne possédait pas un tel animal. Il pouvait évidemment l'avoir acheté récemment.

Il y avait une autre explication. En cherchant à aider les enquêteurs, lord Wesley pouvait avoir découvert ce cheval, qui correspondait à la description de celui du Voleur de Fiancées…

Tout excité, il hâta le pas vers l'écurie pour rejoindre Arthur.

Parvenu, hors d'haleine, au vaste portail de bois, il entra dans le bâtiment et attendit quelques instants que sa vue s'adaptât à la semi-obscurité. L'écurie Wesley était vaste, et d'une propreté impeccable.

— Ohé ! appela-t-il en avançant. Timstone, vous êtes là ?

Pas de réponse. Arthur était manifestement parti, après avoir mis le cheval noir dans une stalle. Il jetterait un coup d'œil à l'animal, avant d'aller trouver lady Darvin. Avec un peu de chance, le comte serait aussi chez lui et pourrait lui fournir une explication.

Adam parcourut lentement l'écurie, inspectant chaque stalle. Arrivé à la dernière, il s'arrêta. Lord Wesley possédait de magnifiques chevaux, mais aucune trace d'un étalon noir.

En réponse au coup frappé à la porte, l'austère majordome de lord Wesley entrouvrit la massive porte de chêne.

— Plaît-il ?

— Je voudrais parler à monsieur le comte ou à sa sœur, dit Adam en tendant sa carte. Aux deux, si possible.

— Ce n'est malheureusement pas possible, monsieur Straton, car ils sont partis pour Londres, tôt ce matin.

— Je vois. Et vous ne savez pas quand ils reviennent ?

— Non, mais comme monsieur le comte doit se marier demain à dix heures, je présume qu'ils rentreront avant la cérémonie.

— Euh… oui. Bien sûr. Connaissez-vous la raison de leur voyage ?

Le majordome renifla, pour montrer combien cette question était déplacée.

— Monsieur le comte n'a pas à informer son personnel de ses allées et venues.

En d'autres termes, il ne le savait pas. Ou ne voulait pas le savoir.

— J'ai apporté ce bouquet pour lady Darvin, dit Adam en tendant les roses.

— Je veillerai à ce qu'il lui soit remis.

— Merci, monsieur… ?

— Eversley, monsieur.

— Dites-moi, Eversley, avez-vous vu Arthur Timstone ? Il n'était pas dans l'écurie, et j'avais un mot à lui dire.

— S'il n'est pas dans l'écurie, il doit être en train de déjeuner à la cuisine. Vous voulez que j'aille le chercher ?

— Il retourne ensuite à l'écurie ?

— Oui, monsieur.

— Alors ne le dérangez pas. Je vais l'y attendre.

— Très bien, monsieur.

Adam s'éloigna, puis se retourna :

— Encore une chose, Eversley. Savez-vous si monsieur le comte possède un étalon noir ?

— Les chevaux sont le domaine de Timstone, monsieur, mais je ne me rappelle ni avoir vu un tel animal, ni avoir entendu monsieur le comte en parler.

— Merci, Eversley.

Le domestique inclina la tête, puis referma la porte. Intrigué et décidé à attendre le retour d'Arthur Timstone, Adam traversa les pelouses parfaitement tondues en direction de l'écurie. Il se passait quelque chose d'étrange, et il n'avait pas l'intention de partir tant que…

Une grosse voix le héla. Il se retourna et repéra Arthur qui venait vers lui. Parfait. Il aurait ses réponses plus vite que prévu.

— Bonjour, monsieur Straton. Quel bon vent vous amène à Wesley Manor ?

— Je comptais présenter mes hommages à lady Darvin, mais j'ai appris qu'elle passait la journée à Londres avec monsieur le comte.

— C'est exact.

— Connaissez-vous la raison de ce voyage ? Quand doivent-ils revenir ?

— Monsieur le comte a dû aller acheter une babiole pour sa fiancée, et il voulait l'avis de lady Darvin. Il va probablement rentrer pour le dîner.

— Je vois. Je voulais aussi demander au comte s'il avait appris quelque chose sur un certain étalon noir. Lord Wesley a-t-il réussi à localiser l'animal ?

— Il ne m'en a rien dit.

— Ah bon ? Il possède peut-être un tel animal, alors ?

— Un étalon noir ? répéta Arthur en se grattant la tête. Non, m'sieur. Lord Wesley n'a pas d'étalon noir.

— Un hongre noir, alors ?

— Non, m'sieur. Le seul cheval noir que monsieur le comte possède, c'est une jument qui s'appelle Midnight.

Adam secoua la tête. Le cheval qu'il avait aperçu n'était pas une jument.

— Peut-être garde-t-il l'étalon en pension ? Je parle du cheval que je vous ai vu rentrer dans l'écurie, il y a environ une demi-heure.

— Monsieur le comte ne garde pas de pensionnaire, s'indigna Arthur. Vous voulez parler d'Empereur. Je l'ai rentré avant mon déjeuner. Mais votre vue vous a trompé, monsieur Straton. La robe d'Empereur n'est pas noire. Elle est brun foncé. Avec les ombres et la lumière, vous avez confondu.

— Oui, peut-être…

— Bon, si vous voulez bien m'excuser, j'ai beaucoup de travail.

— Bien sûr. Bonne journée, Timstone.

— De même pour vous, m'sieur.

Le palefrenier partit en direction de l'écurie.

Adam le regarda s'éloigner en plissant les yeux. Bien que Timstone ait été convaincant, il était évident qu'il mentait. Mais pourquoi ? Les jeux de lumière n'avaient pas pu faire virer la robe du cheval de brun à noir !

Et ce mystérieux étalon, qui n'appartenait apparemment pas à lord Wesley, avait disparu dans l'écurie. Aurait-il manqué une stalle ? Non, il avait tout inspecté… à moins qu'il n'existe une stalle dérobée, quelque part derrière une porte.

Pourquoi Timstone mentirait-il à propos du cheval, s'il n'avait pas quelque chose à cacher… comme par exemple la monture du Voleur de Fiancées ? se demanda Adam, le cœur battant. Mais si cet étalon noir appartenait au Voleur, il n'imaginait pas qu'Arthur pût être celui qui se cachait derrière le masque noir. Non, le brigand était beaucoup plus jeune, et plus fort...

L'évidence le foudroya. Wesley serait-il le Voleur de Fiancées ? Il essaya d'écarter cette éventualité ridicule. En vain. Wesley en avait les moyens financiers. Sa propriété lui offrait toute discrétion. C'était un cavalier hors pair... Et qui irait le soupçonner ?

Adam se rappela l'empressement du comte à participer à l'enquête. Aide, ou sabotage ? Il poussa un long soupir. L'homme qu'il cherchait depuis si longtemps vivait-il pratiquement sous son nez ? Était-il parvenu au terme de l'enquête ?

Il serra la mâchoire. Sacrebleu, il avait toujours aimé Wesley. Bien sûr, qu'il l'aime ou non, si le comte était effectivement le Voleur de Fiancées, il le traînerait en justice. À l'idée de la souffrance de Margaret, à l'idée que son nom soit noirci par le scandale, il crispa les poings.

Si son frère est pendu et si son nom est terni, je pourrais peut-être la consoler ? Je pourrais...

Il chassa cette scandaleuse pensée. Jamais il n'abuserait de sa position pour parvenir à ses fins. En outre, Margaret ne lui pardonnerait certainement pas d'avoir arrêté son frère. Mais justice devait être faite, et le Voleur devait cesser ses activités. Ce qu'il lui fallait à présent, c'était une preuve.

Son regard s'arrêta de nouveau sur l'écurie. Timstone l'observait depuis la porte, et Adam le salua de la main. Le palefrenier lui répondit de même, puis le magistrat reprit le chemin du village.

Il retournerait dans l'écurie du comte, mais ne pouvait procéder à l'inspection nécessaire sous l'œil de Timstone.

Je reviendrai ce soir, une fois Timstone parti, et on verra si ce cheval s'y trouve, se dit-il.

Sa décision prise, il songea à Samantha Briggeham. Se doutait-elle que celui qu'elle s'apprêtait à épouser était peut-être l'homme le plus célèbre d'Angleterre ?

Après tout, il l'avait enlevée... L'avait-elle reconnu ? Il l'ignorait, mais le découvrirait. Parvenu à la fourche, il laissa le village à sa droite et prit la direction de Briggeham Manor.

Assise à sa place habituelle à la table du petit déjeuner, Sammie enfourna une bouchée qui pouvait être d'œufs brouillés, mais elle n'en était pas sûre. Son regard allait de sa mère à son père et de son père à Hubert, et elle ne pensait qu'à une chose : passé demain, elle ne savait même pas si elle les reverrait.

La gorge serrée et les larmes aux yeux, elle leva sa tasse de thé pour cacher son chagrin. Sa mère, tout sourire, parlait du mariage. Elle pouvait être exaspérante, mais elle lui manquerait affreusement. Son rire, ses comédies, ses « stridulations »...

Et son père, si bon. Son père qui l'aimait sans toujours la comprendre, et qui avait une patience à toute épreuve – bien qu'il sût tenir tête à sa femme, quand besoin était. Enfant, elle aimait se pelotonner sur ses genoux et l'écouter lire une histoire de sa voix profonde. Plus grande, elle s'asseyait à son côté dans le canapé du salon, et ils applaudissaient avec enthousiasme Lucille, Hermione et Emily qui leur donnaient des récitals.

Ses pensées s'arrêtèrent sur ses sœurs. Elles partageaient tant de souvenirs merveilleux. Leurs rires, lorsqu'elles se liguaient pour détourner les extravagances de leur mère... Les trois beautés avaient essayé de faire de Sammie le cygne qu'elle ne serait jamais, et l'avaient défendue avec passion quand on se moquait d'elle. À l'idée qu'elle ne verrait pas naître l'enfant de Lucille, qu'elle ne connaîtrait peut-être jamais sa nièce ou son neveu, elle eut du mal à retenir ses larmes.

Hubert posa une question à sa mère, et Sammie le regarda. Une douleur inconnue lui vrilla la poitrine. Seigneur, comment pourrait-elle abandonner Hubert ?

Elle l'avait toujours aimé, et avait suivi son développement avec la fierté d'une mère. Il était à présent un garçon intelligent et plein de promesses, et elle aurait le cœur brisé de ne pas le voir devenir un homme.

En tout cas, elle ferait ses adieux à Hubert. Elle avait envisagé de ne pas lui révéler ses projets, mais c'était impossible. Une fois tout arrangé, elle s'ouvrirait à lui. Il avait prouvé qu'il pouvait garder un secret.

Elle pensa alors à ce qu'elle devait faire dans l'immédiat. Un voyage à Londres pour acheter un billet pour… elle ne savait pas très bien. Cela dépendrait des bateaux en partance le lendemain. Mais avant de prendre la route de Londres, elle comptait s'arrêter à Wesley Manor afin d'informer Éric de sa décision.

Elle devrait rassembler toutes ses forces pour prononcer les paroles qui le libéreraient… et pour le quitter.

De retour de Londres, elle réunirait les affaires qu'elle souhaitait emporter. La plus grande partie de sa garde-robe était déjà emballée pour ce qui, aux yeux de tous, devait être son voyage de noces, mais elle ne pouvait partir sans ses livres, son journal et certains souvenirs personnels…

La voix de Cordelia la tira de sa rêverie.

— Tu n'es pas d'accord, Sammie chérie ? demanda-t-elle.

Contemplant le visage radieux de sa mère, elle tenta de sourire. Mais au lieu de cela, ses lèvres tremblèrent et une grosse larme tomba dans sa tasse.

— Qu'as-tu donc, ma chérie ? s'inquiéta Mme Brigeham. Oh, ce sont les nerfs…

Elle se leva et se dirigea vers sa fille dans un froufrou de mousseline. Passant un bras autour de son épaule, elle ajouta d'une voix douce :

— C'est normal, Sammie. La veille de leur mariage, toutes les femmes sont anxieuses. Mais après-demain… ta vie sera entièrement différente.

Serrant les paupières afin de contenir ses larmes, Sammie se laissa aller contre elle. Effectivement, après-demain, sa vie serait entièrement différente…

Vêtue de sa robe bleue et de ses chaussures de marche, Sammie ferma la porte d'entrée et dégringola les marches du perron. Plus vite elle en aurait fini avec sa visite, mieux cela serait.

Elle n'avait fait que dix pas quand elle eut la mauvaise surprise de voir approcher le magistrat. Elle s'arrêta, essayant de paraître calme, mais son cœur battait si fort qu'il ne pouvait pas ne pas l'entendre… Que faisait-il ici ? Y avait-il du nouveau dans son enquête ? Souhaitait-il l'interroger encore ? Avait-il découvert la vérité ?

— Bonjour, monsieur Straton…

— Bonjour, miss Briggeham. Vous sortez ?

— Oui, je vais au village, dit-elle, estimant préférable de ne pas lui révéler sa destination. Si vous voulez bien m'excuser…

Elle le contourna, mais il lui emboîta le pas.

— J'ai plusieurs questions à vous poser. Peut-être m'autoriserez-vous à vous accompagner ?

Comme elle n'avait pas l'intention d'aller au village ni de rester avec lui, elle s'immobilisa et afficha un sourire désolé.

— Ma mère n'aimerait pas me voir me promener sans chaperon avec un homme sur une si longue distance.

— Bien sûr, admit-il en regardant autour de lui. Mais pourquoi ne pas nous asseoir un moment ? ajouta-t-il en montrant un banc de pierre près du chemin menant au jardin. Je vous promets de ne pas vous retenir longtemps.

Elle acquiesça à contrecœur.

Une fois qu'ils furent assis, M. Straton lui adressa un sourire.

— Tout est prêt, j'imagine, pour le mariage ?

— Oui, dit-elle, l'estomac noué, parvenant tout de même à lui rendre son sourire.

— Parfait. Je suis soulagé de savoir que le voyage de lord Wesley à Londres n'est pas dû à un problème de dernière minute.

Constatant à son expression étonnée qu'elle n'était pas au courant, il s'enquit :

— Vous ne saviez pas que le comte était à Londres pour la journée ?

— Non, je ne savais pas.

— D'après son majordome, lui et sa sœur sont partis tôt ce matin. J'espérais que vous connaîtriez la raison de ce voyage…

— Je ne suis pas au courant, répliqua Sammie en croisant son regard inquisiteur. Peut-être lady Darvin cherchait-elle une robe pour le mariage ? Ou peut-être lord Wesley voulait-il m'acheter un cadeau ?

— C'est sûrement le cas… Dites-moi, miss Briggeham, avez-vous déjà eu l'occasion de visiter l'écurie de lord Wesley ?

La jeune femme fut prise d'une vive appréhension et dut faire un effort pour masquer son inquiétude.

— Non, mais je suis sûre qu'elle est bien tenue. Je connais le palefrenier, M. Timstone, qui est très compétent.

— Avez-vous déjà vu lord Wesley monter un étalon noir ?

Le cœur lui manqua. *Seigneur !* Elle fit semblant de réfléchir, puis secoua la tête.

— Je l'ai seulement vu monter un hongre brun. Un animal magnifique, qui s'appelle Empereur… J'espère, ajouta-t-elle avec un petit sourire malicieux, qu'il me laissera le monter.

M. Straton se contenta de hocher la tête, en la transperçant de son regard noir. Dix interminables secondes d'un silence mortel s'écoulèrent. Incapable de le supporter plus longtemps, Sammie se leva.

— Est-ce tout, monsieur Straton… ?

— En fait, j'ai du nouveau sur le Voleur de Fiancées.

— Vraiment ? fit-elle en se laissant lentement retomber sur le banc.

— Oui. J'ai de nouvelles preuves, et je pense l'arrêter très prochainement. Dans les vingt-quatre heures.

Sammie se sentit blêmir.

— Que se passe-t-il, miss Briggeham ? s'inquiéta-t-il. Vous êtes toute pâle.

— Je… je vais très bien. Cette nouvelle m'étonne, c'est tout… Vous avez donc découvert l'identité du Voleur de Fiancées ?

— Nous avons plusieurs pistes prometteuses. La prochaine fois que l'homme frappera, il sera appréhendé, peut-être même avant… Bon, je ne vous retiens pas davantage, miss Briggeham, conclut-il en s'inclinant. Je vous souhaite une bonne journée et vous verrai demain à l'église.

Sous le choc, Sammie resta clouée au banc, tandis qu'il s'éloignait d'un pas nonchalant en direction du village.

Lorsqu'il eut disparu, elle se leva tant bien que mal et rentra à la maison avec un calme étudié. Au cas où il l'observerait de derrière les épais feuillages, pour étudier sa réaction… Un frisson la parcourut comme si elle sentait vraiment son regard.

Le juge soupçonnait Éric, et elle craignait que sa réaction involontaire à l'annonce de la prochaine arrestation n'ait donné du poids à ses soupçons.

Elle devait le prévenir ! Mais comment faire, puisqu'il était à Londres ? Et comment le faire sans attirer l'attention ? M. Straton avait manifestement l'intention de les surveiller, Éric et elle. Elle n'osait pas envoyer un message qui risquait d'être intercepté, ni aller à Wesley Manor. Tout effort de sa part pour entrer en relation avec lui serait suspect.

Que faire ? se demanda-t-elle en portant les mains à sa poitrine.

Caché derrière une haie, Adam regarda miss Briggeham se diriger lentement vers sa maison. Il leva un sourcil. Elle avait manifestement oublié qu'elle devait se rendre au village…

Face à ses questions, elle avait essayé de jouer la désinvolture, et il devait reconnaître qu'elle y avait presque réussi. Mais il avait remarqué une lueur de peur dans son regard. Et quand il avait annoncé qu'il comptait procéder bientôt à une arrestation, elle avait blêmi.

Non seulement les réactions de miss Briggeham renforçaient ses soupçons, mais elles tendaient à montrer qu'elle savait – ou au moins soupçonnait – que son promis était le Voleur de Fiancées.

Restait à le prouver.

23

À dix heures ce soir-là, Éric se dirigea à grands pas vers son bureau pour y chercher la paix et un cognac. S'il avait apprécié la compagnie de Margaret pendant leur escapade à Londres, il était soulagé d'être de retour chez lui, seul avec ses pensées.

Ses pensées… Samantha les avait occupées toute la journée. Pendant l'aller et le retour. Pendant qu'il attendait Margaret chez la couturière. Pendant qu'il achetait deux billets sur le *Sea Maiden* qui partait le lendemain soir pour le Continent, puis chez le notaire où il avait mis à jour son testament afin d'assurer l'avenir de Samantha et des enfants qui pourraient naître de leur mariage – si ce mariage avait lieu.

Il entra dans son bureau, referma la porte derrière lui et alla droit vers les flacons de cristal, mais s'immobilisa à la vue d'Arthur, assis dans son fauteuil habituel, un verre de whisky entre ses mains usées par le travail.

— Il faut qu'on parle, dit-il sur un ton qui alerta Éric. Versez-vous-en un grand. Vous en aurez besoin, ajouta-t-il en montrant la carafe du menton.

Deux minutes plus tard, après avoir appris la visite d'Adam Straton, Éric se versa un second verre.

— Ce ne sont pas de bonnes nouvelles, grommela-t-il.

— Elles sont même très mauvaises. Le juge vous soupçonne. Il ne lâchera pas le morceau. Vous devriez partir en voyage, je crois. Loin.

— C'est justement ce que je compte faire. Sous prétexte d'un voyage de noces, j'ai prévu de quitter l'Angleterre avec Samantha tout de suite après le mariage – si toutefois elle s'y présente.

— Très malin. Dans votre milieu, il est normal de partir en voyage de noces plusieurs mois. Plusieurs années, même.

— Exactement. J'ai tout organisé, mais je te demanderai de veiller sur ma sœur. Assure-toi qu'elle soit bien ici et qu'elle soit… heureuse.

— Comptez sur moi. Mais vous devrez partir quoi qu'il arrive… même si miss Sammie ne vous rejoint pas à l'autel. Dites que vous quittez l'Angleterre pour l'oublier. Peu importe la raison, mais partez.

— Je ne pourrai pas faire ça. Je ne peux pas laisser Samantha affronter seule le scandale. Si elle ne vient pas, je…

Éric se passa une main dans les cheveux et poussa un long soupir.

— Sacrebleu, je ne sais pas ce que je ferai, ajouta-t-il. Il faudra que je trouve autre chose.

— Si vous ne partez pas, ils vous tueront, dit Arthur, les larmes aux yeux. Jamais je ne me pardonnerai d'être passé par là avec Champion. Tout ça, c'est ma faute…

Posant son verre sur la cheminée, Éric alla s'accroupir devant son ami et le regarda dans les yeux en lui étreignant l'épaule.

— Tu n'as rien à te reprocher. Tu ne pouvais pas savoir que Straton te surveillait. Je connaissais les conséquences de mes actes, et je les ai acceptées. J'en assumerai la responsabilité. Quant à Straton, il ne peut rien faire sans preuve. Même s'il trouve la stalle de Champion, cela ne prouvera pas que je suis l'homme qu'il cherche.

— Non, mais ce type vous rendra la vie impossible. Il ne faut pas qu'il ait de preuve contre vous. Ce qui veut dire que vous ne devez pas prendre le risque d'un autre enlèvement. Jamais.

— D'accord, fit Éric en hochant lentement la tête.

Mais, au fond de son cœur, il craignait que ce ne fût déjà trop tard.

Le lendemain matin, dans un renfoncement à droite de l'autel, Éric attendait. Il consulta sa montre de gousset. Encore trente minutes avant la cérémonie.

Viendrait-elle ?

Sa montre serrée dans une main, il arpenta l'étroit espace. Viendrait-elle ? Il s'était posé cette question un millier de fois, depuis leur dernière rencontre. Le fait qu'elle ne lui ait plus donné signe de vie signifiait-il qu'elle comptait l'épouser ? Ou l'avait-elle gommé de sa vie, sans se soucier du scandale qui en découlerait ?

Des voix étouffées lui parvinrent, et il écarta le lourd rideau de velours vert qui fermait l'alcôve, afin d'observer les invités sans être vu.

Il semblait que tout le village était venu. Il remarqua Lydia Nordfield, assise sur un banc, flanquée de ses filles et de ses gendres. Arthur, Eversley et une douzaine de ses vieux domestiques étaient installés au fond de l'église.

Il parcourut l'assemblée du regard, avant de s'arrêter sur Margaret. Elle était assise au premier rang, les yeux fixés sur ses mains gantées.

Son cœur se serra : elle devait penser à son propre mariage avec Darvin… Il faillit s'approcher pour la réconforter, puis décida de la laisser à ses pensées. Sa présence ici, dans cette église, lui permettrait peut-être d'exorciser les démons qui la hantaient.

Il continua à scruter la foule. Aucun membre de la famille de Samantha n'était dans l'église. Lâchant le rideau, il consulta sa montre. Vingt-trois minutes avant le début de la cérémonie…

Viendrait-elle ?

Adam Straton avançait vers l'église, le cœur battant, en proie à des émotions contradictoires. La nuit dernière, après avoir vu Arthur Timstone disparaître dans la grande maison, il avait inspecté l'écurie. Remarquant qu'elle semblait plus longue à l'extérieur qu'à l'intérieur, il avait concentré ses efforts sur le fond du bâtiment. Dix minutes plus tard, il découvrait une porte dérobée. Ayant réussi à l'ouvrir, il s'était retrouvé dans une vaste stalle, avec une lucarne percée dans le toit. Dans l'angle opposé était apparu, à la lumière de sa lanterne, le magnifique cheval noir…

Il n'y avait, pour lui, plus aucun doute : lord Wesley était le Voleur de Fiancées. Mais il avait besoin d'une preuve supplémentaire. Il n'allait pas l'arrêter pour qu'il soit relâché ensuite. Avec un peu de chance, d'ici une heure, il aurait une preuve. Sortant sa montre de la poche de son gilet, il nota l'heure avec satisfaction. En ce moment même, son homme de confiance, Farnsworth, fouillait la maison du comte, désertée par son personnel, pour trouver cette preuve.

Il pressa le pas, tandis que les invités pénétraient dans l'église. Oui, aujourd'hui serait probablement résolu le cas le plus embarrassant de sa carrière… Pourtant, son imminente victoire lui laissait un goût amer. Il appréciait Wesley. Et il aimait Margaret. L'idée qu'elle perdît son frère lui faisait horreur.

Mais il devait faire respecter la loi.

24

Éric arpentait le réduit, tel un animal en cage.

Elle avait dix minutes de retard.

Le rideau de velours s'écarta et il se retourna vivement. Le pasteur, visiblement nerveux, le rejoignit.

— Elle est arrivée ? demanda Éric.

— Non, milord.

Tirant un mouchoir de son surplis, l'homme de Dieu s'essuya le front.

— Eh bien, je suggère que vous alliez l'attendre et me préveniez dès qu'elle sera là.

— Oui, milord, répondit le pasteur en hochant vigoureusement la tête, ce qui fit trembloter son double menton.

Il s'effaça derrière le rideau, laissant Éric seul avec son désespoir. Elle ne viendrait pas. Elle ne voulait pas de lui. Elle préférait affronter le scandale, plutôt que de l'épouser.

Mais il était furieux qu'elle n'ait pas eu la courtoisie de l'informer de sa décision. Si elle ne voulait pas l'épouser, qu'elle le lui dise en face ! Si elle ne venait pas, il irait la trouver.

Il se tourna vers le rideau, mais avant qu'il n'ait fait un pas, la lourde draperie s'écarta, laissant apparaître le visage du pasteur.

— Miss Briggeham est arrivée, milord. Et elle insiste pour vous parler seule à seul – *avant* la cérémonie. Ce qui n'est pas du tout régulier, précisa l'homme de Dieu, les lèvres pincées. Elle vous attend dans mon bureau.

Sammie arpentait le petit bureau du pasteur, quand on frappa à la porte.

— Entrez, dit-elle.

Éric entra, et referma doucement la porte derrière lui. Leurs regards se croisèrent, et elle eut le souffle coupé. Avec sa chemise immaculée, son nœud de cravate impeccable, son gilet crème, son pantalon fauve et sa veste marron, c'était l'homme le plus beau qu'elle ait jamais vu.

— Merci d'avoir accepté de me rencontrer ici, déclara-t-elle. Je dois vous parler.

— Vous êtes en retard, fit-il remarquer en s'appuyant contre la porte.

— Je suis désolée. Il y a tant de choses à régler quand on s'en va pour toujours…

Elle ferma les yeux quelques secondes.

— Il fallait que je dise au revoir à Hubert. Je ne pouvais pas partir sans lui donner des explications.

S'écartant de la porte, il s'approcha et son regard la balaya de la tête aux pieds.

— Vous êtes ravissante, Samantha…

— Merci, murmura-t-elle, les joues en feu. La robe est jolie.

— Oui. Mais je parlais de la mariée qui la porte, précisa-t-il en lui soulevant le menton.

La sincérité de son ton et de son regard donna envie à Samantha de jeter les bras autour de son cou. Mais le temps était compté et elle avait tellement de choses à lui dire. Elle n'avait pas une seconde à perdre. Prenant une profonde respiration, elle se lança :

— Je ne suis pas ici pour me marier, Éric. Je suis venue vous libérer de l'obligation de m'épouser. J'ai pris des dispositions pour aller vivre à l'étranger. Vous n'avez plus à vous soucier de mon bien-être.

— Je vois, fit-il, lui lâchant le menton.

— Non, vous ne voyez pas, protesta-t-elle en lui secouant le bras. Je voulais vous parler hier, mais je n'ai pas osé. Adam Straton sait qui vous êtes. Il est venu me trouver et m'a interrogée.

Elle lui rapporta sa conversation avec le magistrat.

— Il sait, Éric, conclut-elle. Il va vous arrêter et vous faire pendre. Fuyez, supplia-t-elle, la voix brisée et les larmes aux yeux. Maintenant. Tout de suite ! Je vais distraire le pasteur et les invités aussi longtemps que je le pourrai, pour vous permettre de prendre de l'avance. J'ai le sentiment qu'il n'y a pas un instant à perdre.

— Samantha, fit-il en la saisissant par les épaules, je ne peux pas vous abandonner ici.

— Si, vous pouvez ! Je vous donne ma bénédiction.

— Alors, disons que je ne *veux* pas vous abandonner.

— Il le faut, implora-t-elle en s'accrochant à sa veste. Je peux tout affronter – le scandale, le ridicule, le mépris. Mais je ne supporterai pas que vous soyez arrêté. Je ne supporterai pas de vous voir mourir.

— Eh bien, épousez-moi. Nous partirons ensemble. Tout est arrangé pour cela, dit-il, prenant son visage entre ses mains. Je ne veux pas vivre sans vous, Samantha. Je veux partager ma vie – ma nouvelle vie – avec vous. Cela ne nous empêchera pas de secourir les jeunes filles : nous le ferons ensemble, légalement. Nous créerons une fondation – ou quelque chose dans le genre. Ensemble.

Incapable de parler, de respirer même, elle se contenta de le dévisager.

Baissant la tête, il appuya son front contre le sien.

— Je t'aime, Samantha. Je t'aime à en avoir mal. Tout ce que je refusais… mariage, famille… tout ce que je croyais ne pas être pour moi… l'amour a tout changé. Tu as tout changé. Je te veux pour femme. Pour mère de mes enfants. Certes, je risque d'être arrêté, mais nous pouvons partir tout de suite après la cérémonie.

— Répétez, dit-elle d'une voix sourde.

— Nous pouvons quitter l'Angleterre…

— Pas ça, murmura-t-elle en posant un doigt sur ses lèvres. « Je t'aime, Samantha. »

Saisissant sa main, il lui baisa la paume.

— Je t'aime, déclara-t-il en la plaçant sur son cœur. Tu sens ? Il bat pour toi. Si tu le veux, tu feras de moi le plus heureux des hommes. Mon cœur t'est offert. Tu peux le prendre… ou le briser. À toi de choisir.

La jeune femme le regarda, abasourdie. Il l'aimait donc. Elle, Sammie, cette pauvre fille excentrique et sans beauté… Impossible. Il devait être fou. Ou soûl. Elle renifla discrètement, mais ne repéra pas la moindre odeur d'alcool. Et la sincérité de son regard était bien réelle. Tout comme l'amour qui brûlait dans ses yeux noirs.

— Vous ne voyez pas que je ferais une effroyable comtesse ?

— Non. Tu ferais une merveilleuse comtesse. Captivante. Charmante. Courageuse. Beaucoup de mots en « c » pour décrire mon extraordinaire Samantha, plaisanta-t-il en lui caressant la joue.

Qu'elle soit aimée de lui défiait la logique. Mais avant qu'elle parvienne à maîtriser ses émotions, on frappa et ils pivotèrent vers la porte.

— Entrez, dit Éric.

Le pasteur apparut, son regard interrogateur allant de l'un à l'autre.

— Nous pouvons commencer ? grommela-t-il.

Éric débordait de joie. Samantha et lui allaient être mari et femme.

Tout s'arrangeait pour le mieux.

Farnsworth, l'homme de confiance du magistrat, se glissa dans la chambre du comte de Wesley et referma doucement la porte derrière lui. Embrassant du regard la vaste pièce, il se dirigea aussitôt vers le bureau en merisier, près de la fenêtre. Il espérait y trouver quelque chose. Le bureau et la bibliothèque n'avaient rien révélé, et le temps pressait.

Il ouvrit les tiroirs. Rien. S'accroupissant, il passa les mains sur le bois. Derrière l'un des pieds, son doigt rencontra un bouton. Retenant son souffle, il le tourna. Il y eut un petit déclic, le fond s'effaça, et quelque chose de mou lui tomba dans la paume.

Retirant la main, il reconnut un masque en soie noire et esquissa un sourire.

C'était la preuve dont avait besoin le juge.

25

Près de l'autel, Éric regardait Samantha remonter la nef au bras de son père, aussi ému que radieux. Indifférente aux chuchotements de la foule, elle le regardait fixement, l'amour brillant dans ses yeux.

Elle le rejoignit, un sourire sur ses lèvres tremblantes.

Un quart d'heure plus tard, après avoir prononcé les mots qui les unissaient pour la vie, le pasteur les bénit, son visage replet rayonnant de fierté. Éric se tourna vers sa femme, ivre de bonheur. Il déposa un chaste baiser sur ses lèvres, et le désir l'envahit. Il lui fallait la toucher, l'embrasser vraiment… Maintenant. Tout de suite. À l'abri des regards indiscrets.

Lui prenant la main, il la glissa au creux son bras et descendit la nef, sortit presque en courant, contourna l'église et l'entraîna dans l'ombre.

— Seigneur, Éric ! souffla-t-elle, hors d'haleine.

Il l'enlaça et couvrit sa bouche. Laissant échapper un petit cri de plaisir, elle entrouvrit les lèvres et, submergé par un bonheur inconcevable, il joua avec sa langue dans une valse endiablée.

Acceptant avec empressement l'assaut de ce baiser, Sammie lui entoura la taille de ses bras. Lorsqu'il releva enfin la tête, elle s'accrocha à lui et ouvrit lentement les paupières, mais ne vit que du blanc. Comme elle clignait des yeux pour éclaircir sa vision, elle sentit que ses lunettes lui étaient retirées. Aussitôt, elle le vit. Son mari. Et la chaleur qui émanait de son regard la pénétra tel un feu dévorant.

— Je crains que tes lunettes ne soient embuées, se moqua-t-il, taquin.

— Je croyais voir des nuages. Comme si j'étais morte et montée au ciel...

Les voix des invités sortant de l'église leur parvinrent, et il lui sourit.

— Venez, ma charmante comtesse. Allons recevoir les félicitations et les vœux de nos amis.

— Avant qu'ils ne nous découvrent nous bécotant derrière les buissons !

Inclinant la tête avec une grâce qu'elle espérait aristocratique, elle glissa la main au bras de son mari.

Adam sortit de l'église en clignant des yeux à cause du soleil. Il observa la foule qui entourait les mariés, dans l'espoir d'apercevoir Margaret. Comme si cette seule pensée l'avait fait apparaître, il la remarqua à l'ombre d'un grand chêne. Elle était seule, la tête inclinée, les mains croisées devant elle.

Attiré comme le fer par un aimant, il s'approcha.

— Bonjour, milady, dit-il en pénétrant dans l'ombre du chêne.

Elle pivota vers lui, l'air triste et le regard torturé. Faisant fi des convenances, il lui prit doucement le bras.

— Qu'est-ce qui ne va pas ? s'inquiéta-t-il.

— Cette cérémonie... les souvenirs. J'ai essayé de ne pas me rappeler, mais assise dans cette église... Je n'y suis pas retournée depuis mon mariage.

Il se rappelait ce jour avec précision. Prostré sur son lit, au désespoir, il avait regardé l'heure, conscient que la femme qu'il aimait se donnait à un autre. Lorsque les cloches avaient sonné dans le lointain, marquant la fin de la cérémonie, il avait ouvert une bouteille de whisky et s'était délibérément enivré. Il n'avait pas dessoûlé pendant deux jours. Après cela, il avait repris sa vie, la croyant heureuse.

Devant son expression égarée, il ne pouvait que reconnaître son erreur. Elle avait les yeux brillants de larmes, mais ce n'étaient pas les larmes de bonheur que les femmes versaient souvent lors des mariages.

Avait-elle été vraiment si malheureuse ? N'était-ce pas simplement de la nostalgie ? De la tristesse de ne pas avoir d'enfant ?

Lâchant son bras, il lui tendit un mouchoir.

— Merci, dit-elle en se tamponnant les yeux. Et pardonnez-moi. C'est un jour heureux, et je me suis laissé submerger par mes souvenirs.

— Votre mari… commença-t-il, ne sachant comment formuler sa question. Il n'était pas… gentil ?

Elle évita son regard. Il prit sa main gantée et l'étreignit doucement.

— Pas gentil ? répéta-t-elle d'une voix terrible, qu'il ne reconnut pas. Non, il n'était pas gentil.

Sa colère retomba aussi vite qu'elle était montée, et elle parut brisée. Fermant les yeux, elle fut prise de tremblements. Une unique larme roula le long de sa joue et tomba sur la manchette d'Adam. Il la regarda pénétrer le tissu.

Ce misérable l'avait fait souffrir. Il avait blessé son esprit et son âme… Avait-il aussi blessé son corps ? À cette pensée, il vit rouge.

Lors du mariage de Margaret, il avait été effondré, mais avait accepté l'inévitable. Malgré l'amour qu'il lui portait, il savait ne pas avoir le droit de la courtiser, sans parler de l'épouser. Il n'avait rien à offrir à la fille d'un comte.

Sauf de l'amour. Et de la gentillesse. Il se rappela ce qu'elle lui avait dit : *Je passais des heures sur les falaises, à regarder la mer, et à me demander l'effet que cela ferait de sauter…*

À la pensée que Darvin ait pu la maltraiter au point de la pousser au suicide, il en avait la nausée. Si seulement il avait su…

Qu'aurais-tu fait ? se demanda-t-il. Qu'aurais-tu pu faire ? En vérité, il le savait. Il savait en son for intérieur que lui – un homme qui avait consacré sa vie à faire respecter la loi – aurait tué cette ordure… Et pourquoi son frère ne l'avait-il pas fait ?

Elle ouvrit les yeux. Ses sentiments devaient être transparents, car elle le regarda avec une tendresse qui le bouleversa.

— Votre indignation me touche, dit-elle. Vous avez toujours été un ami inconditionnel, mais vous ne pouviez rien faire.

Un ami inconditionnel. Si elle savait ce qu'il aurait donné pour être davantage !

— Votre frère… articula-t-il malgré sa gorge nouée. Il ne savait pas ?

— Il savait que j'étais malheureuse, mais pas à quel point, et je n'osais le lui avouer… En rentrant de la guerre, il est venu me voir. Il a remarqué les bleus que j'avais aux bras. J'ai prétendu que j'étais tombée. Il ne m'a pas crue.

— Pour quelle raison protégiez-vous ce monstre ? gronda Adam.

— Je ne protégeais pas Darvin. C'est mon frère que je cherchais à protéger. Il l'aurait tué et aurait été pendu pour ce crime. Pour le punir de sa violence, il l'a frappé jusqu'à lui faire perdre connaissance, et l'a menacé d'achever le travail s'il me brutalisait à nouveau.

— Et il a recommencé ?

— Oui. Mais moins souvent. Je… je ne l'ai jamais dit à Éric. Quand j'ai cessé de lutter, Darvin s'est désintéressé de moi et s'est tourné vers d'autres femmes. Éric sait seulement que Darvin était infidèle, mais il n'est pas au courant du reste…

Tout son corps criait de fureur contre les souffrances qu'elle avait subies, et contre l'homme qui les lui avait infligées.

Il l'avait maltraitée. Il l'avait humiliée. Il l'avait trompée... cette douce et belle créature qu'il aimait depuis l'instant où il avait posé les yeux sur elle, alors qu'ils n'étaient encore que des enfants. Son cœur saignait pour elle. Et pour lui-même.

Il lui étreignit la main, luttant contre l'envie de la prendre dans ses bras, pour la protéger. Pour lui dire qu'il ne laisserait plus personne la maltraiter...

— Pourquoi ne l'avez-vous pas quitté ?

— Je l'ai fait, un mois après notre mariage. Il m'a retrouvée dans une auberge à soixante-dix kilomètres de la Cornouailles. Il m'a dit que si je le quittais de nouveau, il tuerait mon frère. (Elle se mordit la lèvre.) Je... je n'avais pas l'intention de vous en parler. J'ignore pourquoi je l'ai fait, ajouta-t-elle en cherchant son regard.

Submergé par l'émotion, il ne pouvait chasser de son esprit la vision de Margaret meurtrie et en pleurs. Il plongea dans ses yeux et essaya de contenir sa rage. Darvin était mort, mais il aurait voulu le déterrer et le tuer de nouveau ! Comment son frère n'avait-il pas étranglé ce salaud de ses propres mains ?

Son frère... Soudain, tout s'ordonna. Non, son frère n'avait pas tué Darvin. Mais il avait dirigé sa fureur dans une autre direction, et risqué sa vie pour sauver d'autres femmes d'un pareil malheur...

— Dites-moi... commença-t-il en humectant ses lèvres sèches, si vous aviez eu l'occasion de vous enfuir, même si cela signifiait ne jamais revoir votre famille ou vos amis, l'auriez-vous fait pour ne pas l'épouser ?

— Oui, répondit-elle sans hésiter.

Ce seul mot l'ébranla au plus profond de lui-même. Il avait consacré ces cinq dernières années à pourchasser le Voleur de Fiancées. L'homme était un criminel. Un ravisseur. Il déchirait des familles et ruinait des projets de mariage. Pourtant, Margaret aurait accepté son aide afin d'échapper à cette union. Et ces années d'horreur et de désespoir lui auraient été épargnées…

Il était en proie à la plus grande confusion. Il ne pouvait évidemment pas contourner la loi. Il se flattait de son honnêteté et de son intégrité. L'enlèvement était puni de la potence. S'il ne veillait pas à ce que justice soit faite, comment pourrait-il se prétendre homme de loi ?

— Vous avez dit que vous n'aviez pas l'intention de m'en parler. Pourquoi ?

— Je… je ne voulais pas que vous ayez une mauvaise opinion de moi, répondit-elle en baissant les yeux.

Il crut que son cœur allait se briser. La main tremblante, il lui souleva le menton.

— Jamais je ne pourrais avoir une mauvaise opinion de vous. De l'homme qui vous a maltraitée, oui. De vous, jamais.

Il avait envie d'avouer son amour, mais n'osa pas.

— Je suis désolé que vous ayez autant souffert, ajouta-t-il.

— Merci. Mais maintenant je suis libre. Et de retour dans la maison que j'aime, avec mon frère.

Il reçut comme un coup de poing dans le ventre. Dans une heure, il espérait arrêter ce frère…

— Et aujourd'hui, j'ai gagné une sœur, poursuivit-elle avec un pauvre sourire. J'ai donc tout lieu d'être heureuse. Je dois d'ailleurs aller les féliciter, déclara-t-elle en lui lâchant la main. Vous venez avec moi ?

Avant qu'il ne réponde, il entendit quelqu'un tousser discrètement derrière lui.

— Je vous demande pardon, monsieur Straton, mais j'ai à vous parler…

Reconnaissant la voix de Farnsworth, Adam se figea.

— Je vous rejoins tout de suite, ma chère, dit-il en saluant lady Darvin.

Celle-ci inclina la tête et se dirigea vers la foule qui entourait les mariés. Dès qu'il eut la certitude qu'elle ne pouvait entendre, il se tourna vers Farnsworth :

— Alors ?

L'homme tira un morceau de tissu noir de sa poche.

— Voilà ce que j'ai trouvé dans la chambre de lord Wesley, patron. Dans un tiroir secret. Il n'y a pas de doute, c'est le masque du Voleur.

Adam étudia le masque de soie noire. Il tenait dans sa main la preuve qu'il cherchait depuis des années. Plus rien ne lui manquait pour arrêter le Voleur de Fiancées.

Dès que Sammie et Éric eurent contourné l'angle de l'église, après leur baiser passionné, Mme Briggeham fondit sur eux.

— Te voilà, ma chérie ! Je suis si heureuse pour toi ! s'exclama-t-elle en étreignant sa fille à l'étouffer.

Sachant que c'était la dernière fois qu'elle sentirait les bras de sa mère autour d'elle, la jeune femme se laissa faire, tandis que Cordelia lui chuchotait à l'oreille :

— Je suis désolée que nous n'ayons pas eu le temps de parler de... *tu sais quoi,* mais je suis certaine que le comte saura quoi faire.

Sur ces paroles, Mme Briggeham s'écarta en se tamponnant les yeux avec un mouchoir de dentelle, puis elle émit trois stridulations et regarda autour d'elle. Mais, ne voyant pas de banc dans les parages, elle décida de ne pas s'évanouir. Et lorsque Lydia Nordfield et sa fille Daphné s'approchèrent, elle était radieuse.

— Lydia ! s'écria-t-elle en l'embrassant avec un enthousiasme qui fit grimacer son amie. Allons, ne vous tracassez pas. Je suis sûre que Daphné trouvera bientôt un mari.

Mme Nordfield s'étrangla et lui adressa un sourire glacial, puis la mère et la fille présentèrent leurs vœux à la mariée, des vœux plutôt guindés. Le regard de Lydia alla plusieurs fois de sa fille à Sammie. Cette dernière se mordit les lèvres pour cacher son amusement.

— Peut-être que tu pourrais avoir des lunettes, Daphné chérie, déclara Lydia, songeuse, en entraînant sa fille. Cela a tout de même un certain charme…

Vinrent ensuite Hermione, Lucille et Emily. Sammie les embrassa l'une après l'autre. Comment pouvait-on éprouver à la fois autant de tristesse et de joie ? Autant de regret pour tout ce qu'elles ne partageraient pas, et d'impatience pour l'avenir qui s'ouvrait devant elle ?

Suivit M. Briggeham, qui l'embrassa sur les deux joues.

— J'ai toujours su que tu ferais un heureux, Sammie. Je l'avais dit à ta mère.

Il lui flatta la tête comme si elle était un chien et s'éloigna.

Puis ce fut au tour d'Hubert. Ils s'étaient déjà dit au revoir le matin. Les yeux embués, elle lui ébouriffa les cheveux et croisa son regard. La pomme d'Adam du garçon tressauta et elle en eut la gorge nouée.

Le regard triste, le sourire de guingois, il l'étreignit maladroitement. Leurs lunettes s'entrechoquèrent et ils s'écartèrent en riant.

— Bien joué, Sammie, murmura-t-il. Tu es la plus belle comtesse que j'aie jamais vue.

— Je suis la *seule* comtesse que tu aies jamais vue.

— Eh bien, moi, j'en ai vu beaucoup, intervint Éric, et je suis d'accord avec Hubert.

Prenant la main de la jeune femme, il la porta à ses lèvres en la regardant avec une intensité qui la réchauffa jusqu'à la moelle.

Hubert s'éloigna et les invités continuèrent à défiler. Enfin, Margaret apparut et lui tendit les mains.

— Nous sommes officiellement sœurs, dit-elle, les larmes aux yeux. Et vous êtes officiellement comtesse.

Sammie lui étreignit les mains et sourit pour cacher sa tristesse, à la pensée qu'elle n'aurait pas l'occasion de la connaître davantage.

— Oui, nous sommes sœurs. Et je suis comtesse – ce qui est un peu… intimidant.

— Il n'y a pas à s'inquiéter. Vous avez réussi le plus important. Vous avez rendu un comte très, très heureux.

— C'est vrai, confirma Éric.

Il embrassa sa sœur, et Sammie eut le cœur serré en le voyant fermer les yeux pour savourer ce qui devait être leur dernière étreinte. Elle pivota vers la dernière personne qui venait présenter ses vœux… et se figea.

Adam Straton se tenait devant elle, accompagné d'un homme qu'elle ne connaissait pas – la trentaine, bien bâti, les cheveux blond foncé, les lèvres serrées et l'air sérieux. Les deux hommes semblaient tendus. Ils regardaient fixement Éric, qui souriait à sa sœur.

Éperdue, le cœur battant, Sammie ouvrit la bouche pour dire quelque chose, mais M. Straton la devança :

— Voudriez-vous avoir l'obligeance de venir un instant à l'intérieur avec moi, milord ? Farnsworth et moi souhaiterions vous parler. En privé.

Éric et le magistrat échangèrent un long regard, puis le comte acquiesça.

— Bien sûr, dit-il.

Prenant Sammie par la taille dans un geste d'encouragement, il l'embrassa sur la joue et lui murmura à l'oreille :

— N'oublie jamais que je t'aime.

Glacée d'effroi, elle vit les trois hommes disparaître dans l'église.

— Je me demande ce que cela signifie... commenta Margaret.

Sammie craignait de ne le savoir que trop.

Le cœur battant, Éric se tenait dans le bureau du pasteur et regardait Straton et Farnsworth avec un détachement étudié. Après plusieurs secondes de silence, il croisa les bras.

— De quoi souhaitiez-vous me parler ? s'enquit-il avec une pointe d'impatience.

Straton sortit un morceau de tissu noir de sa poche et le lui tendit. Le contact de la soie sur sa paume ne lui était que trop familier.

— Qu'est-ce que c'est ? demanda-t-il cependant.

Farnsworth s'éclaircit la voix.

— C'est le masque du Voleur de Fiancées. Je l'ai trouvé caché dans le bureau votre chambre, milord.

Éric serra les dents pour ne pas crier : *Non, pas maintenant !* Alors qu'on venait de lui offrir le bonheur sur un plateau d'argent. Que Samantha et lui étaient sur le point de s'enfuir à l'étranger.

Qu'une nouvelle vie leur tendait les bras...

Il pivota vers Straton, s'attendant à croiser un regard dur. Au lieu de quoi, le magistrat avait la tête tournée vers la fenêtre et semblait préoccupé. Suivant son regard, Éric constata qu'il fixait Margaret, seule à l'ombre d'un grand chêne.

Froissant la soie dans sa main, il attendit, chacun de ses muscles tendus. Impossible de nier l'évidence ; il ne pouvait que féliciter Straton et Farnsworth pour leur ingéniosité. Il songea à Samantha et sa mâchoire se crispa. Sacrebleu, elle devait être dans l'angoisse, pensa-t-il, accablé de regret. Regret à l'idée qu'elle aurait à affronter son arrestation et sa pendaison. Regret de ne pouvoir l'aimer et rire avec elle... En tout cas, son avenir financier était assuré. La comtesse de Wesley était une femme extrêmement riche.

Il espérait qu'elle quitterait l'Angleterre et commencerait une nouvelle vie, loin du scandale.

Son attention se reporta sur le magistrat. Il regardait toujours par la fenêtre, pâle, les poings serrés. Une minute d'un silence assourdissant s'écoula.

Finalement, Straton se tourna vers son subalterne.

— Excellent travail, Farnsworth, dit-il. Vous avez brillamment passé l'épreuve.

— L'épreuve, patron ? répéta l'homme en se grattant la tête.

— Oui. Je vous observe depuis un certain temps, car j'avais dans l'idée de vous offrir une promotion, mais je devais d'abord juger de votre habileté, comme vous devez le comprendre…

— Euh… en fait, non…

— Lord Wesley, qui m'a généreusement aidé pendant cette enquête, a eu la bonté de me prêter assistance. Suivant mes instructions, il a caché dans Wesley Manor ce masque, réplique de celui du Voleur de Fiancées, que j'ai moi-même fabriqué à partir de descriptions de témoins. Si vous réussissiez à trouver ce masque, Farnsworth, la promotion serait méritée… Un panneau secret sous votre bureau ? ajouta-t-il en s'adressant à Éric. Très astucieux, milord. Je vous remercie pour votre concours.

Seule une éducation visant à ne jamais trahir ses émotions permit à Éric de ne pas manifester sa stupeur. Il avait sûrement mal entendu. De quoi pouvait bien parler Straton ?

Se tournant vers son subalterne, Adam tendit la main.

— Félicitations, Farnsworth. Grâce à votre promotion, vous allez diriger une nouvelle affaire concernant des contrebandiers. Je vous donnerai les détails demain matin.

Avec une expression où la fierté le disputait à la consternation, Farnsworth serra la main de son chef.

— Merci, patron ! L'ennui, c'est que nous n'avons toujours pas arrêté le Voleur de Fiancées... J'ai vraiment cru que c'était vous, précisa-t-il en lançant au comte un regard penaud. Pardonnez-moi.

Se méfiant de sa voix, Éric répondit par une inclinaison de tête.

— Oui, malheureusement, le Voleur court toujours, soupira Straton. Quoi qu'il en soit, ajouta-t-il en jetant au comte un regard sévère, je ne tolérerai pas de nouveaux enlèvements. Si le Voleur de Fiancées commet l'erreur de frapper à nouveau, je le ferai pendre.

Éric acquiesça. L'incroyable vérité s'imposait lentement à son esprit troublé.

Il était libre.

Straton lui avait sauvé la vie.

— C'est ça, patron. Vous capturerez le Voleur de Fiancées dès qu'il réapparaîtra.

Straton et Éric échangèrent un long regard, puis le magistrat dit :

— Nous ne vous retenons pas davantage, milord. Tous nos vœux à vous et à votre femme.

— Merci...

Farnsworth ouvrit la porte et sortit. Comme le magistrat allait le suivre, Éric l'arrêta.

— J'aimerais vous dire un mot.

Le juge revint dans la pièce et referma la porte.

Éric regarda l'homme qui l'avait sauvé de la potence et prononça un seul mot :

— Pourquoi ?

Straton s'appuya contre la porte, et son regard se porta de nouveau vers la fenêtre, vers Margaret, toujours sous le chêne majestueux.

— Je viens d'avoir avec votre sœur une conversation qui m'a beaucoup éclairé, déclara-t-il.

— Margaret n'est au courant de rien.

— Oui, je sais. Mais à présent, je comprends pourquoi vous avez fait... ce que vous avez fait. N'ayant pu la sauver, vous en avez sauvé d'autres. Elle m'a dit que si on lui avait permis d'échapper à son mariage – si on lui avait offert la liberté, à la manière du Voleur de Fiancées —, elle aurait sauté sur l'occasion. Échappant ainsi à toutes ces années de souffrances…

— Croyez-moi, il n'y a pas un jour où je n'y pense, et cela me ronge.

— Maintenant que je sais ce qu'elle a enduré entre ses mains… cela me rongera moi aussi, tous les jours de ma vie, avoua Straton en serrant les poings. Jusqu'à ce matin, je pensais qu'une femme ne pouvait rien espérer de mieux que d'épouser un noble. Et s'il s'agissait d'un mariage arrangé, eh bien, je pensais que le père de la jeune fille n'agissait que pour son bien… Ça n'a pas été pour le bien de lady Darvin, ajouta-t-il avec un petit rire amer. Désormais, je comprends. Désormais, je sais qu'on ne doit pas marier une femme contre son gré. L'obliger à passer sa vie avec un homme qu'elle déteste. Un homme susceptible de la violenter. Je ne pouvais tout de même pas vous faire pendre pour avoir sauvé des femmes d'un tel destin. En fait, je vous admire de ne pas avoir tué ce salaud de Darvin. J'ignore si j'aurais manifesté un pareil sang-froid.

Adam prit une profonde respiration et poursuivit :

— Si le Voleur de Fiancées ne fait plus parler de lui, on finira par s'en désintéresser. D'ici quelques mois, je ferai savoir au *Times* que l'absence d'enlèvements m'oblige à conclure que le Voleur a renoncé à ses activités illégales. J'encouragerai la bande des Traqueurs à se dissoudre et à rembourser l'argent de la récompense à ceux qui ont apporté leur concours financier.

« Brûlez ça, ordonna-t-il en montrant le masque dans la main d'Éric. Et que je n'entende plus jamais parler du Voleur. Mais si vous décidez de continuer à aider des femmes par des moyens légaux, vous aurez mon soutien.

— Considérez qu'il n'y a plus de Voleur de Fiancées, dit Éric en fourrant le morceau de soie noire dans sa poche. Je compte en effet aider ces femmes – par des moyens légaux – mais j'ignore encore comment. Je vous tiendrai au courant.

Il entrevit son avenir et celui de Samantha, à présent sans nuage.

— Je ne sais comment vous remercier… ajouta-t-il à l'adresse du magistrat.

À moins que…

— Dites-moi, Straton, reprit-il. Vous aimez ma sœur ?

— Lady Darvin est une femme merveilleuse… commença le juge en rougissant.

— Je n'ai pas l'intention de tourner autour du pot. Répondez-moi honnêtement. L'aimez-vous ?

Adam déglutit, puis acquiesça de la tête.

— Mais ne vous inquiétez pas, dit-il d'une voix tendue, je ne laisserai pas parler mes sentiments. Je suis conscient de ne pas être digne d'une dame comme elle.

Éric traversa la pièce et vint se planter devant lui.

— Une dame comme elle mérite un homme qui l'aime. Un homme qu'elle aime en retour… Ce n'était pas le cas avec son « digne » mari. J'estime qu'il est temps qu'elle trouve un homme vraiment digne. Vous avez ma bénédiction, ajouta-t-il en tendant la main.

Straton hésita, puis serra la main d'Éric.

— Je n'ai jamais pensé… Je n'aurais jamais imaginé… Elle est tout ce que j'ai toujours voulu.

Éric s'arrêta au seuil de l'église et regarda Adam Straton s'approcher de Margaret. Heureux d'avoir assuré le bonheur de sa sœur, il se mit à la recherche du sien. Il la repéra avec sa mère et ses sœurs, qui jacassaient autour d'elle. Pendant ce temps, Samantha observait Adam Straton. Comme si elle avait senti le regard d'Éric, elle pivota vers l'église et leurs yeux se rencontrèrent.

Quittant aussitôt les femmes de sa famille, elle se dirigea vers lui de cette démarche décidée qu'il aimait tant. Lorsqu'elle parvint à la porte, il l'attira à l'intérieur et lui expliqua en quelques mots ce qui s'était passé.

Elle avait les yeux brillants de larmes.

— Il nous a libérés… dit-elle.

— C'est bien le mot, mon amour.

— Quand tu es entré dans l'église avec eux, j'ai failli mourir. Je croyais qu'ils allaient nous arrêter.

— Je dois avouer que j'ai passé un sale quart d'heure.

Prenant son visage dans ses mains, il essuya la larme qui roulait le long de sa joue.

— À l'idée de te perdre… poursuivit-il. Avant que nous ayons vécu comme mari et femme… c'était absolument horrible.

— Je voulais aller dans l'église et écouter à la porte, mais maman et mes sœurs m'auraient suivie telle une meute de chiens.

La tension, la peur se dissipèrent. Mêlant ses doigts aux siens, il se pencha pour murmurer :

— Écouter aux portes est indigne d'une comtesse…

— Je t'avais prévenu que je ferais une lamentable comtesse.

— Pas du tout. Tu es merveilleuse. Magique. Que de mots en « m » pour te décrire !

— Et toi, tu es magnifique. Et, soupira-t-elle, tellement masculin…

— Merci. À présent, je propose que nous partions. Notre bateau prend la mer à l'aube.

— Où allons-nous ?

— En Italie. Rome, Florence, Venise, Naples… et toutes les autres villes… Nous explorerons les ruines de Pompéi, parcourrons le Colisée, visiterons les Offices, admirerons les œuvres du Bernin et de Michel-Ange, nous nagerons dans les eaux tièdes de l'Adriatique… Puis nous reviendrons en Angleterre, pour préparer notre prochaine aventure.

— Cela me paraît… miraculeux, dit-elle avec un sourire qui le combla.

— C'est vrai. Et tu sais qu'il y a un autre mot en « m » pour te décrire ?

— Lequel ?

Levant leurs mains jointes, il lui baisa les doigts.

— Mienne, chuchota-t-il. Enfin, tu es mienne. *Mienne. Mienne.*

6564

Composition Chesteroc
Achevé d'imprimer en France (Malesherbes)
par Maury-Imprimeur le 3 août 2008.
Dépôt légal août 2008. EAN 9782290329061
1er dépôt légal dans la collection : avril 2003

Éditions J'ai lu
87, quai Panhard-et-Levassor, 75013 Paris
Diffusion France et étranger : Flammarion